迷失毒城
MISHI DUCHENG

（美）萨拉·兰恩/著
刘欢/译

时代出版传媒股份有限公司
安徽文艺出版社

目录 CONTENTS

致谢

楔子 冬天 / 001

第一部分 污染
一 你要去哪里？你去过哪里 / 003
二 林中怪物 / 016

第二部分 孵化
三 原子分裂 / 024
四 战争 / 033
五 对症下药 / 041
六 悲伤合曲 / 048
七 挚爱勿弃 / 056
八 饥肠辘辘 / 062

第三部分　传染

九　　人类游戏 / 067

十　　林中魔婴 / 069

十一　悲中乐,乐中悲 / 076

十二　唯有神知 / 083

十三　多交友　少树敌 / 087

十四　一分为二 / 096

十五　胖娃娃的咳嗽 / 101

十六　我恨你 / 106

十七　花花公子 / 111

十八　血染地毯 / 115

十九　流泪的眼睛 / 125

二十　骨头之痒 / 128

二十一　被诅咒的恋人 / 131

二十二　毁灭之家 / 138

二十三　命运之轮 / 145

第四部分　瘟疫

二十四　隔离 / 151

二十五　吃鱼——因为他们没有感觉 / 155

二十六　肚皮舞者朱丽叶 / 165

二十七　安息吧,路易斯·麦古芬 / 168

二十八　女巫 / 174

二十九　弟弟的监护人 / 180

三十　死亡孕育生命 / 186

三十一　床上的女人 / 187

三十二　也许你只是悲伤 / 189

三十三　维多利亚式别墅 / 192

三十四　第六十九号房 / 196

三十五　地窖 / 199

三十六　共生菌 / 200

三十七　曼——迪 / 201

三十八　我心已止,但仍坚持 / 204

三十九　执著的沉默 / 207

四十　氰化物 / 207

四十一　窒息 / 212

四十二　潜逃 / 215

四十三　饥饿的声音 / 216

四十四　分离 / 220

四十五　所罗门之困 / 221

四十六　幸运和命运 / 222

尾声 / 224

致 谢

谢谢我的经纪人,祖·维尔特和萨拉·赛尔夫,谢谢他们一如既往地支持我,应该给他们颁发奖章。还有我的编辑萨拉·杜兰德和皮尔斯·布洛菲尔德,谢谢他们的建议,诚实,哦,还有耐心。我还亏欠纽约大学环境健康科学项目的人们——或许也是字面意义上的亏欠——特别是贝基·格鲁斯金,她总是适当地鼓舞我;茉蒂·泽里科夫,她的器官系统毒理学课程;乔治·瑟斯顿,让我有时间来写这本书;盖瑞·所罗门,让我加入他的项目。

还要谢谢我的写作小团队"谁想要蛋糕"及所有成员:丹·布劳姆、K.Z.佩里、史代·方佩秋卡、李·汤玛斯,我们的头儿,尼古拉斯·卡夫曼,谢谢他们的慷慨相助。谢谢拉姆·齐坎贝尔、雷·加顿、杰克·凯彻姆、蒂姆·莱本、凯莉·林克、皮特斯·特劳布、道格拉斯·E.温特。

最后要谢谢的是一路走来支持我的人,米尔达·笛福、乔恩·伊万斯、米歇尔·古斯塔弗森和艾里克·古斯塔弗森、玛丽·贝思、布伦南·玛吉和她的家人——布伦南一家和玛吉一家,劳拉·玛斯特森和詹姆斯·玛斯特森、凯特·奎因、我自己的英雄阿蒂·舒巴赫、劳里·斯坦登菲尔德和瑞安·斯坦登菲尔德、阿莱娜·蒂本斯基、JT.佩蒂、克里斯、迈克,还有在房子里给我腾出一个写作空间的妈妈和爸爸,还有弗吉尼亚、曼城、华盛顿、锡拉库扎和阿米蒂·维尔兰恩斯。谢谢你们在看我的作品时,没有让我去看看心理医生。请在感恩节的时候也别这样做。我想编一个病毒。

楔子
冬天

一到冬天,黑暗便悄悄地迫近。还没吃完晚饭,天空就已经黑了。停电了,只好拿着蜡烛在夜里摸索,火苗投下诡异而熟悉的阴影,万物俱寂。我突然想起来,连一声蛐蛐叫都没听见。只有风呜咽着钻过窗户和烟囱的缝隙,隐约传来难以识别的尖叫声。

让我这么着开始吧:从前。

从前,有一个冷冷清清又令人怡然自得的地方,叫做C镇。清晨总是一片寂静,除了一两声勺子搅动咖啡的声音,或者低声播放的无线电传来的报时声扰人清梦。这是一个气氛融洽的小区,每逢夏天,孩子们自由自在地奔跑。到了晚上,小孩子们在草坪上玩"警察抓小偷"的游戏,稍大一点的就在河边偷喝啤酒,他们觉得这种偷偷摸摸而又不被揭穿的小动作很刺激,殊不知大人们看到他们总会愉悦地想起自己的青葱岁月。和缅因州中部其他地方不同,那里只有在失业办公局外才能看到排队的人,而C镇却很繁荣。C镇的医院拥有东海岸最优良的癌症研究设备,吸引了自纽约等地远道而来的南方医生。我们中间有科学家、银行家、艺术家、教育家,我们的商店也多是家族生意。每年,沃尔玛超市总想在我们高速公路旁扎根下来,但是,我们会一致投票反对,还家乡一片净土。

然而就在詹姆斯·沃克事件发生之前,已有一些征兆出现了。那年春天,贝特福德附近的克劳特造纸厂发生一场大火,大火释放出大量的硫磺烟,接连数日不散,人们的眼睛都被熏得生疼。树林里也发生了化学变化,树木一棵一棵地死去。虽然没有失业队伍,但是年复一年的政府基金裁减和泛滥的法律纠纷也不少,人们眼睁睁地看着医院每况愈下。油漆需要重刷，瓦房顶需要重修，汽车上的凹陷需要补好，但是这些事总会一再地被拖延。好像受到缅因州经济衰退的传染，人们明白，失业，商店关门离自己不远了。即使这样，那些欢迎的标志仍然光鲜欢快，街道仍然铺得整整齐齐，草坪仍然修剪得郁郁葱葱。我们对自己的祖先感到自豪，仍期盼着美好的未来。

但是毕竟还是有征兆的。詹姆斯·沃克事件到来之前的夏天，我和老公晚上开始失眠。我常坐在厨房里，泡上一杯立顿奶茶，静待唧唧喳喳的鸟儿宣布黎明的到来。我的内心在期盼着什么东西睁开眼睛，好像我费尽心思也无法理解的东西，我的身体却能够明白。如果我仔细观察，我可以看见所有的征兆。全家去度假的时候，我还记得看着女儿在汹涌的波涛里起起伏伏，最后沉下去的不是她的手，而是她的头发。我犹豫过要不要跟着她跳下去，把她拉上来。可能我弄不明白的事情，我身体的一部分却知道——想要挽救我一颗破碎的心。

我要跑题了。

我想讲一个故事。如果听起来好像连我自己也不清楚，请读者包涵。在这个小镇上，总是能听到闲言碎语。不仅如此，死人也会说话。

好，大家围成个圈，每次给孩子们讲故事的时候我就会这样说。准备好瓜子、茶水①。

---

① 译者注：最后一句颇有论坛上楼主开八的风格，所以用了常见的瓜子、茶水、板凳之类八卦必备小物，听作者开八。

第一部分
污染

一 你要去哪里？你去过哪里

"乔治？"萝伊丝·拉金在四年级班上点名。她的声音模糊不清，点名册快贴到鼻尖了。九月的礼拜二上午，阳光普照，钟塔还没传来9点的钟声。

"哦，到。"乔治回答。他正咬着红色的克雷奥拉蜡笔头。萝伊丝从点名册上抬起水汪汪的眼睛。"乔治，别嚼那个了，小心发胖。"接着，她深深地吸一口气，这是在语言治疗课上学的，然后更正自己"发病"。乔治从口中拿出蜡笔，上面一半已经不见了，而他的牙齿都染成了红色。萝伊丝摇摇头，乔治·桑福特——不是最聪明的孩子。萝伊丝·拉金，二十九岁，七年前搬回到C镇后就开始教四年级。她身段细长却不乏曲线——绝对是新一滴酒馆的酒鬼们口中的"正妹"。在她的班上，男孩子，甚至有的女孩子对着窗外做白日梦的时候，也都是在幻想她长长的黑发和带着点妮娜威化饼香味的气息。

孩子们爱她，家长们也爱她，醉鬼们对着她开心地吹口哨，就连小动物们也喜欢围绕在她身边。萝伊丝的可爱只有一个瑕疵：她的门牙间隙宽到能塞进一支铅笔。初中到高中的六年里，她一直用牙箍，希望能缩小这个缝，但是一旦她嘴里的金属套得以释放，不到一个月，那牙齿又匆匆忙忙地迁移到原来的"故乡"，恢复原状。她只要一激动，说话就会大舌头,唾沫便会从缝隙中喷出来,像瘟疫一样溅到别人的脸上,无论敌友,概不放过。比如今天,那点名册已经湿了。

"詹姆湿(斯)·沃克。"萝伊丝。

"到。"詹姆斯回答。

"别乱踢,詹姆湿(斯)。把脚放兹……直。"

"四(是),萝伊湿(丝)小姐。"詹姆斯阴阳怪气地学舌,嘴咧到耳朵根,得意地笑着。萝伊丝第一反应就是拿着点名册打烂这小鬼的头,但是她没有,继续点名。

"卡洛琳。"

"到,萝伊丝小姐。"卡洛琳挥舞着双手,在位子上像尿急一样扭来扭去。萝伊丝想,可能自己无法热爱这群孩子。

萝伊丝用脏兮兮的纸巾擦了擦眼睛,深吸一口气,慢条斯理地说:"同学们,我有过敏赠(症)。你们知道什么是过敏赠(症)吗?就四(是)老打喷嚏,老流眼泪。对某些人来讲,比如强尼吧,对狗过敏。我呢,就对发霉和豚草过敏。我没有哭,明白吗?"

孩子们点点头。卡洛琳举起手,"哦,哦"地叫着。

"枕(怎)么了,卡洛琳?"

"我对青霉素过敏,一种抗菌素,就是治……比如,哦,如果你得了艾滋病的话。"

萝伊丝颔首。"那么严纵(重)啊,卡洛琳,兹(知)道了就好。那么,今天凯瑞来了吗?"

"到。"

"亚历克斯·福布莱特。……迈克·福布莱特。"

点名还在继续。

其实萝伊丝撒谎了。她没有过敏,她真的在哭。今天班上有个较大的出游活动,就算她想待在家里,也没有时间找人来代替她。所以她只得来了,一边牙齿漏风地点着名,一边祈祷詹姆斯·沃克之类的调皮鬼千万别举起手,指出一个显而易见的事实——她今天没戴订婚戒指。

其实回头想想,事情也在预料之中。她一直都清楚罗尼和诺琳不是好人。他们曾经做过一些蠢到悲剧的决定,比如把薪水挥霍在彩票上也不愿意付房租,事实明白得一如她牙齿间的豁口:这对家伙一点儿也不顶用。但是她又将这些抛之脑后,因为罗尼的房子像猪圈一样,要是没人记得打开窗户的话,那窝里准有一股牛奶发酸的气味,你说他怎么会不得偏头痛?当然尽管诺琳在节食丸问题上的尖酸刻薄足以和琼·克劳福特比肩,但人家毕竟还有一个宽大的心不是?只是得用放大镜才能找到。再者说了,她萝伊丝也不是十全十美的人。她讲话口齿不清,收集臭虫,经期前狂吃汉堡里的生肉,上帝呀。

另外,她的生活也不是因为他们而变得乱七八糟的。

毕业之后千不该万不该回到 C 镇来。在新汉普郡大学的日子里,她是快乐的。高中的她就像一个大骨架的巨人,而大学里的男孩子会和她约会。她找到一群同样喜欢意大利拼盘游戏《平凡追求》①中关于自然科学类问答题的朋友,讲话的时候不用再捂着嘴,因为偶尔"发大水"了,只要她道歉,大家都会原谅她。

大四的那个冬天,她爸爸有一次开车从 C 镇前往贝特福德。途中,那辆尼桑车在黑色的冰上打滑,冲进了树林。仪表盘掉下来,压断了他两条腿。车祸发生的时候是深夜,直到早晨人们才发现他冻僵的尸体。没有人知道那天他为什么要离开温暖的被窝和睡梦中的妻子乔迪。他既没有情人,也不抽烟喝酒。铲雪车司机发现他的时候,他的安全带仍然紧扣。即使一双腿断了,大多数人还是会从后座位打开门爬出来求救的,但是罗塞尔·拉金没有。人们在他的口袋里发现了手机,手机信号很好,但他一个电话都没拨出去。可能不是自杀吧。他只是想让自己安心,可能不是自杀。

葬礼结束之后,萝伊丝的成绩一落千丈,她勉勉强强地毕了业。本来想申请博士学位也不了了之,夏天也没有找工作的打算。就在穿着毕业服在翰林广场的迪蒙山下游行的前一夜,"你不爱我了吗?"交往两年的男朋友罗迪·切斯问她。当时,两人坐在寝室外的门阶上,她该告诉他自己是如何迷恋他深沉的嗓音,但那时她的心还不能接受爱情。她满脑子都是爸爸躺在棺材里苍老的脸。罗迪垂头丧气地走了,身影也短了一截,她又想起了爸爸。接下来,她只记得自己回到了家乡,在小学里做代课老师,把妈妈喝光的杜松子酒瓶放在波兰泉瓶子底下。C 镇风光宜人,是孩子们的好去处,但如果你不想做和医院有关的事情或者啃老族,那就得搬

---

① 译者注:一种拼盘游戏,通过回答问题移动板块。问题共分六类:地理(蓝色),娱乐(粉色),历史(黄色),文学和艺术(棕色),自然科学(绿色),运动休闲(橙色)。

到大城市去。没过几个月,萝伊丝就备感无聊。终于在一次回家的路上,一头钻进了新一滴酒馆。本来打算窝在一个角落,喝上一小时的苹果混合酒,然后回家。如果事情照此发展,或许她的生活会是另一番模样。她可能会回学校,最起码也会在高中找一份生物老师的工作。但是生活从来就不按常理出牌。

就在这个酒馆,她遇到了中学时的老同学诺琳·卡斯蒂洛。诺琳在C镇的卫生中心看护年迈的病人。她很聪明,很风趣,也很刻薄。高中的时候她常常说:"那件衣服显得你屁股超大",或者"你讲的事情好笑是没错啦,但是太长了。要是大家不听你讲,你看起来就会好笨。其实我这样说是因为我把你当朋友"。诺琳就在那儿,在酒馆里,萝伊丝明白自己该微笑然后继续往前走,因为这个女孩简直就是一个灾难磁场。但是萝伊丝又感觉孤单,诺琳是个不错的伙伴。那天晚上她们一起喝了不少酒,之后又出来几次,很快便成了一种习惯。

罗尼·凯勒也经常和三五朋友聚在新一滴酒馆。C镇依旧保留着他1996年赛季上打出的21个本垒打记录,也因为这样,TJ.温莱特会免费给他第三杯百威啤酒。罗尼没有因为在学校大受欢迎而变成一个浑蛋,他也没长成一个愤青。萝伊丝还挺欣赏他这一点的,因为大家都觉得他日后会成为一个专业棒球选手。罗尼高中的女友头脑发晕,跟一个叫伍德·斯特克的嬉皮士跑了之后,诺琳便像一个发情的母猴子一样向罗尼大献殷勤。只要喝得酩酊大醉,她就吊着罗尼的肩膀,不跟着他回家绝不放手。结果,罗尼约了萝伊丝去看电影。

萝伊丝应该拒绝他的,他是诺琳想要的人。更何况,他从瑟莫斯社区学院辍学后在花旗银行当了一名出纳员。他和安德鲁·林安科租了一个顶楼,晚上睡觉前都要抽一包缅因州最好的烟,早晨起来就开始做早饭,然后把涤纶条纹结扎成双活结。

他约萝伊丝出去的时候,罗尼的手放在她的肩上。他的手掌很厚实,布满了老趼,关节突出。罗迪·切斯之后,再没有一个男人像罗尼这样认真地碰过她。一阵暖流透过外套,毛衣,直达她的肌肤。她身体雀跃着,感觉怎么就那么好。还没来得及想诺琳会气得做出什么样邪恶的事来,她就已经答应罗尼去看汤姆·格林导演的《漫画家之路》了。

第二个星期,罗尼送了她几只小螃蟹。她花了七个礼拜才摆脱这些噩梦。它们锋利的铁钳夹坏了她的趾骨,淡红的血迹永远地留在了床单上。这是他前女友送他的,本来他以为已结束了它们的生命,结果有一些意志顽强的蟹卵在他浴巾的纤维上存活下来,孵化出来。萝伊丝问他是怎么做到的,他的脸红得像番茄一样,给她看他们租了一个月的奈特·弗里克斯DVD(都是一些带字幕的法国电影,她一点都不喜欢,纯粹为了处罚他罢了)。要不是因为她也喜欢小虫子,对它们细小的身体兴致勃勃,她可能早把他甩了。

"罗尼就是一彻头彻尾的窝囊废。"诺琳用力地吸一口超清骆驼①,烟头嗞滋作响。他们约会的那几个星期,诺琳的醋意混杂着滚烫的怒火,悄无声息地熬成了一锅黑色的浓汁。"而且,我相当肯定他是个同志,他和室友只是拿你当幌子。"

萝伊丝应该维护罗尼的,可她却点头附和诺琳的话,然后换一个话题。和诺琳闹僵不值得,她的话有一半是在喝酒的时候说的,事后便忘了,另一半也是有口无心。就那样过了一段时间。每个星期四,她们两人总在新一滴酒馆喝下几杯苹果混酒,诺琳无边无际地扯着废话,萝伊丝好脾气地全盘接受,好像很受用的样子。

萝伊丝和罗尼继续约会,他们慢慢地了解对方,依赖对方。她觉得是无聊让他们坠入爱河。有时候,无聊真的会变成爱情。也许,大多数时候。

三年后,她被曼彻斯特大学昆虫学专业录取为全奖博士生。她告诉罗尼的时候,他叫她留在C镇,她答应了。她给那边寄了信,婉转地回绝了录取通知,同时也拒绝了一年22000美元的薪俸,这加起来比她代课工资要多得多。信一寄出,她的本能开始疯狂地叫嚣,她几乎都听不见,只是觉得全身像散了架一样。三天里她不吃不睡,她知道自己错了。

没过几天,她便适应了这个错误,一切又恢复原状,但是生活还没那么糟糕,也不够美好。罗尼的室友安德鲁开始和诺琳交往,这让诺琳很开心。迟到的爱情总比没有的好,诺琳恢复了心情,人也和善起来。他们四个开始聚在一起:看电影,打保龄球,往酒馆里的点唱机里投硬币,听着约翰尼·凯什②,玩得很high。原来萝伊丝是最喜欢high的人。堕落可让生活轻松起来,就像一个死人浮在滚热的池塘里一样。两个月前也就是恋

---

① 译者注:一种香烟品牌。
② 译者注:美国乡村音乐传奇人物。

爱六周年的那一天,罗尼向萝伊丝求婚了。

周五晚上,在蒙特利昂意式餐厅吃完通心粉后,罗尼将一枚深红色的小钻戒丢进她油腻腻的盘子里。戒指在盘子里转了几圈才停下来。她的内心充满了喜悦,喉咙却像是被堵住了。她一直等待这一刻。是的,等到了。

她以为他会单膝下跪,但是他没有。他只是耸耸肩,好像自己也弄不清楚他们是怎么走到了今天。她的思绪飞到了十年后的画面:她看见了深色的格子沙发、一双儿女和一个没有固定工作的男子。一个有着许多优点的好男人。他的微笑摄人心魄,他制作得一手好奶酪和番茄三明治;他心地善良,说不上有骨气,就跟她的父亲一样。至少,她总是扮演着当家人的角色——就像她妈妈一样。她想做当家人吗?"*拒绝他。*"她体内一个声音低低地提醒着,"*他现在就像是打开了一包蜜饯炭疽病毒,快跑吧,一定不能回头。*"

她拿起戒指,在指间玩弄着。戒指很柔软,似乎只要一用力就会压扁。"我愿意。"她叫道,"我愿意嫁给你,罗尼·凯勒。"

第二天,诺琳答应做萝伊丝的伴娘,一转头就开始向安德鲁逼婚。她说既然罗尼和萝伊丝都快结婚了,他们也不应该落后。安德鲁连分手都懒得提,直接不回她电话。几天后,诺琳醉醺醺地,朝萝伊丝又哭又叫。酒精作用下的她双颊鲜红,就像她用的不是润肤水而是碱性溶液一样。"我才不去参加你的婚礼。"她说,"身为朋友,我奉劝一句,你错了,他不爱你,我也知道你会喜欢他不过是因为我先想要他,你从来都见不得我开心。"萝伊丝摆脱了诺琳,本以为会如释重负,结果更多的是受伤。最好的朋友闹翻了,刚开始的几个星期,她的胃里像是孵着一个坏了的鸡蛋,毒性的蛋黄和血液融为一体了。不管怎样,婚礼还是要准备,也只有萝伊丝一个人忙活。她挑选 DJ,预定 C 镇的汽车旅馆大厅。罗尼是圣公会教徒,而她是天主教徒。他父母不想用神甫,她妈妈则排斥牧师。"没问题!"尽管她自己一直梦想着一场教堂婚礼,但她还是对他们这样说,"*请治安法官来主持吧!*"罗尼一个子儿都没有,她本来有的父亲人寿保险金163000 美元,被妈妈拿去买了高风险科技股,到 2002 年已经跌到仅剩 4000 美元。"没问题!"萝伊丝说,"我可以用发现卡①,有 20% 的利息

---

① 译者注:美国的一种信用卡。

呢。"如果信用卡连一座房子的预付定金都买不起,辛辛苦苦地维持信用又有什么劲呢?

就在上周,罗尼开着红色的卡马罗到她家①,按着喇叭。不知怎的,一听到那声急促而又礼貌性的喇叭,她就明白了一切。她一直在害怕地等着这一天的到来。整整一个月,她的舌尖总萦绕着一种苦涩,挥之不去。

车子停在那里,散发出罐子和香蕉皮的味道。出于自尊,她总该说些什么。但是她只是在脑子里向他祈祷,希望他能听见:拜托了,罗尼,不要说出来。我爱你,真心的。我爱你胜过世界上任何一个人。不要说出来。罗尼。我一天也不想和妈妈多待,再也不想睡在她在我九岁的时候买的金属圈床单上了。罗尼,没有你,我一无是处,卑微得无处可藏,是人都能看出这一点。

罗尼无法直视她的眼睛,说:"我做不到。"

"为什么?"她只能这样问。

"我不爱你。我也从来没有爱过你。"

她哭了,有趣的是,她心里有一只小兽醒了过来,睁开了双眼。突然之间她有了破坏的欲望:她想象着他的皮肤就像烂掉的水果皮,她亲手将他撕成碎片。她的手指感受着鲜血,挤压着。液体流过她的下巴,被她吃掉。别逗了。这是什么狗屁理由?你和一个女人谈了六年恋爱,然后告诉她你从未爱过她?当然,你可能不想娶她,但是,你不爱她? 他想要回戒指,她还给他。送出去的礼物又要回去,这不是他的作风。他是有点不思进取,但是心肠不坏。她该猜到有人教他这样做,但当时她只是在问自己:为什么是我? 为什么别人都变成一个大人,我却弄得一团糟?

她抽泣着走回家。天鹅绒沙发,福米卡餐桌,褪了色的橙色墙壁。虽然都是上个世纪80年代的风格,但远远称不上现代风。屋子里一股人的腥味,所有的窗户都关得紧紧的,妈妈从早上第一缕阳光透过雷沃乐棕色百叶窗钻进房间的时候起就一直那样裹着一条羊毛毯。

电视上重播着《谁想成为百万富翁?》②。萝伊丝抽噎着走进客厅,乔迪·拉金反而开大了音量。里吉斯正在问世贸中心的双子塔有多少层,

---

① 译者注:一种汽车品牌。
② 译者注:美国的《开心辞典》。

萝伊丝心情糟透了,觉得这个节目无聊至极。答案是220层,奖金8000美元。一个高大漂亮的参赛者猜对了,她欣喜若狂,上蹿下跳,乳房不停地抖动着,跟没穿胸罩似的。插播广告的时候,萝伊丝说:"妈妈,我跟罗尼吵架了……"乔迪·拉金一点没犹豫,眼睛一亮,换到TBS(美国电视频道)看《法律与秩序:特殊受害者》系列节目。萝伊丝知道沉默意味着什么。她听到过两次沉默背后的含义。一次是她偿还汽车保险金,向她妈妈求助的时候;一次是她告诉乔迪她可能怀孕了的时候。这含义就是:*你已经是个成熟女人了,现在我属于我自己,别拿这些事来烦我,因为我自己也在烦呢。*接下来的一个星期,萝伊丝脑子里一遍又一遍地倒带,不知道哪里做错了。罗尼有了别人吗?她以后究竟该怎么办呢?

去贝特福德并不是最好的解决办法。校董会之所以同意去那里,是因为对于四年级的学生来说,波特兰太远了点儿。她保证在到达树林前,孩子们会待在汽车里,最伤脑筋的只是什么突发事件的发生。孩子们会观察自然菌群,学习造纸厂的历史,野餐,然后回C镇。这只是一次文化之旅,一次亲近大自然之行。

其实最主要的原因是萝伊丝,自从火灾后,她一直想去贝特福德看看。去年春天,克罗特公司倒闭后,一些当地人肆意破坏那里的建筑物。可能是出于气愤或绝望,或者他们本来就愚蠢。总之,他们点燃了一些化学品,导致半个镇子都笼罩在一片烟雾之中。大约有二十个人死于浓烟,很多人都得了后遗症,一些野生动植物也死掉了。动物们失去了本能。成鹿不愿意给小鹿喂奶,鸟儿常常忘了飞翔,从天上掉下来,野猫也饿死了,就连蜘蛛织的网也是零零落落的,《环境科学家》杂志上还提到过。

在新汉普顿郡大学念书的时候她就研究过这些现象,这些症状和甲基汞中毒十分吻合。汞专门攻击调节生存本能的灰色物质。在人类世界里,这种疾病叫做图雷特综合征。但是环保署对贝特福德的空气和灰尘进行测试的时候,并没有发现神经性毒素。他们说爆炸产生的硫磺是酸性的,可能会导致树木枯死,但是不会产生别的影响。他们还声称贝特福德是安全的。但是,没人能解释鸟儿怎么会在飞行的半途中摔死,小镇人行道两边的树木焦得如同被丢进炉子里的塑料玩具一样。一切都是个谜。

尽管有环保署的宽慰,但贝特福德在大火之后成了一座空城。像福布莱特这样有经济能力的人搬到了C镇,其余的人都分散在各地了。萝伊丝听说那里有些人家的衣服还七零八落地丢在卧室的地板上,炉子上的餐具里还盛放着发了霉的馅饼,在无人的房间里,钟表跟着时间滴滴答答往前走。那里是一座名副其实的活鬼城——但孩子们会喜欢的!

直到昨晚她才意识到贝特福德可能存在危险。报纸上登出来的科学家们在采集水样的时候都穿着太空服,戴着呼吸器,可之前还在说这个地区是干净的呢。隔了好几个月,可以肯定树林应该是安全的。环保署对于重要的情报是不会撒谎的,对吧?

再说了,生活何处无风险呢?她就是一个活生生的例子,即使你一辈子都小心翼翼不犯错,生活也可能会触礁。

早晨醒来的时候,她意识到和罗尼分手已经有一个礼拜了,明媚的阳光照在她的脸上,感觉也没那么讨厌了。她没死掉也没怎么地,贝特福德之旅也许充满了乐趣。在 C 镇的这些年,她已经忘了自己从前是热爱新地方的,她喜欢学习。

冒险就是一场狂欢!

她蹦蹦跳跳地下了楼梯,一边还在自省:好吧,我失败过一次,挺惨的一次。但是我会挺过去的。罗尼就是一根刺,浪费时间他一流,猪头黑洞窝囊废他在行,赖在 C 镇不走又不上学最后毁掉他也毁掉我的生活就是他的擅长,只知道说"我从未爱过你"的浑蛋,废话连篇都能吐出一棵树来。一旦她有了劲头,诺琳都会自愧不如。她倒了一杯咖啡,妈妈一夜没睡,还在看前夜的《里吉斯和凯利》,电视里两位剧中的角色正在逗乐,萝伊丝不知道这是他们的把戏还是他们讨厌彼此。也许互相讨厌 就是 他们的把戏吧。她妈妈喝了一口孟买杜松子橙汁鸡尾酒。这是睡前最后一杯饮料。萝伊丝双手握着杯子暖手,想着毕业申请的事情,想着有一天假装要去买抗酸药或者三叉戟之类的东西,离开这个家,再也不回来。想到罗尼,想到诺琳或者妈妈来敲她卧室的门问她借钱,或借吊袋,结果发现没人时露出的那种表情,她就不自觉地吃吃笑出声来。

她打开《C 镇早报》,脸刷地一下子变白了。她闭上双眼,脑子里迅速闪过万福马利亚的祈祷文。再看一眼,罗尼和诺琳看着她微笑。

照片是黑白色的。罗尼的胳膊搂着诺琳的水桶腰,两个人笑得那叫一个灿烂。Matching stars 印在两人的脸上。照片是在纪念日集市上照的。她知道,因为给他们照相的就是她自己。

照片下方是一行结婚声明。

印错了吧！一定是错了。但是文字真真切切地在那儿写着。这么多年过去了，罗尼和诺琳的友情开花了（开花？像疱疹一样吗？）。就在上个月，他们发现友情变成了"永恒不朽的爱情"。萝伊丝久久地盯着报道，甚至都忘记了呼吸，她一阵发晕，从椅子上摔了下来。胃里像是被人灌了一整瓶威猛先生清洁剂，全身燃烧着。灼热的感觉渗入她的喉咙，攻击她的心脏，绞痛她的小腹。闭上眼，她能看见自己的泪水。她觉得全身器官都跟着揪紧了，身体变得越来越小。仇恨充斥着她，愤怒控制了她，她满眼都是复仇的红。她突然有了嗜血的欲望，想吃掉罗尼，诺琳，甚至她自己。活生生地吃掉。

妈妈从福爵咖啡的广告中扭过头看了一眼报纸，没有吃惊，没有厌恶，甚至连微笑都没有。"奇怪。"她说，顺手将空酒杯放在水池里，蹒跚着上了楼。

萝伊丝坐了一会。突然，她跑进浴室，开始呕吐。难过的是，直到趴在冰冷的瓷器上，她才意识到月经已经迟了三个星期，她终于放声大哭。

没有时间找一个老师代替她，也没有时间请病假。就这样，她在全班同学面前抽噎着，想不明白为什么她的生活如此悲剧，而她身边那些没她一半聪明甚至比她恶劣得多的人却能够逍遥自在。点过名后，她合上点名册，努力地挤出笑脸。因为珍妮丝·费舍——学校和家庭联络员，忧心忡忡，似乎在担心萝伊丝快要淹死在口水打湿了的点名册里了。

"大家都带了午饭吗？"萝伊丝问道。

孩子们点点头。

"大家都记得自己的伙伴是随（谁）吗？"

他们不知道。她按个子高矮给他们结了对子，让他们上车的时候要紧挨着。麻烦鬼詹姆斯·沃克说："我够大了，不要伙伴。"这倒是真的，他留过两次级。

詹姆斯咧着嘴对她笑了。她知道这样说一个十一岁的孩子不好，但他真是一个坏坯子。他的脑子和别人的不一样，每当别的孩子跌倒了或者受伤了，他两眼贼亮，就像圣诞节的早晨在树底下发现了一只小狗一样兴奋，而且是只死小狗。所以让他单独行动也算造福众人了。

"好吧。"她说，"乔治，你和我坐一起。"

大家都坐上了车，车驶上 C 镇通往贝特福德的道路。每逢坏天气这里就要封路。不过，在这样一个秋日，地面上一片雪花也没有，道路倒是畅通无阻。车子开到她父亲的尼桑车遭遇车祸的地方，她目不转睛地盯着那里，直到车开过去了，才眨眨眼。每次经过那里的时候，她都这样，已成习惯了。虽然相隔只有几里远，但是过了梅塞隆斯基河，进了贝特福德镇，他们似乎进入了另一个国度。

荒无人烟的贝特福德镇，路上没有一辆汽车，房子里见不到一盏灯光，送信车也不来这里，就连当地镇长办公室都瞧不见。透过车窗，萝伊丝看见曾经的克罗特造纸公司厂房用的一堆石子和混凝土。大楼烧焦的表面积着一层厚厚的黑灰。政府没有足够的资金维修，贝特福德也没有居民向政府抱怨，所以这堆东西就这样被遗忘在这里。

汽车缓缓在大街上行驶。破旧不堪的房子眼看着就要倒了，草坪全都枯死，废弃商店的招牌有的横七竖八地吊在那里，有的已经不翼而飞了。人行道上都是碎石子，临街的门面也都覆盖了厚厚的灰尘。

孩子们都安静下来，趴在玻璃上往外看。他们从未见过这般景象。他们指着一家理发店，一地碎玻璃，一只病快快的在废料箱里找东西吃的小鹿，一辆放在大街中央没了轮子的山地车。这里是一块露天的坟场。快接近树林的时候，萝伊丝看见了一些东西，一时间将罗尼抛之脑后。路边一辆拖车的绞索上吊着几个衣衫褴褛的男人女人，原来是用棉花填充成的布偶，上面盖着尼龙布。这几个布偶有的穿着休闲服，有的穿着工作衫，有的穿着过时的布裙。棉花已经变了形，这些假人的手和腿在风中看起来就像鱿鱼的爪子一样。每个真人般的布偶上面都印着大号的单词，连在一起就是："她总是饥饿。她从未满足。"

萝伊丝的心凉了半截。谁干的缺德事啊？住在这里的人？当地人？神经病？或许她聪明一世，真不该组织这次出游。她做过的糊涂事还包括给罗尼钱让他去买欢，给她妈妈买葡萄酒，因为她用夸张的红色在黑板上写"泛着泡沫的粉色馨芳葡萄酒"。"那是什么东西啊？"乔治问她。虽然才九岁，但他也知道这不是什么有趣的事情。

"现代艺术。"萝伊丝说，"疯子的艺术。"

"哦，哦！爸爸说只有笨蛋才住在贝特福德，所以他们把造纸厂烧了。他们都是白痴。"卡洛琳叫出声来。

萝伊丝看着这个小姑娘，无语。

汽车开到墓地，学生们在这里下车，这里直通树林。萝伊丝教他们如何用纸印墓碑上的铭文。墓地大约有二十座新坟，坟头还放着鲜花：阿普里尔薇洛、苏珊·玛利、保罗·马丁、安德烈·娅乔根森、多诺万麦科马克等。看着这些墓碑,萝伊丝天主教徒的本性大发,她一边鞠躬一边为所有的魂灵诵读主祷文。

他们走进了树林,她吃惊地发现根本没有什么树林了。上次环保署的人来看过后,树木全都死光了,干枯的树干和树枝像倒下的战士一样躺在林间。苔藓变少了,连一棵松树和一只鸟儿的影子都看不到。

她又看见珍妮丝·费舍那忧心忡忡的表情,萝伊丝可以带着孩子们回到车上,但是她没有。今天,她要给他们上一堂重要的课。就算多年之后,她的名字早已被忘却,他们仍然能记住这堂课。无人打理的地方最后会是什么下场,由于错误的直觉管理的地方会是什么下场。

到了树林边缘的时候,她停下来,开始说话:"同学们……你们知道这里曾发生过什么吗?造纸厂倒闭的时候,工人们生气了,他们一把火烧掉了这里,但是也烧掉了他们自己的家园,因为他们疯了。大家说,这样做对吗?要是你生气了,你会伤害自己吗?"

孩子们都摇摇头。卡洛琳·费舍声音最大:"不会,萝伊丝小姐!"

萝伊丝点点头。"好。我真为你们骄傲。现在,大家和自己的伙伴待在一起,以那边的橡树为界,不要走远了。"然后一挥手,他们便陆陆续续地走进了树林。

孩子们花了一个小时在石头底下找东西,在苔藓下面找有生气的迹象。男孩子朝女孩子扔虫子,女孩子尖叫连连。在萝伊丝看来,尖叫似乎不是因为害怕,而是因为好玩。

午饭时分,他们坐在树林边的木凳子上野餐。她忘了带三明治,肚子咕咕乱叫。珍妮丝·费舍走到汽车后面,拿出一根美国精神①自己抽起来。萝伊丝又开始想罗尼的事了。

也许报纸上的只是一出恶作剧。诺琳又在开恶俗的玩笑,此刻罗尼可能到处找萝伊丝呢。他可能以每小时八十码的速度开着车出现在树林边上。他会从那堆烂铁一般的车上走下来(他一直觉得那辆车很拉风),当着学生、汽车司机、珍妮丝·费舍的面,向全世界大声地宣布"诺琳是猪头。我爱你,萝伊丝,我永远爱你"。萝伊丝擤鼻涕太过用力,纸巾都被揉烂了,弄得一手黏糊糊的。郊游看起来一点也不好玩,简直无聊透了。她

---

① 译者注:一种美国香烟的牌子。

发现孩子们都在看她。他们看上去一点也不高兴,有的人互相抱在一起。只有詹姆斯·沃克没注意她。"我的眼睛,"她说,"很难受,知道吗?"

他们看着她。

"我过敏很严重。"她真的喜欢这群学生。她爱他们,包括詹姆斯。她只是太伤心,把这点都忘记了。但她真的喜欢。

卡洛琳·费舍从桌子上递过一袋奶酪夹心饼。"我多出来的。"她说。

爱咬蜡笔的乔治·桑福特给她一只史密斯奶奶苹果,迈克和亚历克斯·福布莱特给了她一个橘子,唐娜·杜波依斯给她吃了一半的奇巧巧克力棒。萝伊丝叹了一口气。孩子们互不相让,纷纷拿出零食、三明治,直到她面前堆起一座小山。她真是无福消受。她哽咽着吸了一口气,害怕在这些可爱的孩子面前哭出来。还好没哭。"孩子们,谢谢你们。"她咬了一口甜甜的史密斯奶奶苹果。萝伊丝温柔地让孩子们把兜里的棍棍棒棒都扔掉,带他们上了汽车。开始点名。卡洛琳拿着一个"狂野骑士"的避孕套包装,在身后的男孩子面前挥来挥去。可能是在树林里面找到的,萝伊丝怀疑她明不明白那是做什么用的。

"那四(是)垃圾。"她从卡洛琳手上拿掉包装盒,举起来给全班同学看。"不要乱捡垃圾,孩子们。你们不知道这以前是什么东西。"她又想起罗尼了。他现在跟诺琳在一起吗?此刻是不是正在努力营造一个家呢?她的经期,晚了三个星期,该怎么办呢?

她走到驾驶室,看着窗外,没有红色卡马罗,也不会有红色卡马罗了。这些人,她的朋友,都背叛了她。他们甚至都懒得打电话预告一下:哦,萝伊丝,你可能会听说这件事。我们走了,要去做一些狂野的事了。只有一个简单的解释:她 effed up. 她周围都是些什么人哪,罗尼,诺琳,甚至妈妈都不是好人。最糟糕的是,虽然她知道珍爱生命,远离他们,但是最后也都不重要了。今天放学后,她会去罗尼家,求他不要抛弃她,但是他不会答应的,因为要是惹毛了诺琳,那就大难临头了。一个月左右的失恋期过后,她萝伊丝会咽下苦水,出现在新一滴酒馆,诺琳可能会说一些刻薄的话,罗尼在一旁唯唯诺诺地谄笑着,她会假装一切都很好,原谅他们,虽然他们不会求她原谅。毕竟和他们做朋友要好过陪着醉鬼老妈看里吉斯·菲尔宾的烂节目。她会一如既往地吃瘪,因为她是萝伊丝·拉金,她什么都不是。"开车吧。"萝伊丝说。珍妮丝·费舍正在用绿色的抗菌胶涂女儿被避孕套弄脏的双手。车子载着一行人开动了,萝伊丝又开始哭了。直到回到学校,她才意识到对面座位上的那块东西不是男孩子,而是一个书包和一件上衣。詹姆斯·沃克失踪了。

二 林中怪物

詹姆斯脚下的泥土咯吱咯吱地响着,像是音乐课上的竹管木琴发出来的声音,地上满是干巴巴的落叶、木棍、小石头。头顶上空,枯死的枝丫直刺蔚蓝色的天空。他蹦蹦跳跳,听脚下破碎的声音,像一只野兔奔跑在一片死寂的树林里。

萝伊丝小姐在车上点名的时候,他假装被哥哥丹尼尔追逐。他一直跑,一直跑,直到气喘吁吁大汗淋漓才停下来,他迷路了。虽然他知道不能乱跑,但是他不喜欢萝伊丝小姐。她念自己名字的时候,上唇卷着,像有人喂她吃黄雪冰淇淋似的。他想,要是自己今天走丢了,爸爸说不定会大发雷霆,把她辞掉。

不过,留级也不是萝伊丝小姐的错。先是他妈妈,觉得他个头儿小,让他晚一年才上的幼儿园,然后克劳奇先生让他挂了科,在成绩单上写他"无论感情上还是心智上发育都很缓慢"。所以他成了四年级唯一一个十一岁的学生。休息的时候,他每月得见一次社工,跟他交流。一般也没什么好交流的,所以大部分时间都是在 Xbox① 上玩钢铁侠的游戏。詹姆斯的父母希望他能跟哥哥丹尼尔一样,门门功课优秀,打长曲棍球。丹尼尔和爸爸每个月都在 C 镇高尔夫球俱乐部 18 个球洞的场地打一次球,他们穿着标准的套头衫和咔叽布裤,弄得好像是美国傻瓜球队的一员似的。

丹尼尔喜欢拿着詹姆斯的手扇詹姆斯耳光。"你怎么自己打自己啊,詹姆斯?你怎么打自己啊?"他一边打一边问。有一次,他往詹姆斯嘴里和鼻子里塞了很多咸味黄雪冰淇淋,詹姆斯哭喊着:"求您了,丹尼尔少爷!"丹尼尔却把他的嘴巴、鼻子捂得严严实实的,非让他将这话咽下去不可。受到这样的待遇后,詹姆斯想过用叉子把丹尼尔的眼睛挖出来,像吃肉丸子一样吃下去,谁也没办法把它们再放回到那双空洞的眼窝里。詹

---

① 译者注:一种游戏机。

姆斯走到了树林深处。咯吱，咯吱，咯吱。倒下的树木早都空了心，像玉米壳。他突然蹦出一个想法，便开心地跳起来。绿巨人那么强壮是装出来的，也许他扔的树就是空心的。HBO①电影里面的树看上去是真的，但那是摄像机玩了把戏。詹姆斯咧着嘴笑了，这是他自己想出来的东西，真聪明，这说明他也没那么笨嘛。

　　为了证明这个理论，他举起一块空心木，简直就像纸板盒一样轻巧。木头底下有一条鼻涕虫，他拿出从妈妈的厨房里偷出来的火柴烧它。它的皮肤微微发亮，然后皱成一团，一股烧焦了的橡胶味萦绕在长长的尸体上。接着，虫子的皮裂开了，一团白色的东西慢慢流了出来。虽然他想杀死它，但是并不想折磨它，所以他一脚踩在鼻涕虫上，确信它已经死了。

　　他才八岁大的时候，就溜进麦古芬先生的后院，在兔舍里和一群刚出生的小兔子一块儿玩耍。这团毛茸茸长着红色眼睛的小家伙比他的拳头还要小。他最喜欢小跛子，它一生下来后腿就萎缩了。小跛子无法像其他小兔子一样奔跑，所以只好待在詹姆斯的腿上。麦古芬先生答应等他长大了，就可以收养小跛子。

　　他就这样抱着小跛子，这个小傻瓜舔着他的手指，他不知道自己是不是喜欢上它了，虽然它只是一只不会说话的小动物。他已经记不起上一次喜欢上什么东西是什么时候了。也许他从未喜欢过任何东西。小跛子还在舔他的手指，红色的大眼睛看起来纯净无瑕，詹姆斯觉得它就是一个骗子，就像丹尼尔一样，外表光鲜，内心阴暗。他轻轻地捏了一下小跛子。

　　小跛子没有叫，它没有求詹姆斯停下来（现在他十一岁了，知道兔子原来是不会说话的。但是当时他觉得它们也许私底下会，它们只是不愿意说话罢了）。小跛子的眼睛越来越大，眼珠子都快爆出来了，有意思。詹姆斯本想放手，但是他的手越握越紧，更用力地捏着小跛子。事情完全朝着错误的方向发展，他想把事情做好的，可是他没办法！有时候，他会忘记什么是对的。

　　小跛子的眼睛都快瞪出来了。一个东西蹦了出来，它的眼窝流血了。只是一个红色染湿的洞罢了，没有肉丸子好玩。不好玩，太不好玩了，他干呕着，吐出几口唾沫。小跛子还在流血，可詹姆斯的手捏得更紧了，他不知道除此以外还能做什么。他希望一切都没有发生过，但是却又不知

---

　　① 译者注：美国家庭影院频道。

道该怎么办。

小跛子最后一次尝试逃离厄运,詹姆斯知道他该放手,但是他害怕了。小兔子就像一只修不好的坏玩具,要是麦古芬先生看见它一只眼睛没了,知道是詹姆斯做了什么,那该怎么办?他的双手像一只老虎钳死死钳住不肯放松。小兔子开始扑腾——不是真正的扑腾,而是濒死前的抽搐。终于,小跛子低低地惨叫了一声,这声音让人发毛,像是低吼,又像是哭泣。它久久不肯咽气,那声音让人痛苦,不刺耳,但令人心痛。听到小跛子的叫声,詹姆斯心痛了。惨叫声消失后,詹姆斯的心安静了,他好像从未来过这里,好像只是一场梦。世界成了黑色,他的身体不由自主地行走,找一个不用想小跛子的安全之所。只要一想到它,他便回想起所发生的一切,他不想愧疚,不想有任何感觉。

他醒来的时候,小跛子一动不动。柔软的小兔子冰冷地躺在他的腿上,他不知道自己睡了多久。有趣的是,他知道伤害动物不好,知道自己喜欢小跛子,但是他心里隐约享受这种感觉。虽然他不聪明,但是杀死小跛子是需要勇气的,大多数人可没这个胆量。

他在兔舍后面挖个洞把小跛子埋了。冰冷的尸体让他悲伤得记不起一句祷文,他只好祈祷就算不允许带宠物,上帝也能让它上天堂。除非小跛子的阴魂要缠着他,那他就要祈祷它永远待在地狱。他在洞口放了一些树叶,这样麦古芬先生就不会发现新翻的泥土,然后跑回家,把电话从电话机上拿下来,告诉妈妈他不舒服,要睡觉去了。门铃响了,他向上帝祈祷不要是麦古芬先生,祈祷自己没做这件蠢事。真的是麦古芬先生,詹姆斯听见他和妈妈在客厅说话,一开始声音很轻,后来妈妈嗓音提高了,麦古芬声音也大起来。他仔细听着,虽然听到的东西让他很不爽。"这个小疯子以后还会杀人!"麦古芬先生大叫着。

他把头紧紧地蒙在被子里,希望自己睡着了。他吓得大气不敢出。为什么会这样?因为他是坏孩子。学校的老师同学们都不邀请他去自己家过夜,因为他太鲁莽,丹尼尔,甚至爸爸妈妈都不愿意摸摸他,除非他要。他们都知道他是个坏孩子,而他也刚刚发现,他杀死了自己的小兔子。

麦古芬先生没有像他想象的那样冲进他房间。前门重重地摔上了,房子里一片寂静。过了一小会儿,妈妈端来一杯橙汁和肉桂吐司。她把东西放在床边,拉过一张椅子坐下来(她说话时从来不坐在他床上,她只坐在丹尼尔的床上)。"感觉好些了吗?"她问。

她长得不好看。有一次,他一拳打在她肚子上,说她长得难看。他没想到她会哭得那么伤心。"我感觉很不好,菲丽丝。"他说。自打他有记忆起,他喊"妈妈"的时候,她从来不应一声。

她没有拍拍他的头,或者抱抱他什么的。"麦古芬先生来过了。"她说。他害怕极了,但是除了害怕,他心底燃起一团冰冷的火,蓝色的火焰灼烫着他的皮肤,揪在一起,可他的心里却是冰川一片,且碎成一块一块,直到他再也感觉不到疼痛。他像沉睡的人一样,再也没有任何感觉。

"他说他发现你最喜欢的小兔子被人杀了之后埋了起来。他觉得是你干的,但是我说那不可能。我说你一直在院子里玩棒球。早上你都在玩棒球,是吧?"

他不知道该怎么说。她的眼睛狭长,像是在看着他又尽量不要看到他。为什么她要撒谎说他在院子里?

"我生病了。"他说。

"可能感冒了。"她说,然后拍拍他的床头,但是手没有多做停留。"我走了,你睡吧。"她关上门,他听见上锁的声音。从那天之后,她再也不像以前那样看着他了,她的嘴可能在微笑,但是眼睛里毫无笑容。

那天晚上,詹姆斯偷听到爸爸给麦古芬先生打电话。爸爸说要是麦古芬先生把院子里兔子的事情说出去,他就要告他诽谤,这样他就付不起按揭了,更别想养兔子。还有,一个单身男人诱惑孩子去他家是什么动机?伤害小跛子是詹姆斯做过最坏的事,他错了,再也不想重蹈覆辙。但是后来,他时不时还是会这样做。

詹姆斯不走了。这里很暗,他一直在想小跛子会不会从地狱回来在树林里纠缠他,结果忘了该往哪儿走。抬起头,蓝色的天空已经不见了,净是些枯枝败叶密密麻麻地堆在一起。虽然还是白天,但是一切都笼罩在阴影中。

有同学说过这里有很多鬼魂,所以贝特福德之行才变得有趣。但是没有人看见这里有什么特殊的东西,除了那位爱哭鬼拉金小姐。

他在一条浅浅的小溪边找了一块高大的石头坐下,突然间情绪低落起来。他不喜欢总是一个人待着,这树林太安静了。有时候他想溜进丹尼尔的房间,拿一个枕头捂死他,再捂死爸妈。这样他就有一个新家,没有人再皱着眉看他。

詹姆斯爬上一块石头,躺在上面。他看见水里的倒影,一个金发碧眼的男孩,表情带着邪气。他扔块石头,水面荡起一层涟漪。待水面恢复平静之后,倒影里的人变了。苍白的皮肤,墨黑的双眼,有点眼熟,詹姆斯想了想,原来终于和心里那个坏孩子见面了。那个喜欢搞破坏的坏孩子。

*它总是饥饿;它从未满足。*这句话冒进他的脑子里,虽然他不知道这是什么意思。倒影里的人朝他眨眨眼,他跳了起来。即使是个倒影,它也是活的。"你是谁?"他问,"你想一起玩吗?"

树林突然变得更暗,似乎快要下雨了,倒影也在变暗。"*詹姆斯*",一声低语在枯死的树木之间回荡。

他看看四周,一个人也没有。他感觉裤子里硬硬的。哥哥曾经说过,看女孩子的时候就会这样,但是詹姆斯一害怕或者做错事才会这样。他越是希望赶快摆脱它,就越适得其反。所以大多数时候他只是忽略它。

"我想跟你一起玩,詹姆斯。"微弱的声音像是从水底传来,似乎还不习惯浮到水面上。他不知道是男人的声音还是女人的,这可更糟了,因为这就意味着男人的声音也让他硬了。但是他控制不住!

他跳下石头,追寻声音的方向。一阵风吹来,他看见了一条小路。桦树枝呼呼作响,给他让了路,尖尖的枝丫好似手指一般给他指着方向。他想起小时候电视上看的动画片——施了咒的树林引小红帽去外婆家。

他循着声音往前走,小路越走越宽阔。他走进了一块空地,一进来,入口处便呼呼地合上了。他的心怦怦跳着:现在是不可能找到回去的路了。

"*詹姆斯*",声音像是汩汩流动的泉。

林间的飞虫都不再叮他,动物们也都消失了,就连小虫子、苔藓、小蘑菇也都瞧不见了。也许树林里的这些东西会伤害他们,他知道。

墨水一般黝黑的泥土带着温度,虽然他穿着橡胶底的耐克鞋,脚趾也被蒸得发热。这种火一般的热量曾经在他体内出现过,小跛子死的时候,冰冷却又滚烫,漫无方向地在体内燃烧。他知道该做什么,声音在指导他。他捡起一块锋利的石头,在黑色的泥土上开挖。风声越来越大,树枝像是服了咖啡因的人在演奏音乐:曲不成调,无所顾忌。*就是这样,詹姆斯*。那个声音此时已不再游离于他之外了,它就潜伏在他体内,在他的脑海里萦绕,从他的眼里盯着这片树林。他抽泣着,扇自己一个耳光。"滚出来!"他叫道,可是心里又有一点喜欢这样的感觉。

"别躲着我啊，詹姆斯。"声音说，"我认识你。"听起来像是小跛子的语气，令人宽慰又捉摸不定。他开始想念小跛子，想念被抚摸的感觉。这个声音在他体内游走，在脑海中找了一个地儿舒舒服服地扎根了。

"我认识你，詹姆斯，而且还有点儿喜欢你呢。"声音说。詹姆斯笑了，因为他的脑子里浮现出小跛子抽搐的画面，他知道声音说的是实话。他不再打自己耳光，开始挖洞。滚热的黑土粘在他的手上，洞越来越大，他挖了好久好久，直到全身酸痛，直到麻痹，接着又有新的一轮更钻心的疼痛来袭。

他还在挖，忘了酸痛的肩膀和双腿，顾不上流血的手指，忘了沉重的呼吸，忘了自己在做什么，为什么这样做。声音抚慰着他，他像钻进了暖和的被窝一样。它不再说话，但是詹姆斯能感觉得到。他想到小跛子，他的家人，萝伊丝小姐，他希望上学第一天她没有当着全班同学的面问："我看你比其他同学大，詹姆斯，你是不是要特殊照顾呢？"过了一会，他什么都想不起来的。整个世界变黑了，他醒着可是却睡着了，就像上次小跛子事件一样。他继续挖。

他在黑暗中醒来，因为听到有人喊他的名字。他正站在一个深洞里面，一个劲儿地挖着。怎么这么快就到晚上了呢？明明五分钟前还看见太阳高挂在空中，现在却是满天星斗。他的双手血淋淋的，后背和双腿疼得厉害，稍微一动就疼得他直哼哼。他挖了多久啊？

"詹姆斯！"远方传来一个声音。是他刚刚交的朋友吗？可是这声音听起来有些愠怒。"能听见吗，詹姆斯？"又是一声。他听出来这个恐怖的声音，萝伊丝小姐回来找他了。只是这次她把爸爸也带来了。米勒·沃克透过扩音器喊着："马上到这里来！"

詹姆斯深吸一口气，胸腔酸疼；后背的肌肉紧紧地收缩在一起，他不得不弓起身。最疼的莫过于他流血的手指，他对着手指吹气，希望能减轻一点痛楚。

身体里的那双眼睛睁开了，观察着。*继续挖，詹姆斯。*声音说，*我知道你想要什么，我都会给你。* 是的，詹姆斯想，它知道真相。他杀死了自己的小兔子。

他又捧起一抔土，再一捧。也许小跛子就在下面，等待能够摆脱厄运。如果詹姆斯再加把劲儿，他就可以帮它摆脱。他当然知道这不可能，但是他又一次感觉到这个地方很神奇。泥土里突然传来一阵恶臭，像是臭鸡蛋的味道。洞里冒出一股轻烟,覆盖了整个树林。他继续挖。又扔了一捧土,他摸到一个坚硬又热热的东西。他拨开两边的土,将它抽了出来。*聪明的孩子!* 声音说。他笑了,因为这个声音听起来很骄傲。

拿出来的东西是棕色的,很硬,没有石头重,比尺子长。他的手像是被冻伤了一样疼,他把东西扔到了地上。他认出来这是一根骨头,一种动物胳膊上的骨头。不,不是小跛子,这也太大了。恶臭熏得他眼泪都出来了。*这才是你想要的一切,詹姆斯。* 声音说。詹姆斯知道他不再关心小跛子了,他想要下面埋着的东西,他想看看声音背后的那张脸。

爸爸还在喇叭里喊着,可他知道自己已无法回头。萝伊丝小姐不会原谅他的,而自从他留级之后,米勒·沃克从来没有正眼看过他,或者亲昵地叫他"好伙计"。他继续挖,又掏出一根骨头。

他的手指蜷成一团,抽筋了。他口干舌燥,舌头动弹不得。一块指甲剥落了,什么时候从食指上脱掉的他都没注意。骨头越来越多,他一点点掏出来,放到洞外的黑土上,手指上的血不断往下滴。头骨,脚趾,他笑了。是一个人。

骨头堆成血淋淋的一堆。他流了很多血,手上、胳膊上布满了伤口,他不记得是怎么弄的。起风了,枯树互相撕咬着对方,动听的音乐声不见了,接踵而至的是尖叫声。汗珠从眉毛上滑落,他的脸像石膏模型一样平静。他的血给骨头平添了几分颜色。他不觉得疼,他身体的一部分,或者说大部分还在沉睡。裤子里有一股热气,又硬了?不是,他尿裤子了。

他竟然没有发现尸骸的旁边都是动物的尸体,臭鼬、松鼠、鸟儿、小鹿。它们堆在空地的边缘,像柴堆一样。是这个尸骸所为,它钻进动物的脑海里,让它们互相打斗,然后它就可以品尝四溅的鲜血。泥土如此黑暗不是因为墨水。

詹姆斯生起一种邪恶的情感,他无法自制地拍着被血浸湿的双手大笑着。

你想要的一切, 声音向他许诺,詹姆斯知道他是认真的。他脑海里浮现爸妈破碎的尸体,看见哥哥丹尼尔变成了一个痴呆,而自己成了沃克家族的当家人。

一只浣熊从树林里走出来,牙齿露在外面,两只眼睛黑漆漆的。浣熊越来越多,晃着肥嘟嘟的身体迈着短腿朝他走来,像生病了一样,身上散发着臭味。詹姆斯捂住嘴巴,屏住呼吸。

它们疯了,他想,跟我一样。

他知道接下来会发生什么,声音向他耳语。如果他还有神志,他应该跑开。但是浣熊跟着他一起走,他的血洒在骨头上。他想起了小跛子,终于知道在生命的最后一刻,他的小兔子是什么感觉了。

第二部分
孵化

三　原子分裂

　　詹姆斯·沃克失踪后的星期四早上，梅格·温特劳伯正趴在房子的地下室里，报童又忘了《C镇日报》的位置，她不得不用手撑在地上去拿。她的臀部在竭力抗议着，骨液囊炎疼得她死死咬住下唇。虽然她保持着良好的身材，虽然在克莱罗小姐的帮助下，她也把头发染黑了，但是这种病让她记起自己已人到中年。

　　供她爬行的空间约有两尺高，和房子同宽同长。日报离她不远，等眼睛适应了黑暗之后，她发现了儿子戴维十五年前丢的那辆活动摇摇车，一团看起来很像毒莓的三叶植物，还有积年累月的报纸。杰克·弗罗斯特在今天早上的报纸上撒了尿，纸张都被淋湿了，粘在一起。她摇摇满头黑色的细卷发，想：*镇上就不能雇一个不那么娘娘腔的报童吗？一年，就一年？*

　　她爬过太多次了，知道这下面有蜘蛛。每当这时，她都能感觉到厚厚的蜘蛛网粘到她的脸上。木梁很结实，水泥地上一个缝儿也没有，一切都井井有条，她想这也不失为一种安慰。但是，也让人失望。

　　梅格拿着湿透的报纸爬了出来。摇晃着上楼时，她发现毒莓正粘着她的旧毛巾长袍，这种树叶像塑料做的一样。虽然对它不过敏，但她也知道最好远离这种东西。然而就像在最后一刻往路中间扔一只啤酒瓶一样,一种本能从她的心底冒了出来。她想摸摸毒莓,将它擦在手指上,用舌头舔一舔,试试这些白色的毒莓(后文的怎么成了毒莓),她想知道究竟会发生什么。于是,她捡起一些放进长袍的兜里。

她终于爬出来,坐在阳台上。小镇还在沉睡,一如她的家人。黎明时分,橙红色的阳光穿透浓密的松枝照耀着她的小院。外面没有车也没有人。燃气灶上煮着粗制的咖啡。该煮荷包蛋了,还要安排一些约会。照理说,一天也还是充满期待的。

自从两周前戴维离开家去 UCLA(美国加利福尼亚大学洛杉矶分校)念大二之后,她就一直闷闷不乐。他现在会漂头发和眉毛了,会戴亮灿灿的红色项链,看起来竟然……很漂亮。要么是他喜欢扮成冲浪者的样子,要么他就是在鼓起勇气承认自己是同性恋。她怀疑是后者。虽然芬斯塔从没这样说,但她知道他在怪她,是她太过溺爱才让儿子恋母情结过重。只要她和戴维出去散步时间久了,或者互相挠痒痒,或者一起烤饼干,他就会扯到这上面来。他会瞪着眼睛走进厨房,好像戴维是她的情人,被他捉奸在床一样。他还会说一些蠢话:"男人应该学会自立。"搞得她和戴维都不知如何是好。芬斯塔真是一个傻瓜。

她比想象中还要想念戴维。可能因为这样,去年她和格雷厄姆·尼罗才纠缠在一起。女儿曼迪和丈夫芬斯塔指望有热腾腾的饭菜,付清的账单,干净的房子,聪明的建议。当然,他们感激她做的一切。她早就不是忍辱负重的奉献者了。但是他们还是指望她这个那个。

比如说曼迪吧。夏天的时候,她用酒精棒和冰块麻醉,打了脐环,铁的。"我太潮了!"她大叫着冲进厨房,对着天花板跷着个拇指、食指和小拇指,像个摇滚小魔女一样。只是常常有血从她蓝色圆点泳裤里流出来。为了能顺利穿透她的肌肤,她在铁环上抹了胖子黄油①,却不知道油脂是一种抗凝血剂。他们差不多要奔向急诊室了,后来梅格恢复了理智,把那该死的铁环拔出来,让伤口愈合。这就是曼迪,行事从来不经过大脑。过马路不看两边的车,对陌生人微笑,最近又把头发染成了紫色,事后才看染发剂的标签上写着药水是永久性的。

芬斯塔呢,要是他一个人生活的话,能每天只吃牛肉干,衣服堆在篮子里,挑出一件最不臭的穿。结婚二十年,这个男人还不会做通心粉。有

---

① 译者注:美国一种黄油品牌,Crisco.

时候她看着餐桌对面的两只土包子,不由得怀疑:*我究竟在哪儿呢?*

梅格在阳台上转个身。跷着的腿已经麻木了,针扎似的感觉从脚底蔓延到臀部。上帝啊,她老了。她可以靠一瓶奔肌止痛膏和一双矫形鞋过一天。秋天温暖得不可置信,今天的气温可能骤增到华氏 70 度,是出去钓鱼的最佳天气。她和芬斯塔可以请病假,开车去巴克斯特国家公园,在卡塔丁走走,在车上吃掉夏天最后一批蓝莓。他们总是打算做这些事情:出去旅游,在小旅馆租个房间,做一些有氧的爱爱,下午出去打保龄球。他们向来是只说不做。结果,这么多年过去了,他们都没有时间去履行。

怎么可能履行呢?好笑。好吧,不要故作温情了,这件事一点也不好玩。

贝特福德大火之后,芬斯塔建议搬去波士顿,他担心 117 出口的核生化事故标志是灾难的预兆。没多久,那些标志都倒了,搬家也就抛之脑后了。但是她还会想这件事。曼迪毕业那年,他们本来可以卖掉房子,各奔东西。在他们都还年轻的时候过自己的生活,一直到中年。这样的念头像是滚烫的金属游走在她的血液里,变得坚硬,让她痛苦,但是一直存在。

梅格撅起嘴唇,也不算是叹气。几只鸟儿在楼上屋檐间安了家,现在唧唧喳喳地叫起来。蓝知更鸟?燕八哥?麻雀?她不知道。蜂鸟是她的最爱。它们的翅膀扑棱地飞快,看起来像是一团模模糊糊的光晕,保持不动。她把手伸进口袋,挤碎毒莓。芬斯塔现在可能起来了,他和曼迪最近都不讲话。成长的痛苦——他发现曼迪不再是自己的小女孩,曼迪也这么觉得。所以在找不到别的方式相处之前,他们只有忽略对方。曼迪的喜怒哀乐要看她吃了什么,和男朋友相处得好不好,还有月份。芬斯塔不同,他靠理智说话,沉默不语,深思熟虑,遵循常理。他很少笑,从来不哭,相当冷漠。是的,她有一个冷漠的丈夫。

梅格扔掉毒莓,稀稀落落地滚在地板上。她的四肢起了密密麻麻的鸡皮疙瘩。全身上下除了头发,其余地方长的毛发全被她刮得干干净净,皮肤像是脱了毛的桃子一样光滑。祖父母和外祖父母都是从意大利北部移民过来,所以家里人的皮肤都很白,唯独她的皮肤黑,像是返祖回到另一代人似的。七年级前的那个夏天,她来例假了。她跟中了个额外的奖励似的,上唇周围开始长毛茸茸的黑胡子,看上去像爬着一只毛毛虫。秋天开学后她受到无尽的嘲笑。十二岁的孩子比她想象的还要刻薄,他们常常奚落她。"你愿意娶我吗,小兵?"菲尔佩恩装出一副乞求的样子问她,笑得眼泪都飙出来,满脸都是。"我爱你,小兵。"厕所里的涂鸦也有她的流言,说她是雌雄同体。有一个朋友(曾经是)甚至在换衣间要看她的小弟弟。

那年圣诞节放假的时候,她买了除毛腊药箱。她立即学习如何拔毛、涂蜡、刮毛,还努力节食,决心成为一个精致闪耀的梅格·伯奈利。尽管还流传着她是男生的谣言,八年级时候的她已经和高三学校摔跤队的队长约会了,到了高三,她已经是蝉联三年的舞会王后。当然,她为此确实付出了艰辛的努力。王后人选宣布后,她把自己锁在厕所里偷偷地哭了二十分钟。三年后她遇见芬斯塔,他完全不知道她曾经的绰号是"小兵",也不知道如果她一个星期不刮胡子,胡楂就会爬上嘴唇和脸颊。直到现在他还被蒙在鼓里,对此她或多或少有一种女性的骄傲。

直到今天,那段虽短暂却痛苦的嘲笑仍然威胁着她。她费尽心力地把每条裤子的褶皱熨得笔直;头发吹直,弄出弧度来衬出一张锥子脸;她学会把每件衣服都穿得恰到好处,一尘不染;微笑的时候露出洁白的八颗牙齿;穿上得体的荷叶裙展现纤细的腰身。她后悔让曼迪遗传到这种完美主义:她早饭必吃柚子,一次一瓣。梅格眯起眼睛,太阳已经升到空中,小镇开始醒了。她的房子坐落在里弗大街,俯瞰C镇的市中心,远远地可以看见医院和旁边的四层停车场。再下面是圣公会教堂,简单的铜质十字架已经惹了铜绿。整条街上排列着两层楼的商店,路上的汽车慢吞吞地蜿蜒前行,医生、护士、麻醉师和医院主管浩浩荡荡地向医院进军。

绿色的草坪一律修得整齐,她的园工队一星期来一次,像变魔术一样在土里撒下草籽,修剪篱笆。清洁工从西部搭巴士来C镇,他们都是临时工,打扫房间,在商店里拖地板,在炎炎烈日下汗流浃背地工作。她从来不会和家里的园丁讲话,也不和周三下午来打扫的钟点工说话,只是留下装满工钱的信封,上面草草写着他们的名字。这是C镇的作风,但是不代表她赞同这种作风。

饥肠辘辘的肚子咕咕地叫起来,梅格想喝杯咖啡,吃个鸡蛋。手中的报纸皱成一团,但是还能看。早上发生的某件新闻,眼前的这座小镇,栖居的这座房子都让她莫名地悲伤。她想念一切,虽然都还在眼前。她喜欢这样,迷恋一样即将失去的东西。

跟格雷厄姆·尼罗发生那件烂事之后,有一个词总是在她脑海中挥之不去,让她夜不能寐,就像夏日流连在贝特福德弥撒河上的漂流物,吸了水膨胀起来,面目全非,给人不祥的预感。和曼迪吵架的时候,支付账单的时候,深夜看电视的时候,和丈夫亲吻晚安的时候,她就想到这个词。不管她怎么努力试图忘却,它总是倔强地屹立在那儿。离婚!白天醒着的时候,几乎每一小时想到一次。离婚。离婚。离婚……

鸟儿飞出自己的小窝,在走廊上东啄西啄。黑色的脑袋,白色的胸脯,歌声清扬柔和,微微颤抖,她终于想起是什么鸟儿了:山雀。梅格脱下拖鞋,站起来。为什么不离婚呢?还有什么能拦住她呢?曼迪明年就走了,儿子已经走了,她还有什么顾虑呢?

脚下的湿草传来一股冰冷的寒意,鸡皮疙瘩变得更大,手中的报纸也沉重地丢在了地上。她今年四十五岁,从来没有裸泳过,从来没有不买票溜进电影院,从来没有吸过大麻,从来没有故意摔盘子。她想赤足着地,想像孩子一样在草坪上打滚,想请一周的假和老公去找乐子,真的乐子。晚上睡在床上的时候,肚子笑得生疼。

她想走到他的窗前,像被解放的朱丽叶一样,跟他说过去的美好时光。芬斯塔,戴维,曼迪——所有人,是他们在毁掉这种凝聚力。她转身,下定决心就去做吧,但是她停了下来。是鸟儿吗?她不确定。它们还在地上奋力地啄着。小山雀,可爱的东西。有一只吞下了毒莓,她的毒莓。她突然想起来,梅格·温特劳伯心跳加速了,鸟儿会中毒,不是吗?但是过了一会,它们又开始找婚礼上扔下来的干米粒吃了,渴了就去喝水,把胃撑到爆。有毒是假的吗?她的心剧烈地跳起来,脸颊飞红,像是情人节的红色。它们在做什么呢?不一会所有的毒莓都吃完了,大概有五六颗吧。哦,不。她用手支撑着额头。地上有一只鸟儿不吃东西了,扑棱着翅膀,但是飞不起来。它在走廊上跟跟跄跄地跳着,看起来像喝醉了一样,要不是她知道是怎么回事,会觉得很有趣,会想起晕头转向的啄木鸟伍迪。小鸟耷拉着翅膀,小细腿拖着身体前进。她摸着它柔软的羽毛,捧在手心里,感受它缓慢的呼吸。她没有悲伤。这只鸟儿是个傻瓜,还不如死了,免得将愚蠢遗传给下一代。它的本能就错了,鸟儿本来就知道不该吃有毒的东西。可是她为什么哭了?

鸟儿没有从她手中挣脱,空空的胸脯随着缓慢的呼吸一起一伏。她不知不觉地同情起来,是她杀死了它,这只笨鸟儿。

梅格弯下腰,鼻尖碰触到它的嘴。它没有反抗,她哽咽了。他们养过两只狗,四五只兔子,还有很多金鱼。只有养狗的那次,她哭过。但是这只鸟的身体正在慢慢冷掉僵硬。她想把它放在原来的位置,假装什么也没看见,但是她做不到,不能让它孤零零地死去。她仍旧捧着它,看着它慢慢停止呼吸,把它放在地上,擦擦手。她就那样站在草坪中间哭泣,开车经过的邻居都慢下来看发生了什么事。她用手遮住眼睛,好像在挡太阳一样。身上的长袍已有十年之久,袖子也磨破了。好一点的睡袍都拿去洗了。头发乱糟糟的,双脚冰凉。为什么这么凉呢?对了,没穿拖鞋。一只鸟,可爱的鸟儿。山雀。

　　一辆车慢慢开过来。芬斯塔的老板,医院的执行主管摇下车窗。"梅姬,你好吗?"米勒·沃克冲她喊道。这个家伙特别喜欢给人起外号,什么"我的左右手"、"男孩芬尼",还有"梅姬"。每年圣诞舞会,他都要大演咸猪手,捏一下她的屁股,还假装是一件多么爆笑的故事。她装出一张笑脸,夸张地挥着手,希望他离得够远,看不见她的眼泪。然后梅格·温特劳伯飞速地转身,急匆匆地跑进屋里。

　　芬斯塔·温特劳伯透过雾蒙蒙的窗户看着一切。肌肉酸疼,好像刚刚不是做了一场梦,而是跟迈克·泰森打了几个回合。他睡觉从不安稳,踢被,呻吟,还说梦话,第二天早上又忘光光。可怜的梅格,有时候她会给他看胳膊上的伤痕,或者半夜他把被子全都卷走后把他叫起来。今天早上他没听见她起床,真是反常。他俩的睡眠都很浅,但是又一次,他从梅格最近的表现发觉到只要她愿意,她可以做到悄无声息。

　　他看见她从门廊底下钻出来。整串动作一气呵成,先是张开双腿伸出来,接着整个身子。然后她拿着湿答答的报纸在木台阶上快速拍了三下,水滴沿着小小的弧度飞出来。他没有用一个男人的眼光看着她。他自己的妻子。

　　芬斯塔精壮结实,中等身材,除了那双墨绿色的眼睛比较迷人,其他方面都一般般。但他是最忠实的倾听者,永远保持眼神交流。所以在别人心中,他的脸令人难忘,即使只见过一面也不例外。比如,他们记得他脸颊两侧的笑纹,宽大的双手,令他看起来更加强势。

　　他生性冷静,而梅格却有些鲁莽。开心的时候,她的手指一刻不停地敲着,从木板到方向盘,从方向盘到大腿。新奇的东西能让她心情舒畅,比如冷冻的士力架巧克力棒,比如下雨天,因为这样她就不会为不能出门而闷闷不乐了。但是现在,她似乎很放松,头发乱蓬蓬地披在肩上,他喜欢的样子。她看着路边，神游四方，姿势是那样的轻松，仿佛最近绑住她手脚的胶水都被晨露融化了一样，看上去亲切许多，也更加性感。

突然，他被一阵大声的蜂鸣声惊醒，接着听到一声抱怨加一个巴掌，然后又安静下来。曼迪的闹钟。小时候都是他叫她起床，"起来了，晒太阳了。"他一边说，一边打开百叶窗让阳光洒在她的床上。现在只有梅格能进她的房间了，因为她裸睡。每天早晨至少花一个小时在卫生间，撒上女人味的香水，扑上蓝色的眼影。她还找了个男朋友，恩里克·瓦格斯每周来家吃一顿饭，芬斯塔不得不微笑着跟这个年轻人聊天，一边阴暗地想眼前这个人可能只是在和自己的女儿玩玩。

芬斯塔摇摇头，又想到戴维。他怎么就养了两个把头发都染成马戏团小丑模样的孩子呢？

楼下的梅格把什么东西扔到走廊上，向小石子一样四处溅开。他想要不要去陪陪她，在她的脖子后面轻轻一吻给她一个惊喜。算了，她早晨的脾气不好，最好还是保持距离吧。他想起刚刚的噩梦，梦里面的房子变得无比巨大，几十个房间连着更多的房间，像迷宫一样相连，一直到大厅。欧几里得几何学定理被颠覆：地板是倾斜的，拐角不再是九十度的直角，天花板很高，有的地方还是圆形。一只体型庞大，怒目圆睁的恶犬守护着前门，有点像邻居家的德国牧羊犬，只是眼神更凶狠。他看得很清楚，绿色的菖蒲不受光线作用，像波浪一样此起彼伏。他一看就知道自己不是发疯了也差不多了。前门上写着"危险品"，门外身穿白色防护服的人们把邻居塞进黑色的小车里。外面很危险，里面也不安全。梅格和女儿一边谈话一边走进了房间，他大叫着让她们别出声，但是发现自己只是房子里的幽灵，女人和女孩都听不见。

恶犬先是朝梅格扑了过来，体重约有一百八十磅，张开的血盆大口就像铁制捕熊器。梅格没有机会逃跑，小腿被深深地咬了一口。她跌倒了，鲜血染红了波斯地毯。曼迪拼命拉着妈妈的胳膊救她。虽然已经醒了，但芬斯塔想到这里也吓了一跳，他怎么会做这样的梦？曼迪拽着梅格，恶犬又拽回去，就像两只野兽争抢一块骨头。

他只能想起这么多了，早晨起来心情就格外差劲，也不足为奇。梦里的场景还历历在目，他觉得内疚，也有点怕梅格。

这时卧室的门突然开了，梅格冲了进来，像是被怪物追赶一样，他立即想到那条恶犬。梅格的眼睛红红的像是哭过，连鞋子也没穿。

他皱起眉。"怎么了?"

她把头埋在他的肩窝,由他把自己带到床上,坐下来。

"发生什么事了?"

她耸耸肩,眼睛下面出现了黑眼圈,睡袍的带子散了,他能看见她小巧挺拔的乳房。她没穿短裤也没穿睡裤,就这样跑出家,一想到要是哪个邻居偷窥到她,芬斯塔心里就一阵恼火。

"格雷厄姆·尼罗?他又来纠缠你吗?"芬斯塔问她。

她抽噎着摇头。"一只鸟。"她说。

她想养鸟吗?还是她在外面被鸟攻击了?她这是不是脑瘤的前兆啊?他准备听她继续说下去,但是她没说话,只是伏在他身上,脱下他的浴袍。他似乎知道会发生什么,但是这样的姿势还是让他意外,直到感受到她的嘴唇,他才确定。

他闭上眼睛,轻轻呻吟。她很久没有这样了。而他差不多忘了自己多喜欢这样的她。他想看着她或者拍拍她的头,但是这样会毁了美好的感觉。她不喜欢被曝露。多年过去了,她还是能让他如此惊喜,他笑了,一个讨厌早晨的女人。结婚多年,早饭前做爱的次数他两只手就可以数出来。

她微微出汗,这种体味她绝不容忍,洗澡后会喷两次如风女士香水掩盖掉。她的睡袍散开来。他说喜欢她穿短裤和T恤的样子,她从不相信,也不理解。他爱她是因为她光着身子的时候很舒服,因为她让他看见自己快乐的样子,这一点她到生完曼迪后才开始适应。因为她为他生孩子。

她速度加快了,快感揪住他的喉咙,他想喊出来,但是没有。他尽量保持安静,看着她。她很努力,越来越快。他忍不住了,把她按倒在床上。他们做了。时间没有他想象的长,他过于急切。激情过后,如释重负。曼迪就在底下的大厅,他们没有发出声音。

之后,他们并肩躺在一起。

"还不错。"他说,意思是太棒了。她呼吸沉重,刚刚的运动让她额上的青筋更加明显。他想起梦里的恶犬,把她抱在自己怀里,像是保护她不受伤。今晚送她一束花,带她去吃晚餐。

她擦了擦嘴,靠在他胸口。小小的女人,胳膊肘的关节却硬邦邦地戳在他肋骨上。"外面一只鸟儿死了,在我手里死的。"

他等她继续说下去。她在说什么呢?他没看见什么鸟儿。

"房子底下有一些毒莓,我捡了几颗,扔到走廊上。有一只鸟儿吃下去了,然后在我手里死掉了。"她一贯平稳的口吻又哽咽了。他以为她要跟她说什么事情。关于格雷厄姆·尼罗吗?这是对她曾经的行为作出的一种令人费解的解释吗?鸟吃几颗毒莓才不会死呢。

"你没什么要说的吗?"她问,语气里的尖锐让他吃惊。

他眨眨眼,做思考状。"听起来是一只笨鸟嘛。"

她生气了,眼睛眯成一条缝。他本可以说"谢谢你"或者"你真棒,宝贝!我们很和谐"之类的话。这真荒唐,她是他的老婆,为什么就不能说点中听的话呢?

"真冷,芬斯塔。"她说。起先他以为说的是天气,可是看看她脸上的表情他明白了。他的心沉了下去,失望透了。"你就是一条冷冰冰的鳟鱼。"她说着站起来向卫生间走去。"做条鱼你会更开心些,我们都会。"水哗哗地流着,他还在床上。床单湿了,他像是一只在床上撒尿的狗,突然羞愤难抑。曼迪在客厅里走来走去,硬木板传来哒哒哒的声音。她和她妈妈一样苗条,却像一只公牛一样吵闹鲁莽。"没有人叫我起床!"她一声河东狮吼。"为什么没有人叫我起来?"接着下了楼进了厨房,照例吸掉一瓣柚子的果汁,再把果肉扔掉,然后说自己饱了。她和梅格会一直斗嘴斗到上班,没有人会注意他在哪里。

"你们不知道世界上有一些可怜人吗?"他想大声喊出来。"你们怎么就身在福中不知福呢?"人类的精神和其免疫系统如出一辙,一旦没有了对手,自己就会创造对手。

芬斯塔等着梅格洗完淋浴。门开了,一股水汽冒出来。她全身通红,像是使劲擦掉他留下的记忆似的。路过他身边的时候,梅格避开他的手,一副厌恶他碰她的样子。他走进浴室,摔上了门。里面香云阆间,他打了个喷嚏,闭上眼睛,回想她站在草坪上的样子。那么不知所措,好像不知道要不要去上班,不知道怎么会在 C 镇,不知道是不是该回屋里。一瞬间,往日早晨像是戴了面具的她,在离开房子后获得了短暂的自由。想到这里,他又记起梦里的黑色德国牧羊犬,记起它牙齿咬在她骨肉中的满足感。

四 战争

就在萝伊丝发现不小心把班上最不喜欢的学生在贝特福德荒林弄丢了的时候,梅格·温特劳伯在漫不经心地翻着《出版人周刊》双九月号,用红色笔勾出想买的成人书籍,此刻她已经挑选出 J. T. 佩蒂的《斯克里夫纳蜜蜂》及史代方·彼得鲁哈和汤玛斯·彭德尔顿的《2L84U》。

C 镇的图书馆建于 20 世纪 70 年代,所以就是一块难看的煤渣堆。梅格的办公室在主楼中心,用有机玻璃外壳隔出一间来,一扇门通往参考图书阅览室,一扇门通往儿童阅览室,她就像一条金鱼在自己的空间里游泳。午饭便档是奶酪和西红柿三明治,放在桌子上已经蔫儿了,她不想吃饭。山雀的毙命本来让她胃口尽失,现在芬斯塔让她更加恶心。有些东西一定不能冒犯,男人在床上的表现就是其中之一。这很残忍,她早上真的很残忍。这就是问题所在:只要和芬斯塔有关,她就控制不住自己。他很冷感,她已经厌倦拥抱他了,只想揍他一顿,证明他是有感觉的人。

"嗯!嗯!"阿尔伯特·桑格温小声地清嗓子。他坐在梅格办公桌对面的网络终端前。她看见他的头在微微颤动,然后盯着屏幕一动也不动。今天他一身奇装异服,比平时的怪异风还要怪异。翼形饰孔皮鞋、黑色高领绒衣、陆军迷彩裤,裤子上布满了口袋,像是 L. L. 宾永户外的款型[①]。梅格拿起三明治,突然想到一个好主意,去小吃店加点葡萄香醋,面包已经浸透了。此刻的芬斯塔和曼迪可能正在埋怨她呢。

"嗯!嗯!"阿尔伯特又清嗓子了。她不知道是清嗓子还是抽筋了,他的声音越来越大,她拿起钢笔敲了敲玻璃。他没有抬头,只是摇摇手表示感谢,眼睛一刻不停地盯着屏幕。阿尔伯特的神经系统由于成日酗酒退化了,患上了一种酒精引起的抽动秽语综合征。政府经费减少后,班戈区的精神疗养院把没有暴力倾向的病人不管病情轻重统统踢出来。有四个 C 镇本土人,他们回来的时候芬斯塔在医院建了一个精神卫生所。他们在参加他的小组讨论之余就会结伴来到唯一接纳他们的公共场所:图书馆。一些人住在六号汽车旅馆旁的补贴住房——那里是 C 镇唯一一个

---

① 译者注:全球著名户外品牌服装。

不纯是中上层人居住的地区——靠残疾福利和慈善基金生活。在图书馆里，他们可以读读书，上上网，打发时间，在沃克家族捐赠的皮椅上打个小盹儿。有人对此颇有微词，但是在梅格看来，图书馆的存在就是造福公众的。只要他们不打扰别人，就有进来住的权利。

梅格最喜欢阿尔伯特。每次打开新书前，阿尔伯特就像行家品鉴2001年勃艮第红酒一样，细嗅书香。更重要的是，他总是按时还书。这个如饥似渴的读者几年内涉猎广泛，从热力学到血液学，现在又迷恋上内战时的集中营。这不，上个月就沉浸在佐治亚州的安德森维尔①的历史阴霾中郁郁寡欢。两年内死了13,000多名联邦士兵。即使到后来，集中营周边的坟墓多得跟坑似的，周围的农民也保持缄默。梅格没兴趣支持阿尔伯特骇人的爱好，但是每当他脑子里蹦出个灵感，就固执到底，她怎么也说服不了他。"为什么会发生内战？"上个星期她问他。他连《安德森维尔监狱狱守审判录》都没翻，脑袋和双手瑟瑟发抖，告诉她："就像一种得了免疫性疾病的有机体系。嗯，嗯。自己攻击自己。"

这就是悲剧。阿尔伯特并不傻，三十三岁的青春年华，他的人生在前往麻省理工大学追寻城市规划工程师之梦的时候急转直下。他对数字有着惊人的敏感，但是离开家人，课堂和社交的压力让他无所适从。他开始有妄想症，坚持说有什么东西呼唤他回到缅因州。他从MIT辍学后，和父母住在一起。十五年后，他仍然没有恢复清醒。他不愿意吃抗精神病药，反而夜夜灌酒醉得不省人事。生活的艰辛让他早早地显出老态，犬牙没了，稀疏的头发全白了。他买不起真正的酒，只好自己在家酿酒。他用白面包过滤，保存在床底下的罐子里，让它继续发酵。过段时间，尝一口他称作面包布丁的东西。梅格听说过这些，因为这些气味有毒，房东以危害公共卫生罪告过他六次，他年迈的双亲从C镇的另一边赶来赔了些钱。

她一直以为他是一个温和又悲剧的巨人，但是最近他在医院接受震颤性妄想症治疗的时候，一拳打在一个十四岁义务护工的喉咙上。这个小姑娘恰好患有食欲过剩症，喉咙的肌肉脆弱得像纸一样，阿尔伯特生生地将她的食管撕开一个口子。三小时的治疗后，她恢复过来，但是她对医学没了兴趣，这也可以理解。这是阿尔伯特第一次表现出暴力倾向，但是

---

① 译者注：位于佐治亚州中部偏西南的一个村庄，南北战争期间13,000多名士兵死在这臭名昭著的联邦监狱里，现已成为国家历史遗址。

对于芬斯塔来说,一次就够了。

她丈夫自然有道理。阿尔伯特的病情一天天恶化。几周前,他告诉自己在公寓里抓了一只老鼠,剥了它的皮,用比克打火机烤,然后吃掉了。多年的面包布丁发挥作用了,抽动秽语综合征越来越严重,人们不让他接近儿童。但是梅格喜欢阿尔伯特,不喜欢被人指手画脚。所以,只要他没有表现出危险的迹象,他就可以待在这里。全国的精神病院都关门了,像他这样的人又该何去何从呢?

"嗯!"阿尔伯特狠命地清喉咙,像是喉咙里有只大猩猩一样。

梅格拿着圆珠笔敲了几下玻璃,但是阿尔伯特没有理会。他深吸一口气,仿佛要酝酿一下再号叫出来。*不是现在,阿尔伯特,*她想,*我现在没心情和一个疯子待在一起。*她咚咚地捶着玻璃,整个办公室都在颤抖。另一边的阿尔伯特停止了大口的呼吸。两个人站在那里,中间隔着玻璃。

他有六尺五高,大概一百八十磅左右,而她不算三寸高跟鞋的话有五尺高。她皱着眉,轻轻地摇头。玻璃墙外的阿尔伯特脸红了。"对不起,温特劳伯女士。"他做着口形,然后闷闷地坐回到椅子上。

梅格重新坐下来。平常办公室里还有业务员和副馆长,但是上个月市里减工资的时候,他们都辞职了。镇上正努力雇人填补空缺。剩下的工作人员都是义工,他们喜欢聚在接待处的桌子旁,安静地喝喝咖啡,读读书,躲开梅格·温特劳伯探究的眼神。

梅格拿起《出版人周刊》,咬了一口三明治。她在想芬斯塔,曾经爱过他,但是现在记不起来了。这些天她一见到他就想踢他。她想到今天早上的小鸟,接着眼睛又湿润了。愚蠢的小鸟!

五分钟后,她看了看钟。快到下午两点,讲故事的时间到了。她扔掉几乎没动的面包站起来。外面的阿尔伯特十分安静,唯一能听到的就是手指敲打键盘的咔嗒咔嗒声,肯定又是在浏览安德森维尔的照片。她敲敲玻璃,对他点点头,意思是希望在她不在的时候他可以乖乖不要闹事。然后打开了门走向儿童阅览室。

儿童阅览室的墙面漆成了白云朵朵的蓝天,橙色的巴巴爸爸①形状的塑料椅子在房间中央围成一个圈。孩子们的房间是梅格的骄傲,每一天都生机勃勃。蹒跚学步的婴孩在彩虹地毯上笨拙地学步,七位妈妈和

---

① 译者注:德国著名动画片。

两位爸爸在一起闲聊自己的业余工作,老农历书上关于这个冬季的天气预报,生孩子前的美好时光,以前一到下午六点就意味着酒吧时间的到来。

梅格打开萨拉苏世的图画书,名字叫《各地的天空》,是一个发生在爱荷华州的故事。她开始讲故事了,每次书中提到天空的时候,梅格就指着蓝色天花板上画着的白色云朵,除了伊莎贝拉,其余的孩子也都学着她指向白云。伊莎贝拉专心致志地吮着食指,像是把它当成了咀嚼的玩具。她的妈妈凯特琳很年轻,金色的头发,小巧可爱。她会给伊莎贝拉缝制漂亮的裙子,早晨替《C镇日报》销售广告版面,晚上给她丈夫做背部按摩。梅格都知道,因为凯特琳的丈夫是格雷厄姆·尼罗。

格雷厄姆在波士顿一家投资公司做经纪人,闲暇时间就在酒吧流连,朝漂亮的服务生抛媚眼。他们的约会地点是六号汽车旅馆的六十九号房,梅格出轨部分原因是追求刺激,但主要还是对芬斯塔行为的报复。前几次的性爱十分美妙,可能是因为她还不够喜欢这个男人,所以没有必要有所顾忌。如果你和一个男人上床,最后都得看着他的眼睛,尊敬他。对于格雷厄姆来说是不可能的。她看着他的时候,心里竟然有些悲戚。

在六十九号房约会后不到一个月,芬斯塔就发现了。他没有来抓她,甚至没有解释怎么发现的。一天晚上,他没有像往常一样打开电视机看晚间新闻,她打扫完厨房后,他就站在餐桌旁。她立刻明白大事不妙。"我想你交了新朋友吧。"他说。

"是的,"她说,"对不起。"她等着他发火,捶柜台,吼叫,他们两人得有一个搬出去。但是什么东西都没有。他只是点点头,好像已经习惯她偶尔心血来潮的疯狂,可能她自己都不知道,但是他相信她已经恢复了理性。

最可恨的是他又猜对了。晚上,她打了电话给格雷厄姆。芬斯塔坐在旁边听着。她说:"我不能再见你了,我丈夫知道了。"

"分手真残忍,宝贝。"格雷厄姆说,这就是格雷厄姆·尼罗的风格。芬斯塔坐在那里,依旧看自己的报纸,这就是芬斯塔·温特劳伯。梅格读完了《各地的天空》,让家长带着孩子去看自己选出来的关于爱荷华和云朵的书籍。"谢谢你,梅格,你讲故事真好听。"临走的时候,凯特琳红着脸对梅格微笑着说。梅格点点头。"不客气。"

梅格可怜凯特琳。格雷厄姆本性不坏,但是自私自利。一旦凯特琳身体不再青春,容貌不再靓丽,他就会弃如敝屣,这个愚蠢的女人竟也如他所愿。梅格又愧对凯特琳。虽然她对其男人的行为吹毛求疵,可毕竟芬斯塔举止端正。

就在这时,参考图书阅览室那边有人在大喊:"嘿,嘿哦!嘿嘿嘿哦!!!"错不了,就是阿尔伯特的声音。梅格皱起眉。他从来不会这样大吵大闹。"我马上回来。"她说。阿尔伯特双手敲打着 iMac 电脑的两侧,有机玻璃办公室都在震动。"嘿嘿嘿哦!"他大叫着,什么意思呢?打招呼吗?他嘴里的口水流了出来,快滴到键盘上了。三位义工大妈躲在接待桌旁看着,这倒不奇怪,但还是让人恼火。梅格远远地看到了莫莉·波佩克鸟窝状的灰白头发。

"阿尔伯特?"她问。

"嘿嘿嘿哦——之之乎!"他猛烈拍打着机器,第一次没有震颤的痕迹。

她把这胡言乱语翻译为:"嘿,你!住手!"

"闭嘴!"希拉·哈格蒂尖叫着。她是本地人,身材肥胖。她的桌子上放着每天携带的钢钩锁,但是从来不记得把购物车跟图书馆的自行车架锁在一起。"我讨厌一肚子牢骚的可怜虫!我老公会毙了你!"她大声号叫着。

"他在挖洞,"阿尔伯特哭喊道,"哦,上帝啊,他把我那些美丽的骨头都挖出来了。"泪水在脸上肆意横流,"嘿嘿你住——手!"他一边叫,一边拳头狠狠地砸在电脑显示器上,梅格听到咔嗒一声。他还在砸,但是左边的手腕耷拉着,很明显断了。令她害怕的是,骨折并没有让他停止。

"莫莉!"她喊道,"打电话报警。"莫莉站在那里看了梅格几秒,然后又看着阿尔伯特,一动不动。时间紧迫,梅格还是在心里暗暗诅咒这些可恨的就知道喝咖啡的义工。她鼓起勇气靠近阿尔伯特,电脑屏幕上是一张安德森·维尔里尸坑的照片,士兵的尸体堆在一个十人高的开口坟墓里。骨瘦如柴的裸体如同安装拼图一样挤在一起,看起来如此冷漠麻木。

"阿尔伯特!"他仍背对着她,继续砸着他的电脑。

"阿尔伯特!"希拉竟然歇斯底里地唱起来,"阿尔——伯特!阿尔——伯特!"接着,另外两个本地人布莱姆和约瑟夫也加入进来,他俩之前为精神病人制作了一曲四合唱,梅格还曾表示过支持。但现在整个阅览室突然变成了小合唱团,而她就像神经病院里的女王。

儿童阅览室里,父母抱着自己的孩子悄悄地离开了。可悲的是,没有一个人过来登记或者还书。"我很抱歉。"她小声地对克里森·福勒说。她摇着头带着儿子走了,好像这场闹剧是梅格造成的一样。

过了一会,阿尔伯特累了,不再砸电脑。希拉还在尖声叫着他的名字,直到看见梅格最可怕的表情才停止:眉毛紧蹙、嘴唇紧闭。梅格转身看着阿尔伯特,但小心地保持着和他的距离。"什么让你这么不开心啊?"她问。

阿尔伯特大口喘气,可能是害怕,可能是累了,也可能两者都有。"好痒,里面。"他倒抽一口气,"别挖了!"

"我们出去吧,阿尔伯特。出去散散步。"她尽量让自己听起来很冷静,但声音仍然微微发抖,她听到了自己的恐惧。毕竟,他比她大好几号。

由于过度饮酒,阿尔伯特的眼里布满血丝。"痒到我的骨头里了,我最重要的东西。这个小男孩怎么可以这么可恶?"他朝她走过来,她想起了义务护工,不由得捂住喉咙。

"莫莉!"她喊道,"快拨911,马上。"莫莉眨眨眼,但是仍然不动步。她看见丽娜瓦弗兰的父亲里奇从口袋里拿出了手机。他带着女儿走到门口,找个信号好的地方。

阿尔伯特的指尖伤痕累累,皮肤都裂开了,鲜血涌出来。他喘着粗气,大汗淋漓。身体慢慢地靠在椅背上,她希望他已经筋疲力尽了。确定没有危险后,她摸摸他的额头看有没有发烧。他的皮肤黏湿冰凉,在她的抚摸下,他慢慢平静下来,显然放松许多。"像小虫子咬你那样痒吗?"她问。

阿尔伯特摇摇头,眼里噙着泪。她突然可怜起他来,如果生命的轨迹是另一番模样,外表俊朗的阿尔伯特·桑格温会是桥梁建筑师,成家立业,但是现在的他却陷入不幸的牢笼。他的瞳孔变大了,棕色的眼睛变成了黑色。"请让我走吧,温特劳伯女士。"他嘟囔着,语速很快。

"你今天喝酒了吗?吃了面包布丁?"她问,"还是你想来一杯?"

他摇头。"痒得难受,就像你的脚烂了,不该出现的苔藓钻进了你的筋络,很疼。"他哭着说。

梅格双手捧着他的脸,看着他的眼睛。虽然他是坐着的,她也显得十分矮小。"振作起来,"她说,"我说振作起来。"

"它醒了。"他喃喃自语,她的脊背顿生凉意。什么醒了?让他喝酒的魔鬼吗?有那么一瞬间,她有个疯狂的想法:如果十五年来他挂在嘴边的那个声音真的存在呢?

他的瞳孔越发变大,一点眼白都没有了。被上身了吗?她不知道。他也没再颤抖,和平时不一样。她无法解释,可就是知道。阿尔伯特·桑格温已经离开这里了。一开始,她过于伤心而忘了害怕。烈酒终于把他残存的一点灵魂也吞噬了,人性最后一点火花泯然不见。

"阿尔伯特?"她问。

一切来得太快。他举起血淋淋的双手,一把抓住她的胳膊,她想挣脱,但是他太强壮。她被拉到他的双腿之间,他钩起大腿。这姿势充满了欲望。她倒抽一口气。阿尔伯特,她的阿尔伯特:*他怎么能这样?*

他的胳膊和腿把她紧紧钳在双腿中间。"住手!"她叫道。他的嘴唇张开,犬牙脱落的地方像是一个黑洞,他的脸扭曲得可怕。他俯身向前,咬她的耳朵。她躲开,如果有必要她会咬下他的鼻子,同时不要吞下任何东西。她闻见面包酒精的味道,闻到醋和粪便的味道。"我哪里错了吗,梅格?"他低声说,她不再挣扎了,平静下来。他的声音很低,带着理性,但是一点善意都没有。

不可能。绝对不可能。现在知道这个声音是谁的了。"我哪里错了吗?"他又问一遍,突然间,她还是一个年轻的女孩儿,从法学院辍学,嫁给一个父亲不喜欢的犹太人。婚礼当天的早晨,他没有说永远都爱她,他只是问她:*我哪里错了吗?*

"爸爸?"梅格的声音有些不确定,带着孩子气。

他放开她,她看着眼前的这个男人。嘴里的豁口,沧桑的脸庞,灰白的头发。朦胧的眼神里充满了怨恨的爱恋。她意识到,这种爱恋她永远不能理解。但是父亲已经死了不是吗?很久以前,她就把一切放下,忘了他,这个她亏欠了一辈子的男人。

他一下子站起来,把她抱在怀里。她看见了,却来不及反抗。他像扔一只小鸟一样把她扔到玻璃上。她听到耳边的呼啸声,然后一声巨响,哗啦啦的塑料声听起来像电子音乐一样。她躺在地上,过了很久才意识到发生了什么,刚刚的声音是怎么回事。

令她失望的是,她没有从地上爬起来,而是蜷成一团装死(她不是应该勇敢地战斗吗?)。听着什么也没有,她偷看了一眼,发现阿尔伯特正打开通往儿童阅览室的门。接着,她听到之前没有注意的声音。"住嘴!住嘴！"希拉还在那儿号。布莱姆撕碎《C 镇日报》，丢向阿尔伯特，似乎撒纸屑能把他砸死。儿童阅览室一片死寂。

左边的脚踝火烧火燎地疼，她一瘸一拐地走进办公室。当她意识到为什么来这里的时候，她停下来了。她想打电话给芬斯塔，想听他坚定冷静的声音。更荒谬的是，她想告诉他，她可能不喜欢他，但是她很爱他。

房间那头传来东西砸烂的声音。阿尔伯特推倒书架了吗？接着一个小小的声音哭着说："救命！"顿时肾上腺素直冲全身，她能感觉到血液的流动：一个孩子和阿尔伯特在一起。小孩子。

她拖着一只跛脚往里冲，但是突然停下来，她需要计划一番，不然就会被他像拍苍蝇一样弄死。脚踝疼得厉害，她只好咬紧嘴唇，不让自己晕倒。她打量着参考图书阅览室，找一样东西，能用得上的东西。书架、超大的沙发、电脑、不够锋利戳瞎眼睛的比克笔。然后就在报纸旁边，看见了希拉的两尺长钢钩锁。"住嘴！"希拉唾沫四溅地喊着，梅格已经拿着锁拐进了儿童阅览室。

阿尔伯特背对着她站在彩虹地毯上，凯特琳·尼罗和女儿伊莎贝拉被他逼到巴巴爸爸椅子后面。其余人都走了。

梅格蹑手蹑脚地走到他身后。她已经两眼发花，周围的东西一片模糊。脚踝上的疼痛不仅仅是扭伤，她的小腿都变青了。她咬得更紧，嘴里尝到血腥味，这样才能集中精神。接着，她松开手里的锁，重的一边松弛地垂下来，一秒，两秒。她屏息等待。也许并不需要这样，也许她才是这间屋子里唯一一个疯子，手里晃着个自行车锁，浑似现代版的特拉维斯·比克尔①。人类就是这样被杀死的。头脑发热，反应过激。她不知不觉松了手，但就在这时，伊莎贝拉咳嗽一声，阿尔伯特冲了上去。梅格拖着跛脚，举起手臂，在他碰到凯特琳·尼罗之前挥舞着钢锁，凯特琳护在他和小伊莎贝拉之间。梅格重重一挥，身子一转，失去了平衡，跌在地上。

钢锁绕过阿尔伯特的后背，砸在他的骨盆上。扑通一声，不是很响，一开始她还以为打得不够重，但是他的上身摇摇欲坠，站不住脚，一下子倒在地上。他就倒在她的身边，面对面。L. L. 宾永的标签从口袋里飘落在彩虹地毯上。

他不是阿尔伯特。他张开血盆大嘴，酗酒过度的呼吸带着一股馊味。

---

① 译者注：出自电影《出租车司机》。

他们就像天生背负诅咒的恋人一样,嘴唇只差零点几毫米。"我哪里做错了吗?"他轻声问道,然后慢慢闭上了眼睛。

凯特琳和哭个不停的伊莎贝拉站在两人身边。梅格第一次发现,她们穿着一整套的粉色花裙,情况如此不堪,她竟然还会觉得她们穿成这样很愚蠢。

凯特琳眉毛紧皱,满脸怨恨,令人吃惊。因为她不知道梅格是醒着的,所以梅格看到她的眼睛并没有在打量阿尔伯特,而是流连在自己小小的身体上。她恨她。*她知道我和她丈夫的事。* 梅格觉得羞耻,像是伤口被扒开让人看一样。*既然这样,为什么每周还要来图书馆呢?*

她的指尖传来热热的感觉,她猜测但是不想去肯定,那是阿尔伯特的血。她本以为是凯特琳开始厉声斥责她,骂她"贱人"!但是,远远的,她辨认出警报的声音。

五 对症下药

就在自己的老婆对着她的好朋友挥钢锁的下午,芬斯塔正在听莉拉·希弗唠叨。她的声音就像是古代水刑,说的无非就是今天和谁一起吃晚饭之类的无聊话,极为肤浅。

莉拉已经滔滔不绝说了二十分钟。现在已经说到四季变化,秋天总是给人一种结尾的感觉。"像是再也不能回来一样,下一个夏天一到,就不一样了。那会是一个不同的夏天。"她说。

她茫然地笑着,像是一个刚刚动完碎冰锥脑叶切断术的人。她只会用调情的口吻和男人说话,连自己的心理医生也不放过。她常常深夜求诊,穿着超低抹胸,和芬斯塔告别时会在他脸上留下鲜红的唇印,但是不管怎样,芬斯塔都不上钩。哦,不是这样。她的身材丰满结实,像是20世纪40年代的女孩一样。他只是从未认真考虑过她。第一,她是病人。第二,他确信梅格不能原谅这种不忠的行为。

他不自然地眨眨眼,想起早上的事情。她说他冷。然后她跟个殉道者一样摇着头,他不知道是不是所有的女人都如此薄情,她就不想想四十八岁的他能没有变化吗?

再者说了,冷淡也不坏。说明他务实,值得依靠。他是心理医生,为人所信任。他不用在问题中纠结,他解决问题。

从小到大,人们都在向他倾诉心事。参加田径队的孩子还在尿床(好吧,只有一个),老师们无法出去约会,医学院的大学生们沉迷毒品——只有你想不到的,没有他听不到的。他们总是先来找他谈,就连他妈妈也常常跟他咬耳朵。过去在康涅狄格州的威尔顿,她的声音氨水味一样划破空气。"芬尼!"只要一听见他的小脚掌啪嗒啪嗒走在木地板上的声音,她就会大声叫他。童年最痛苦的记忆之一就是彻夜守在她的床边听她细数所有的鸡毛蒜皮。她盖着做工精细的埃及棉被,为她几百年前就去世的祖父哭泣,控诉不存在的癌症把她的骨髓都吸干了。他一直都不明白为什么她的房间总是有一股发酵的大白菜味和麝香味的汗味。现在他把这种气味归结为之前没有确诊的躁狂抑郁症。

芬斯塔长大可以离开家的时候,他走了。他参加了越野队和田径队,每次训练结束后,他就坐在体育馆的长椅上学习,直到看门人来关灯。晚上,他偷偷地从后门溜回家,随便吃点保鲜膜包着的剩菜剩饭,然后鞋也不脱一头栽到床上睡觉,耳机里传来的是华伦齐玛和莱那德斯的安眠曲。

即使如此还是不能避免和萨拉·温特劳伯的相逢。"芬尼。"周末的早晨,只要一听到他穿着橡胶底的跑鞋踮着脚尖下楼的声音,她就会叫住他,而他必会尽职尽责地进她的房间,听着她说:"你爸爸已经不爱我了,他要离开我们,我们就成了孤儿寡母了。"或者更好的,"我想我快死了,芬尼。我的心脏又开始一会停一会跳了。"

尽管她总是没完没了地抱怨,她还是会在芬斯塔和爸爸不在家的时候做很多事。比如做饭,买东西,洗衣服。就连芬斯塔藏在床垫下的《好色客》也会每个月定期被扔到垃圾桶里。

芬斯塔心中最想抹掉的往事发生在高二。那天他刚进行完三轮八百米计时赛的田径训练,回到家里,双腿软得跟面条似的,萨拉又叫他进房间,他只好靠着扶手爬上楼。他来到她的床边,发现萨拉的呼吸急促又沉重。疑病症,他第一反应,接着他问道,虽然不是真的*心脏病发作*。

"妈妈?"他问道。她的白色棉质睡袍卷到了腰上,他发现虽然多年没有锻炼,她的腿仍然结实。她的黑发打着卷,被汗湿透了。她拿起他的手放在自己的胸上:"你说这儿是不是有肿块?"

那个时候的他虽然从未碰过女人,但总是想着女孩子。在学校光是看着她们都会燥热不安,他不得不回想柬埔寨难民和爷爷发了霉的脚趾甲来赶走这些令他爆炸的景象。他开始怀疑自己是个变态,因为五十岁的大屁股女生物老师站在讲台后面或者对他笑一下的时候,他都会有反应,然后幻想着把她扔到椅子上为所欲为。

现在他的手放在妈妈的胸上。手指下有一个东西不停地在动,起先他以为是某种软体虫。不是虫子。是她的乳头。令他羞耻的是,自己也有了反应。"感觉到了吗?芬尼?你觉得是不是肿块?"她问。他看着她的眼睛,她做个鬼脸。他们都清楚,根本没有什么肿瘤。

萨拉和本还住在威尔顿。本没有离家出走,萨拉也没死。每个星期,他们会来一趟,如果是芬斯塔接的电话,他会递给梅格,理由是她更擅长拉家常。大多数时候,芬斯塔觉得自己原谅了萨拉当时的疯狂。有时候,他会从狂躁的梦中醒来,闻到发酵的大白菜味,他知道他没有原谅她。直到今天,要是有人叫他"芬尼",他的脊柱就一阵哆嗦,就像是高压电线掉下来拖在柏油路上一样。

萨拉和她的薄睡袍事件后不久,他心里的一样东西破灭了。他就像一个小孩一样常常哭泣,仿佛一只蜗牛,走到哪里就留下一行水迹。看到非洲有人饿死了他哭,他爸爸声音大一点他就浑身哆嗦,学校里的一个孩子问他为什么不庆祝圣诞节,他整个周末都不出房间。那样东西破灭后,他抑郁得床都爬不起来。他读不了书,睡不了觉,连系鞋带都要哽咽着泪水。更可怕的是,他开始想象父母房间的地毯上浸透了鲜血。每次他走在上面时,脑海中就想象着这厚重的毛毯在他的脚下挤压着,鲜血浸透了他的鞋底。他没有从那次崩溃中恢复过来,而是在后来,身体里似乎有一个开关,一下子那些抑郁全没有了,胃里的灼热感也消失了。后来他将其诊断为青春期溃疡。在这个欧裔新教徒镇上,他是三名犹太人之一,但是他不会因为孩子们叫他犹太佬而闷闷不乐,更不会觉得他们是恶意地认为他是犹太鬼。相反,他会抱着他们,露出个灿烂的微笑说:"*靠,我是啊,我骄傲。*"他邀请全美历史上最美丽的姑娘参加高三毕业班的冬季舞会。她叫乔安妮·斯特莱伯勒。舞会后,她让他舔干净食指,感受她天鹅绒般柔软的身体。当然,他的感觉已经不像以前那样激烈。和乔安妮在他堂哥的雪佛兰 G20 车上做爱时,他没有兴奋。得知自己被哈佛大学录取的时候,他没有兴高采烈。听到梅格在曼城治安法官前宣誓永远爱他,以他为荣,尊敬他的时候也没有欢欣雀跃。但是他是快乐的,这样就够了。另外,梅格的感觉总是轰轰烈烈的,已经够两人份了。

他知道自己有那么点反社会性格紊乱的症状。他从来不会为莉拉之辈哭泣,或者彻夜难眠担心他们。换作另一种情境的话,他可能是个罪犯,小偷,甚至虐待狂。听到梅格出轨后,他想杀了她,他怀疑这种直觉一直存在,超乎常人。他想象自己把她活埋在房子底下的狭小空隙里,把她困在医院里一千六百度的焚化炉里,用珍珠项链把她勒死,一边听着她苦苦求饶,诸如此类吧。但重点是:他没有杀死她。他原谅她了。他之所以成为现在这个样子,说怪自己的妈妈其实有些老套了,也十分幼稚。他当了医生,为的就是救她,也是为自己免于噩梦的侵袭,那些梦境宛如昨日,他甚至能闻见发酵的大白菜的气味,感受到脚底下被血浸湿的地毯。但是放松心态吧,你不能控制自己从何而来,也不能控制自己去往何方。

他也有烦恼,可能是有些冷淡,但是他已经在命运的魔爪中尽量做到最好了。幸运的是,命运对他比对莉拉·希弗要好得多。

"昨天的电视啊,"莉拉说,"菲尔医生的嘉宾一直在说低碳水化合物食物。他说只能吃红肉。我觉得都是废话,但是既然菲尔医生的节目都这样说了,那肯定是真的了。"她的手指一直摸着牛仔裤的褶印,接着又说:"一到秋天,我就长胖……"他在心里无力地呻吟。她又扯到四季变化了,他奇怪她怎么能乱七八糟说这么多有的没的,却没有意识到自己其实在惋惜逝去的容颜。"秋天还有苍蝇。我讨厌臭虫。有时候赶不走它们,我想吃了它们的心都有。"

芬斯塔嘴角流了些口水,他用袖子擦了擦嘴角。他想起梅格骂他冷淡。这个贱人跟C镇最差劲的王八蛋鬼混,然后还反咬一口把错推到他身上。他想起酷刑,水一滴一滴地将人逼疯。他想起鲜血浸湿的蓝色长毛绒地毯,还有鞋子踩在上面的声音。

莉拉笑起来。他不知道她在家带孩子的时候是不是也这样,像个牢骚不断的巫婆把孩子们从平静的梦中惊醒。就像萨拉·温特劳伯一样。一时间,他恨莉拉,恨妻子,恨母亲,尤其恨弗洛伊德。

他抬起眼,发现莉拉已经不说话了。他等着她重新开始,但是她不说了。他想她可能是累了。

芬斯塔清清嗓子,是时候长话短说了。"你在逃避。告诉我这周发生的事情。"他说。她昂起头,又是一阵沉默。她这次穿的衣服比以前都要多,通常她的穿衣风格就是严格按照夜总会的风格来:抹胸加超短裙。但是今天穿了一件长袖衬衫,扣子系到内衣边,牛仔裤也能将她臀部上的蝴蝶文身藏起来。

时间慢慢过去。他知道这时应该集中注意力，可还是想到梅格。从去年到现在其实都还挺好的，当然，她偶尔也会闹情绪，大多数时候，他觉得他们的关系在慢慢好转。他又想到她把他比作鱼。她骂他是鳟鱼的时候，他超级不爽。那是什么意思呢：他床上功夫很烂？那她一直都在假装，算什么嘛，二十年都是假的？

"那么，"莉拉说，"我犯了个小错，但是只是小错哦。"她耸耸肩笑了，好像是答考卷的时候用钢笔而不是铅笔被发现了一样。"刷牙的时候我想尝一口，但是，后来……"她说。

"你又喝乐倍舒了？"他问。

她点头。"治胸闷和感冒的。至少不含糖。"

"喝多少？"

"半瓶。但是后来我又把它吐出来了。"乐倍舒里含百分之二十五的酒精，一般来说是不会造成伤害的。但是不掺水的威士忌味道不是会更好吗？

"能告诉我为什么想喝吗？"他问。

她咬着嘴唇，好像在认真思考。她最近离婚了，那个男人从来不准她自己做任何事，付账单，挑一件礼服参加C镇高尔夫俱乐部的方舞舞会，除非他首肯。她就像大海里漂浮的乒乓球，希望有朝一日能安全上岸。她的孩子嘲笑她，骂她没用。她的同伴不接纳她，因为她没念过多少书，相貌长得还算好看，她们将她视为对手。她的丈夫后来又娶了个年轻的花瓶。现在的她沉溺于止咳糖浆，因为不想在店里买真酒被邻居看到招来风言风语。

一年后，她遇上一个和第一任一样的男人，就是年纪大一点，幸运地嫁给了他。更幸运的是，在他想踢掉她之前就因为年纪大或者心脏病先见上帝了。问题是，芬斯塔试着跟她解释这不是活下去的办法，但是她不相信。最后只能将她喝糖浆的习惯引导为严谨的慢跑计划，直到下一个男人出现，告白说她是美丽的。

莉拉露出一个迷人的微笑，他不禁想问：笑容下面隐藏的是怎样一个女人呢？这个问题是支撑他每天来上班的动力。人类的秘密。长年累月的心理治疗剥去了伪装层，他们的疑病症、神经症和自虐症全都是一个模样。*你是谁？* 每次看到这些人他不禁想问。老实说，他也经常问自己。

"是一条新闻。"她说。

"新闻?"

"对。我正在看《娱乐晚报》,上面说一个盲人的故事。"

他点头。

"艾兰和艾丽丝应该做作业了,但是他们不做。我知道应该说说他们,但是我还在看盲人的报道,他住在西雅图,出行全靠一条黄金猎犬。我更喜欢一般的猎狗,不过你知道我的意思。

"是一条导盲犬。后来太老了,不能再照顾他,就退休了。被炒鱿鱼,差不多就这个意思,对不?我想起自己养的第一条狗,有一次它咬了弟弟汤姆之后就被打死了。我们在贝特福德长大的,你知道吗?一个拖车公园——一般人我不告诉他。后来和老艾兰结婚后才搬走的。

"我就在想那条狗,那场雨,在西雅图淋成了落水狗。想起我的弟弟,我很想他。贝特福德大火的时候,他死了。哮喘病。后来呢,我跟孩子们说我要去洗澡了,他们说'好啊,莉拉'。他们从来只喊我的名,我讨厌这一点。

"然后我就看着剃须刀,知道吗?这是我从老艾兰那里拿来的封口费,是个古董,他就喜欢这类东西,可以说是曾经喜欢。搬出去的时候,他把所有的都留下了。我猜他只是假装喜欢我送他的礼物。那些东西也不好,像好看的水晶晶洞石,1917年的安德伍德打字机,他视如粪土。后来我想起来你要顺着纹路割,就像木头一样。然后我就动手了。"

她把白色棉衬衫的左边袖子捋上来,手腕上胡乱地用棕色的胶带和纱布包扎着,旁边裸露在外的皮肤已经红肿。芬斯塔胃里一阵沉重,他第一次对自己失望了。他辜负了她。他坐在那里,评判她,这个啰里吧嗦的女人,被丈夫像丢用过的避孕套一样抛弃了。他应该鼓励她,但是他忘了。他应该做她的朋友。

"就一只胳膊。"她说,"我不是疯子或者什么……"

"说下去。"他说。

"然后,水都成了鲜红色,我在想他们发现我的时候会怎么做。孩子们呢,他们可能到刷牙的时候才能注意到,可能会给他打电话,但不会把门撞开。他们现在和我亲近一点了,但是信任他。所以可能再过几小时他才能发现我。这时候的血估计已经沉到浴缸底了,像胶水一样黏乎乎的。头发里也是。血在发丝里凝固了。不过,他的新欢也是红头发……"

她的眼睛黑色无神,声音没有一丝情感。这是真正的莉拉,从去年就一直等着见面的莉拉。终于,突破了。

"我想他会发现我,我看起来应该像格蕾丝·凯利或者别人。"她笑起来,声音诡异地在空气中回荡。"但是你知道,我的皮肤应该到处是伤口,很薄。而且我重了差不多六磅。肯定把他魂都吓出来了,看见我那个样子。活该!他那样对我,我让他后悔一辈子。

"我不知道。我想还是不割另一只手腕吧。所以我想把血止住。"她抬起胳膊,"这是从放了十年的救急箱里拿出来的棉纱布,可能比卫生纸还要脏,但是你知道我的,我不知道怎么照顾自己。"

她的手指苍白,每个长指甲都用红色指甲油抹得很漂亮。"后来我看见乐倍舒了,好吧,我想反正也不会很久,也没有人知道,所以就喝了。"

"我能看看你胳膊吗?"他问。

她握起拳头,把袖子放下了遮住伤口。

"我是医生。如果能帮上忙,我会帮的。"她没动,他明白她不像自己想象的那样相信他。"莉拉,理智一点,伤口可能会感染。"

她耸耸肩,过了一会,伸出胳膊。他掀开袖子的时候,她避开眼神,让他觉得自己像在做什么可耻的过于亲密的事。

伤口的边上鼓脓了,可能已经感染。他用剪子把旁边翘起的地方剪掉,从桌子底下的抽屉里拿出医院的救急箱,用过氧化氢蘸湿伤口。他一点点地将棉絮从伤口上去掉,伤口又裂开了,血往外直流,但是只是表层的伤口。伤口又细又深,像是一张微笑的嘴,周围的皮肤还没有完全愈合。她切得很准,大动脉割开了三寸。如果在浴缸里睡着的话,就再也醒不过来。

他用纱布把伤口包扎起来,然后用医用绷带系好。伤口会留下一条长长的疤,本该让医生缝起来的,但是现在太迟了。他给她一管抗生素软膏。"你应该给我打电话。"他说。

她点点头。"我不想打扰你。我知道我话太多了。"两人突然有了默契,他明白自己正充当着她缺失的丈夫、父亲、兄弟和儿子的角色。她要惩罚他们,也惩罚他。

"你要不要在医院观察一下?"

她摇头。"不,我以后不会了。"

"莉拉,这是大事。"他说,"你能告诉我,我很高兴,但是我担心你的安全,还有你孩子的安全。"她笑容满面。轻浮的她又回来了,变化如此迅速令他不由得心生警惕。她像一个参加成人礼舞会的少女面对最佳求婚对象一样,昂着头,说:"哦,温特劳伯医生,我保证,我以后再也不这样啦。真的。就是那条新闻。再也不看它了。"

芬斯塔沉思着。他觉得应该让她在医院住一晚。但是她没有家人,没有朋友,只能打电话让前夫来照看孩子。老艾兰正等着抓到借口申请全面监护呢。这条刚好成立。莉拉在压力下崩溃,然后交出抚养权。他尽量避免的恶性循环就开始了。他做了个决定。

"我希望你能继续写日记。如果你想喝酒或者伤害自己的时候,记下你的感觉。可以吗?然后下周带给我。"

她点头同意。

会诊已经超出了五分钟,他开个处方,一周的乐利静。"这个能让你情绪稳定。"

她把处方折好,小心翼翼地塞到钱包里,好像这是他的电话号码。"下次如果你还想做这种事,我希望你能给我打电话。"他说。

"当然啦,温特劳伯医生。"她说。笑容夸张但是空洞。她似乎没注意软膏在白色衬衫的袖子上沾了一块。她刚刚展露心迹,但是自己都不知道。他又重新考虑自己的决定:她需要住院。

正准备告诉她住院的时候,秘书冲进房间说他妻子被袭击了。

六　悲伤合曲

C镇,周二,七点钟,一天快要结束了。太阳落山了,街灯亮了起来,世界染上了黄色的光晕。商店亮起"营业中"的牌子,医院下班的人们开着车窗,享受怡人的夜晚。高中校园的田径场上,瘦弱但是结实的少年们在跑着圈。八月后的白天越来越短。早早来临的黑暗带着一点悲伤,人们怀念起过往的夏日,担心终有一日会到来的冬天。冰凉的空气轻拂着脖子;他们拿快乐跟势利交易,然后在自己的小窝里灌着伏特加和滋补酒以解工作之忧。

萝伊丝·拉金不同。她不是在想备课的事,不是在想研究生院申请快要到期的事,也没有想晚上低三下四地跑去罗尼家求他回到自己身边。

她在想着弄丢的学生,那个没有穿外套,没有戴围巾的男孩,现在肯定冻得直哆嗦,说不定还会遇上更糟糕的事。

她像个婴儿般蜷缩在警长的道奇警车后座上,想闭上眼睛,忘掉一切。她期待着一个奇迹,她甚至还有点想死。

下午回到学校点名的时候,二十六个人变成了二十五个。她愣了一会,不敢相信自己竟然如此粗心大意。她不愿相信,于是又数了一遍,这才想起那个不愿跟人搭伴的讨厌鬼,她甚至都不用点名确认就知道,詹姆斯·沃克丢了。

她让珍妮丝·费舍带孩子们回到班上,让司机到贝特福德树林去。她的第一反应就是詹姆斯在搞鬼,她不生气,但是有点懊恼他把她耍了。

她去找了卡尔·弗利兹校长。卡尔是个四十岁的单身汉,喜欢在 Bluefly 网站上订购款式新颖的衬衫,连短袜都要和衬衫保持一致。她总是觉得他是同志,直到有一天他跟她说,他觉得她从来不知道自己的魅力。他盯着她的胸脯,她知道这不是好姐妹该有的兴趣。

她跟卡尔说完始末,他夸张地把头慢慢地埋在桌子上,像发情的牛蛙一样呻吟着,然后抬起头,开始整理桌子上一字排开的豆豆公仔,有黄色的、绿色的、橙色的。他一直不把它们的标签剪下来,相信有朝一日这些东西一定能在易趣网上卖个好价钱。"你把他弄丢了?"他重复了一遍,抱着万分之一的希望,萝伊丝说错话了,事实上她只是想多放一个星期的假。"是的,卡尔。"她说。在这之前,她一直叫他弗利兹先生,和他保持距离。"我把他弄丢了。"他没有看她,只是端详着从 1972 年至今的辩论队照片,珍藏的《雨中曲》海报,还有那双抖个不停的漂亮的手。

"我叫施——司机开车回去找他了,但是为了保险起见,我们应该报警,通知他家人。他就是调皮了点,心有点坏。他想出来的时候就不会再藏着了。"卡尔动也没动,时间一分一秒地过去。她拿起电话,按了快速键二。科伦拜校园事件①后她大惊小怪地设了这个快捷键。"你来说吧。应该由你亲口说。"她说着把话筒递给他。尴尬了几秒后,他把话筒贴在耳朵上。

报警电话很容易打。卡尔一提到沃克,接线员就帮他连上了警长蒂

---

① 译者注:科伦拜校园事件是 1999 年 4 月 20 日于美国科罗拉多州杰弗逊郡科伦拜中学发生的校园枪击事件,后被拍成电影 Bowling for Columbine(《科伦拜的保龄》)。

姆·卡罗的电话机。蒂姆让他们马上到树林边跟他碰头。接下来这个电话就棘手了。为保以后的名声,卡尔一接通米勒·沃克就单刀直入地把事情说清楚。他脱口就说:"贵公子郊游时没一起坐车回来。我们正准备去贝特福德找他。我保证他会安全回来的——只是想让您知道这件事。"

沃克的回答没有一丝犹豫,离得近的萝伊丝也听见了。"我希望在明天之前见到那个老师的辞职报告。"他说。说"那个老师"可能是因为他不知道她的名字。

"那是当然。"卡尔回答说,一边向萝伊丝耸耸肩,好像在说:*甜心,对不起,但是我也是逼不得已。*

他们坐上卡尔绿色的奥迪来到贝特福德树林。到的时候,詹姆斯没有坐在斑点密布的野餐桌上,她扔掉的苹果核现在已经变成黄色了。她的心一沉,但是尽量不慌张。一定要找到男孩。

不久,七名警察也来到现场,和他们一起在树林里搜查。她摸摸校车刚刚驶过的痕迹,找找线索。大约两个小时过去了,米勒·沃克和妻子开着一辆红色的柴油动力梅赛德斯驾到了。费莉丝坐在车里,米勒扶直领带,鄙夷地看了看萝伊丝,加入到搜寻大军中来。

其实这些并没有对她造成真正的打击。她一直在想罗尼、诺琳还有早上报上登的订婚宣言。她一直在想要不要在回家的路上去 CVS 药店①买测孕纸。老妈现在可能已经烂醉如泥,詹姆斯到现在还没有找到,这一切再次证明全世界都与她为敌。

到了三点钟,气温已经降到四十度以下,她也越来越担心,好像哪个地方痒而她又挠不到。哪个小男孩也不能躲到现在啊,詹姆斯这样的笨蛋也不会。他一定是迷路了。但是如果没有迷路呢?如果一只野兽攻击了他,或者有恋童癖把他锁在汽车后备厢里,现在已经一路奔到加拿大了呢?她把孩子弄丢了。她眼睁睁地看着孩子受伤,被绑架或者发生更可怕的事情。

到了傍晚六点钟,二十多个人对这个地方进行地毯式搜索。有消防队志愿者,家庭教师协会成员,米勒·沃克的邻居和朋友,他们踏遍了树林周边的各个角落,凋零的松针和野草在铁靴下仿若化石一般被踩得粉碎。

---

① 译者注:美国医药连锁店。

暮色降临，蒂姆·卡罗组织更大规模的搜寻。就像复杂的马可·波罗游戏里面的十多英尺宽带空隙一样，他们组成一条线，一边在树林里行进一边大声地相互喊话。手电筒弧形的光穿透丛生的枯木。萝伊丝发疯似的寻找，心里的那种痒已经蔓延到胸腔和双腿，甚至堵住了嗓子眼。树林都找遍了，男孩还不见踪影。一场混乱，她的混乱。她得找到詹姆斯·沃克，把这一切承担下来。但是随着黑暗的来临，六点变成了七点，还是没有找到詹姆斯。

她好想跪下来趴在地上祈祷，但是她没有。如果人们还不知道这件事情多么严重，她匍匐在地上祈祷的姿势会给他们很好的暗示。谁管那个环保署怎么说啊。这些树看起来就像空心的玉米秆，什么生命都没有！没有鸟，没有鹿。空无一物。要是詹姆斯口渴喝了受污染的水怎么办？或者吃了不知道含什么鬼东西的树叶怎么办？这树林间充满了疯狂。土生土长的贝特福德人，把汽车丢在前院里生锈，把死者的肖像挂在大篷车的外侧。他们在正常人都逃离的时候还待在这个重度污染的鬼城里。

她开始失控了。混乱。她的生活就是一场灾难。自己做一个失败者是一回事，把一个孩子的生活给毁了则完全是另一回事。詹姆斯已经失踪六小时了，他们什么也没找到。没有衣服碎片，没有一根头发丝，没有一个果汁盒，什么都没有。

泪水沿着她的脸庞流了下来，但是她没有擦掉，因为知道擦掉只会招来更多。她开始在米勒·沃克、蒂姆·卡罗、卡尔·弗利兹还有整个家庭教师协会成员面前发疯似的大声呼喊他的名字。所以她让蒂姆给她车钥匙，在后座上缩成一团。

一到车上，她的脑子就开始飞速运转。罗尼，妈妈，诺琳，现在轮到詹姆斯·沃克。她千不该万不该让他有机会消失这么久。虽然他调皮捣蛋，但是将来也可能发展得不错，可能会治愈癌症，可能会发明一种无痛绑牙术。只是现在大家都看不出来。

她抑制不住地想着可能发生的事，心里的痒仍在膨胀，一直渗透到她全身各个部位，好像她全身已经又红又肿。这时，她突然爆发出一声粗厉的喊叫。似乎是一声无泪的哭喊，在她的胸腔回荡，持续了一小会儿，然后又像开始那样突然停止了。她压住胸口，好像在寻找那只藏着的小兽。那种东西在体内苏醒，想要大声吠叫。

窗外的树林笼罩在一片朦胧的浊雾之中。她凝视着萦绕在林间的雾气,看着它飘过汽车的通风口,带来臭鼬一般难闻的气味。大概是从前那家造纸厂造成的颗粒硫污染和灰尘吧。这是第二个再也不到这儿郊游的理由。累死累活的搜救队员肯定都在想:这个萝伊丝·拉金,真 TMD 愚蠢!

突然,她听见车外一声孩子的叫喊,音调很高,但不是女生。声音闷闷的,她听不清说什么。詹姆斯?她不知道。他在那边吗?找到他了吗?

她走下车。树林边上停着各式各样的越野车,奥迪,萨博,本田。他们还在互相喊话,但不像是找到孩子了。刚刚的声音也是从树林里传来的,虽然很低,但绝对是孩子的声音。男孩。她松了一口气。感谢上帝。哦,感谢亲爱又仁慈的主啊!

她小步跑进树林,终于听见男孩在说什么了。"萝伊丝。"他叫她。*詹姆斯*,她开心地想着,连口水都像 Necco 糖一般甜美:只有詹姆斯这个调皮鬼才敢直呼她的名字。

她找到搜寻队,眉毛上已经渗出细汗,还喘着粗气。"是你吗,拉金小姐?"一个消防员问她,拿着手电筒照着她的脸。她用手遮住眼睛。

"对,四(是)我。"

"好的,别慌张。我们会找到他的。"

"当然了。"

树林深处又一次传来:"萝伊丝!"声音在空气中回荡。她突然意识到一点,但是没有多想。声音听似从树林传来的,但是如果她对自己坦诚一点,真正地坦诚一点,声源其实离得更近。柔软,轻不可闻,像是喁喁私语。就在她的脑海里。

是自己太想找到他臆想出来的吗?可能吧。不管怎样,他也许就在那边。他还活着,如果找到他,她会弥补所有的过错。她撩起衬衫挠自己的肚子:浑身器官发痒后,皮肤也中招了。

她来到河边,搜寻队都折回去了。她蹚过小河。岩石后面是一片空地。没有人叫她的名字了,但她仍能感觉到,在她的身体里。她疯了吗?也许吧,没什么大不了的。不管怎样,她都要找到詹姆斯·沃克。

月光在浊雾和河水的掩映下将空地照得亮堂堂的。硫浓度很重,臭味熏得她眼睛生疼。可能是大火留下的灰尘。走近空地,她发现黑糊糊的地上有一块刺眼的红。原来是一块布,她捡了起来。这是男孩衬衫上的帽子。像是徒手从衣服上撕下来的,撕开的地方参差不齐,多出许多线头。这双手很有力。本来放宽的心又苦涩起来。

她看见地上的洞口,大概有三尺深。是詹姆斯挖的吗?他*在里面*?她朝里面看,除了石头,什么都没有。

萝伊丝,声音叫她。这次是从两个方向传来的。它吸吮着她的耳垂,她的身体像是饥渴的花朵沾上了雨水般满足。陷阱!她突然意识到这一点,无力地在心里呻吟着。声音有诈,詹姆斯把她耍了……但是一个男孩怎么会玩这种把戏?罗尼?诺琳?是他们做的吗?

声音给了她回应。只是不再用孩童的语气,而是深沉的嗓音。

他在下面,和我在一起呢,萝伊丝。

她又咆哮了一次,心里的痛苦已经无法化作眼泪。她开始晕眩,只得跪在洞边的石头上稳住身体。死了,她知道男孩死了。

身体里有什么东西苏醒了,她跳起来,挣扎着离洞几尺远,裤腿上沾满了灰尘。那个东西从她的双眼往外窥探,她能感觉到。异物想要从她的耳朵撕开一个出口。*萝伊丝,*它低声呼唤。她的心狂跳不止,有那么一会她甚至想挖掉眼睛好让它出来。

就在这时,她听见孩子的声音从洞里传出来。"我在这儿,萝伊丝小姐。"就像平时回答她点名似的。她咬着嘴唇,眼泪夺眶而出,不知道是出于希望还是害怕。他还活着吗?是不是困在洞里了?还是说话的是……别的东西?她把手拢在嘴边大声呼救,但是声音阻止了她。*你要是说出去,我就杀了他。到时候他们责怪你,你将何去何从?天天守着电视机看《百万富翁》?*

萝伊丝紧握手中的红色兜帽,捏成一团。

"求你了,"她乞求道,"他在哪儿?"

它没有回应,她听到搜寻队的声音,把帽子丢在一边。本能教她怎么做,而她只能遵循。如果她认真回想,便能猜出一二。这个声音很熟悉,她认得。但是空气浓重,到处都是硫磺,让她如置云端。

没有你的话,他就要死了。萝伊丝,除非你把自己的麻烦事清理干净。好好干吧。

离我远点,她很想这样说,但是不能。如果她吼出来,而它伤害詹姆斯报复她怎么办?

*亲爱的萝伊丝,*怪物说,*别在那儿强装笑颜了,破绽百出。搞定你的麻烦事。*

053

第二部分
孵化

"请你告诉我,他在哪儿?"她问。

它像冰冷的蛇游走在她双耳之间,痒痒的感觉变得很舒服。它碰触到的地方是她很久没有感受过的地方。她突然想起自己从未把罗尼、诺琳甚至爸爸妈妈当一回事。他们总是让她失望,她有点恨他们,有点希望他们死掉。这是他们活该。

她在想什么呢?

搞定你的麻烦事,萝伊丝,我保证你将拥有梦想的一切,甚至詹姆斯。特别是他。

"救命!"洞里传来孩子的呼救声,听起来就是詹姆斯·沃克,只是音调听起来很平淡,没有生气。萝伊丝爬向声源,但是停下来。她现在不能跑,她应该跑,但是体内的怪物让她不能控制自己。"他真的受伤了吗?"她问。

浑身是血,声音回答说。萝伊丝知道,即便这是个陷阱,她也要去看看。她是老师,这是她的工作。她跪在洞边,石头碰到一起,但是声音听起来像是空心的,她没料到这件事。她仔细看了一下,倒抽一口气,原来不是石头,而是骨头。终于,她看见了刚刚没有发现的事情。声音来自她自己,那声咆哮。一口气从她的气管中冲了出来,速度之快,演变成一声嚎叫。

动物们在空地上排成一排,她仿佛看见它们互相撕咬,将土地染红。这个鬼地方对生命和死亡都没有任何敬畏。这里阴魂不散。*他们让你沮丧,让你软弱,他们不了解你,也不了解你会怎么样,但是我知道。萝伊丝,把你最后的一点麻烦事解决掉。*听完这些,她开始恨它,恨它跟自己这样说话……但是,为什么会有一丝愉悦呢?土地散发出一阵铜味。(是血吗?)怪物在她体内游走,奇痒的感觉慢慢消失了,她想起诺琳和罗尼,妈妈、爸爸,他来到世上走一遭似乎就是来赎罪的。她想到调皮鬼詹姆斯·沃克,现在正在呼救:"萝伊丝小姐,救命啊!"但是那不是他的声音,她很清楚,这是别人的陷阱,也许是自己给自己设的陷阱。她想到可以选择一条出路,离开树林,走向痛苦的生活,走向"新一滴酒馆"。

你该怎么做,你知道的,萝伊丝。把事情办好,我会让你得到你想要的一切。

她仿佛看见学生们涨红了笑脸向她微笑,看见自己牵着詹姆斯的手走出树林,像个女王。最主要的是,她看见那些辜负她的人血肉四溅,她喜欢这样的感觉。

解决这一切吧，声音对她说，她知道该怎么做。罗尼，学校，婚礼。贴着拼花地砖的厨房。养三条狗，这样它们就不会孤单。一切都已成过去式了。她想要但是从未拥有过的一切。那些曾经的希望，它们像无情的水流一样弃她而去，只剩下空虚的她。她不过是一个需要填满的空白躯壳。

解决这一切吧，声音对她说。她舔了舔嘴唇。

地面湿湿的，她将手指伸进土壤里，脸庞贴近地面，闻着它。奇痒的感觉又回到身体里，充斥在血液中，蔓延到肌肤。它就在自己的眼睛后面，她突然充满了渴望。

解决这一切吧。

肚子叫起来，太饿了。从未有过如此饥饿的感觉，她的直觉在尖叫，让她赶快逃走，因为她在这块土地上看见了詹姆斯的血。但是究其一生，她总是做着错误的决定，一味对别人好，却从来得不到回报。也许，是该听听另一个声音的时候了，更好的声音。

亲爱的萝伊丝，就剩下一点了。

她仍旧跪着，脸紧紧贴着地面，伸出手拥抱它。黏土、沙粒、铁石、花岗岩，尝起来竟然如此美味，她终于知道曾经做过的每一个错误的决定，选过的每一条错误的道路，现在看来都是对的，因为她最后来到了这里。

她舔着这些骨头，胃里暖暖的，暖流传遍四肢。詹姆斯的血让她亢奋起来，这是罗尼从未给过她的感觉，但是她装，她总是在伪装。

解决这一切，萝伊丝。声音听起来像是爱抚，亲吻。她双腿之间湿热起来。你想要，你知道的。她迷乱了，但是她不知道，因为她早就不是自己了。她捧起一捧土，吃下去，把里面的血吃得干干净净。

远处传来人们呼喊的声音，但是詹姆斯已经死了，声音杀了他，它寄居在自己的身体里，她为它提供了一个家。

罗尼，诺琳，妈妈，蒂姆·卡罗，卡尔·弗利兹，米勒·沃克，芬斯塔·温特劳伯。这个浑蛋在沙龙里总是上下打量她，好像她穿得很不入他眼似的。那个该死的酒吧侍应，T.J. 温莱特，总是在她的苹果酒里掺水。他们都会后悔的。

萝伊丝又咽下一捧土。这次却咽不下去，而是卡在喉咙里。她的胃揪成一团，开始翻江倒海，她干呕着，眼泪直流。上次呕吐还是好久以前了(2001年跨年夜?),她不知道自己是怎么了。她的身体抽搐着,泥土和石子从嘴里吐出来,泥巴沿着她的脸颊滴到粉色针织衫上,弄脏了詹姆斯的外套。泥巴淌到地上,在她的周围堆积起来。

周围都是动物的尸体,负鼠、鸟,还有早上看见在垃圾堆里找东西吃的动物。清澈孤单的眼睛死死地盯着她。她突然想起来身在何处,在做什么,做过了什么。一条蚯蚓在她的牙齿缝里蠕动,她干呕一声,把它嚼烂,和着泥巴一起吐到手上。然后,她停住了。

手心里有一个硬硬的东西。她弯曲手指,东西动了动。她血脉贲张,这辈子从未像现在这样希望一切都不是真的。这个东西圆圆的、小小的,柔软但是有质感。上面一层皮从骨头上脱落,指甲不见了,但是形状分毫不差地证明这是一个孩子的小脚趾。

她张开嘴干号着,接着变成了尖叫。

七　挚爱勿弃

"您太太现在在重症监护中心,救护车赶到现场了。"芬斯塔的秘书薇儿·普林娜说。他皱眉,脑子里重复好几遍,希望弄懂这句话的意思。他妻子从来不生病,就算生病,也会将证据(纸巾和泰诺冷)藏在包里,像是什么见不得人的饮酒习惯似的。所以肯定是弄错了。

"你确定是梅格?"

薇儿一头浓密的银灰色头发,用橡皮筋扎成一个马尾,说不上好看,但至少利落。她点头。她的前额上有一块拇指大小的蓝色墨迹,他凝视着它,努力稳住心神。"入院部一看到她的姓就给我打电话了。"她说。作为镇上一家犹太人之一,人们很容易注意到"温特劳伯"这个姓氏。

"她受伤了吗?"

"她被袭击了。我不知道是谁干的。"

芬斯塔看见红色的血从眼睛里溢出来,滴到地板上,在脚下形成一个血泊,贪婪地吮吸着他的双脚。他又成了康涅狄格州威尔顿的那个孩子,咯吱咯吱地走过鲜血浸透的地毯。他深吸一口气,她会没事的。再吸一口气,血不见了。最后一口气,尽量平复胸口遭受重击的感觉。"发生什么事了?"他努力让自己的声音听起来依旧淡定。

莉拉在门口打转。"温特劳伯医生?"她开口了,衬衫上印着抗生素软膏。他知道自己有事要告诉她,但是怎么也想不起来了。

"我们下周再见吧。"他说。

莉拉瘦弱的身体绷紧了。"但是……"她说。

他摇摇头。"现在不行。"

莉拉一下子推开薇儿,冲下楼。她的脚跟高低不平,好像穿着大了几号的鞋子。芬斯塔知道自己应该下去追上她,但是他没有。胸口的重压快要让他窒息了,脑子里总想着鲜血淋漓的地板。"有多严重?"

薇儿无能为力地耸耸肩。"我就知道这么多,她被人送到医院的。我这就打电话问问情况。"

后面那句话他根本没听进去,他不想告诉她自己等不了下一个电话,直接准备出发。重症监护中心隔着一层楼,穿过六个走廊,三个彩色地砖铺着的转弯。他无意识地奔跑,皮鞋在地面上吱吱作响,就像是体育馆里奋力投射篮球的运动员一样。

肯定是那个浑蛋格雷厄姆·尼罗,一定是他。他早就想会会这个格雷厄姆,给这个王八蛋点颜色瞧瞧。但是随着时间的流逝,他的愤怒冰封住了,事情就这么耽搁着,没想到竟然成了他做过最失策的决定。

这个自鸣得意的偷窥狂。也许他已经准备了数月。潜伏在他家房子周围,监视他们,寻找最佳时机,然后今天早上看见梅格站在草坪前,看见她没穿裤子。芬斯塔上班,曼迪上学后,他就溜到他家车道上,像在自己家一样打开后门,觉得自己是世界的主人。而她可能在洗碗,他突然出现在她的背后。广播里播放的新闻刚好掩护了他的脚步声。格雷厄姆那么笨的人肯定不会用枪,很有可能是用芬斯塔平常用来切面包的锯齿刀,抵在梅格的脖子上。

芬斯塔从蓝线区冲到红线区,差点带倒一个身穿粉色手术服的胖护士,将两名躺在推车上的病人撞到墙上。他呼吸急促,喘个不停,盖住了他的念头。格雷厄姆·尼罗。他想象着这个浑蛋撕开他老婆的睡袍。格雷厄姆·尼罗。他想象着这个浑蛋把她按倒在厨房地板上。格雷厄姆·尼罗。他想象着他们在第六号汽车旅馆六十九号房间的床上的样子。

跑到重症监护中心的时候,他已然大汗淋漓。健身接待员西里尔·帕特里克看见芬斯塔急冲冲地跑过来,一言不发地指着132病房。芬斯塔急忙冲进去。一个浑身是血的人打着点滴躺在床上。芬斯塔辨认不出病人的样子,房间里太多白色大衣了。他像一个泄了气的皮球吐出一口气,靠在墙上,双膝发软,背靠着墙缓缓地蹲下身。该死的格雷厄姆·尼罗。他仿佛看见邻居家的德国牧羊犬在狂吠不止,地板被血染得鲜红。

有人碰到他的肩膀,他吃了一惊。梅格?他一个激灵。梅格!她扶着一对铝制拐杖,左腿打着石膏模,还是湿的。

"一切发生得太快了,我正要给你打电话呢。"平日纹丝不乱的头发现在乱糟糟地卷成几缕,衬衫的扣子也丢了一只。他伸出胳膊,紧紧地抱住她,贪婪地闻着她带点咸的汗味,几乎要把她嵌到自己的身体里。接着,他领她走到明亮的大厅,问她道:"怎么回事?"

她摇摇头。"对不起,你很担心吗?我是想打电话来着。"

他知道这话不是真的。梅格不喜欢依赖别人,特别是他芬斯塔。她可能直接从医院回家,跟平常一样做晚饭,等到晚上他指着她受伤的腿,她会说:"这个啊?我都没注意呢。"

"你有九条命,我知道你会没事的。"他说,"怎么回事?"

她耸了耸肩膀。"我被打了,就这么回事。"

芬斯塔紧紧托住下巴,头疼。但是语气还是保持温和。"谁?"

"阿尔伯特·桑格温发病了,"她说,"所以我拿自行车锁把他砸晕了。"

"阿尔伯特?"

她点头。"图书馆现在是一团糟,镇上没把我炒了就是万幸了。"

芬斯塔看着病房,心电监护仪波动不稳定。他看着眼前人。"那是阿尔伯特?"

她点头,两人久久对视着。阿尔伯特虽然骨瘦如柴,但是个子高大。在花旗银行门口行乞的时候,人们总是多给他一点钱,因为这个废柴个儿高。芬斯塔和妻子低下头,鼻子碰到一起。"你用自行车的锁把他撂倒了?"他低声道。

她耸肩,面无表情。"我只能找到这个了。"接着两人都笑了起来。他常常被她的美丽震撼到。梅格·温特劳伯随着年龄的增长越发成熟自信了。她靠在他的胸脯上,他一手接过拐杖。

"说说怎么回事。"他说。

她一五一十说给他听。完了她加了一句:"你的朋友,内科医生朋友迈克·悠尼诗说阿尔伯特的肝,怎么说来着?"

"肝硬化。"他接下去。

她点头。"我砸下去的时候,把他的肝伤到了,然后他嘴角开始流血。迈克说他终究是要死的,只是我这样做让死神提前来了。"

"那你没事吗?"

她点头。"其实,很糟啦。要是我听你的话,也就不会发生这些事了。他也会没事的。"

"这倒是真的。"他说,她的笑容不见了。他赶紧补充说到:"但是这些都不重要了。你的腿没事吧?"

她低头看看伤口。从脚到膝盖都打上了石膏模,膝盖头紫得发胀。"我的脚踝受伤了。迈克说伤口已经清理干净了,但是恢复起来很慢。"

他摇摇头,觉得不可思议。他的老婆,就跟野草一样坚韧。"脚断了吗?"

"所以我打了石膏啊,芬斯塔。"

"梅格,我还以为你就是扭伤呢。要不然像你那样走路,一般人早就疼晕过去了。"

她开心地笑了:"还不赖嘛。"

他只得附和她:"一点都不赖。"

梅格向值班警察做了笔录(蒂姆·卡罗正忙着找詹姆斯·沃克,所以是加布·辛普森做的笔录),然后去卫生间洗脸了。芬斯塔回到132号病房。

病房现在空出来了,只有阿尔伯特·桑格温在沉睡。

床头的值班表上写着如果对出血的肝进行治疗只能导致深度昏迷,加速他的死亡。芬斯塔靠在床边。阿尔伯特缓慢的呼吸在喉咙里卡住,像是打呼。他闻起来就像家酿的酒,胆汁积在他的肠道里,散发着苦涩的气味。白发梳到一边,黄色的皮肤松松垮垮,像个生面团。他看上去像是六十岁的老人。

芬斯塔叹口气。刚刚在这里经历了那种无依无靠的感觉。自从去年和格雷厄姆·尼罗吵架之后,他无法再像以前那样淡定,他甚至会无理取闹。他知道自己心里有问题,但也知道找某个心理医生将这些话倾诉出来也于事无补,他们只会给他一个恶性心理测评。如果他被提名升为科室主任,一纸测评就可以将他拉下马。主任的年薪可是一年五十万啊。梅格一直等着这一天,她相信这一天会到来的。他深深地吸了一口气。

是他大惊小怪了，就这么简单。但是现在他又掌控了一切。

　　床上的阿尔伯特呼吸又顿了一下，但是还没醒。几个月前他袭击了一个义务护工，但是芬斯塔没有料到他会袭击两个柔弱的女人和一个小女孩。就像今天早上跟莉拉见面的时候，他也没有预料到事情的发生，他有一丝惭愧，然后假装什么都没有发生。

　　他当阿尔伯特的医生有六年之久了，这些年里，他们一起经历了他的幻想症，一年一度发狂期，还有一次自杀倾向。群组治疗的时候，他不像其他人滔滔不绝地说自己的事，他喜欢倾听。结束后，不管前一天晚上喝的酒让他多么不舒服，他都会跟每个人握手，祝他们愉快。可他毕竟也是难兄难弟，不参与治疗只会让他更加悲剧。

　　暴力不是他的天性。这次又发生这种事，可见人都有阴暗面。芬斯塔看着这个把自己的妻子当成陶瓷娃娃一样扔到玻璃上的男人。一部分自己很想把吊针从他手上拔下来，让他尝尝梅格受到的痛苦。虽然这个女人现在强装笑颜假装没事。

　　阿尔伯特睁开眼睛，过了好久才恢复视力，当看到是芬斯塔时，他的脸痛苦地绷紧了。

　　"图书馆。"他的声音已经沙哑，想抬起头来，但是没有力气。

　　"放心。"芬斯塔说。看着阿尔伯特深陷的眼眶，惨淡又掉光牙齿的牙龈，他知道他活不了几天了，顶多多活几小时。

　　"温特劳伯太太，她……死了吗？"他问道。

　　"她脚踝受伤了。"

　　阿尔伯特难过地抿着嘴，眯起眼睛。"我不是故意伤害她的。"他小声地说，"她对我一直很好，我爱她。"

　　芬斯塔喉咙发干。"很多人爱梅格。"

　　阿尔伯特点头。他的头发和枕头一样苍白，几颗发黄的牙齿孤零零地存在着。"你没闻到吗？"

　　"你现在是安全的，阿尔伯特。"

　　阿尔伯特摇头："不是。"接着伸开拳头放在腿旁，动动手指。芬斯塔走过去握住他的手。一般来说，他不愿意跨过跟病人之间的心理距离，尤其当这个人还打了自己的老婆，但是话又说回来，眼前这个病人已经和死神并排躺着了。

　　昔日踌躇满志的阿尔伯特想过在洛杉矶开通一条新的大众运输专

线,在佛罗里达高速公路沿线设计一个滨湖公园。今日的他却陷入着年纪轻轻便死于非命的厄运。

"世道不公,对吗?"芬斯塔问他。

阿尔伯特眼神闪烁,两人都没说话。后来,他开口了,声音轻得像时钟滴答的声音。"用枕头捂死我吧,我就要死了,死神可不喜欢我的气味。"

芬斯塔抽出手来:"你好好休息吧,我明天再来。"

"快点! 一个星期内你们都不得好死!"阿尔伯特突然气急败坏地说,唾沫从掉落的牙齿缝里飞出来。

"它不在树林里,阿尔伯特,是在你心里。你心中有魔。"

阿尔伯特的眼泪顺着脸颊流淌,"它真的存在,不信你等着看吧。拿起枕头,动手吧。"

芬斯塔顿了几秒。阿尔伯特声音里有一种不祥的预感,又似曾相识,他想到恶犬的咆哮声。他甩甩头,转身离开病房。"好好休息吧。"他说着就离开了。

芬斯塔在接待处找到梅格,她的头发又整整齐齐地梳起来,衬衫上扣子掉了的地方用别针别起来。一起离开医院的时候,他走得很慢,她则吃力地迈着步子。"我去把车开过来。"他说,但她只是示意一旁的拐杖。

"我得学着怎么用这个,接下来六个月要靠它们过活呢。"

夜已经拉开帷幕,停车场内一片黑暗。梅格走一步哼一声,但是他知道最好不要提议抱她。他们走到凯迪拉克·凯雷德旁,她走了进去,疼得龇牙咧嘴,他知道是股囊炎让她苦不堪言。虚荣,你的名字叫梅格·温特劳伯。他暗地里想。

他们开着车驶过前门大街,商店灯火通明。他问她:"你要买点可待因吗?"

她直视前方。"买吧,真的挺疼的。"

"哦,疼啊。我应该从你的冷汗上看得出来你还觉得疼。"

她不说话,他也没再说什么。到家后,她没有自己下车。曼迪的自行车不在车库,说明她又去帕芬站找她男朋友了,理论上她必须获得首肯才可以去的。"我知道你在想什么。"梅格说。

"是吗?"她知道他想到格雷厄姆·尼罗的事吗?

她语气笃定,带点愠怒。"是我不好,我不该让阿尔伯特进来。我讨厌那些家长对我的看法。"

他轻轻地叹气。"一个疯子把你扔到了墙上，没有人会责怪你啊。"

"但是你早料到事情会这样，而且警告过我。"

"我只要看到躺在监护室的不是你，就很开心了。"

她擦拭眼角。起初他以为是眼睛发痒，结果是她在哭。他知道应该表现出丈夫的职责来。他侧过身搂着她。她身子一僵，然后慢慢放松起来，手背擦着鼻子。"给。"他说着，大度地将袖子递过去。他们看着对方，笑起来，但是她又开始哭了。

"我当时很害怕。"她把脸贴在他的胸口说。

他点头：*我也是*。但是他没有说出口。*到现在还害怕*。

"当时想给你打电话，我想见你。事情发生的时候，我只想见你。是不是很傻？"

心头的压抑开始褪去。这么久第一次，他感觉……*很好*。"不，"他说，"不傻。"

"我想跟你说我爱你。"她说。他将她抱得更紧。

她在哭。他抬头细细看着十五年前第一次住进来的都铎式房子，他一眼就爱上了这里，那个花园，最近花儿开始凋谢，还有怀里美丽的女人。他不知道，经历过那些事以后，还能不能重归于好。可能吧，他想。只是可能。

八 饥肠辘辘

丹尼尔·沃克在看最喜欢的节目《淘汰约会》①。要是想在火车站把到妹，就不要看杰里斯·普林格的节目。今晚的半小时节目里，三个讨厌鬼轮流跟一个来自德鲁斯的干巴巴的乡巴佬舌吻。乡巴佬要把接吻技术最烂的人踢出局。然后，他跟剩下的浪荡女在浴缸里寻欢作乐。走运的是，姑娘们不顾一切为了成为全场最辣的那个，全都脱掉上衣。节目进行到这，她们已经烂醉如泥了，所以才会在国家级电视节目上丑态百出。可能在这个白色垃圾泛滥的国度，这就是迅速成名的方式。

---

① 译者注：类似于国内约会娱乐节目。

丹尼尔兴致勃勃地开始臆想如果自己是那个乡巴佬,他会怎么耍这些女孩。这三个都是金发美女,胸大得不像是人类物种,他断定是隆过的。虽然硅胶会让他觉得恶心,但是这六颗欲凸还羞的乳头还真是火辣。

腿上放着无绳电话,爸妈随时可能打电话告诉他詹姆斯的消息,所以今晚他也只手淫了一次。他自己也没想到,他会为这个浑蛋担心。

电视上一个长得惹火的花瓶——有小肚子的金发美女,在舌吻环节之后被其他女孩起了个外号:小母牛。她立刻回应,伸出舌头,掀开抹胸,晃着脐环上的钻石,好像觉得这样就可以绝地反击。其他女孩立刻过来要打她的肚子,三个人开始挥舞拳头。"女士们,不要打架!我快受不了了。"乡巴佬说。丹尼相信他已经很亢奋了,他悲剧的人生还会有三个女孩为他打架吗?丹尼最爱的就是《淘汰约会》里女人打架的场面。她们把从来不给别人买晚饭的最卒仔的女孩暴扁一顿。

最后,乡巴佬把这个惹火女孩给踢了,理由是肚子里装了一堆垃圾。"SB。"丹尼骂道,抓起一把乐事薯片朝屏幕扔过去。这时,他不小心碰到了通话键,电话嘟嘟地想起来,有那么一瞬,他以为是电话响了,希望是爸爸打来告诉他詹姆斯的事。但是,错了。丹尼按下结束键,跌坐在沙发上。这个小家伙迷路了不是吗?詹姆斯疯疯癫癫的,不会有人绑架他。他曾经杀死过一只兔子,虽然没有一个人愿意承认。这个小孩就是一神经病。

但是,詹姆斯还小,也不懂事。上个月,他把橙汁倒在麦片里,因为没有牛奶了。他吞下一勺,结果吃惊地发现尝起来像尿的味道。其实他知道⋯⋯

《淘汰约会》还在继续,两对隆出来的乳房从浴缸里冒出来,浑似《现代启示录》里面的大兵。

他应该对詹姆斯好点儿。米勒和费莉斯觉得他是个神经病,所以这孩子就开始跟他对着干。他们在站牌等车的时候,他不该那么欺负他。他应该时不时地给他点建议,比如那个让他留级的老师克劳奇亚先生可以给他另外加分的。如果想成绩单上写"优秀",只要写个关于易洛魁印第安人的历史或者巴尔托的奇迹狗的两段式报告就可以了。但是丹尼尔没有说,现在詹姆斯已经留了两次级。

丹尼尔抓了一把油乎乎的薯片塞到嘴里。要是詹姆斯受伤,甚至被杀了呢?这有可能啊。他不想去想,但是这孩子已经失踪九小时了。要是最坏的事情发生了,米勒也会处理得很好。他会在俱乐部喝上几杯威士忌,炒掉几个老师,但是他会忘怀的。费莉斯却会再次崩溃。第一次崩溃是詹姆斯出生后,她就乘着填充旅行车离开了,这一切或许可以解释为什么没有人对詹姆斯的到来那么在意。他得了疝气,哇哇大哭,仿佛在费莉斯·沃克的濒临崩溃的神经上扔了最后一根稻草。护理员带她走的那天,她已经不认识三个月大的婴儿,自己的丈夫,甚至丹尼尔。丹尼尔向她挥手拜拜,但是她没有回应,他永远不会忘记那种受伤的感觉。到现在还是有点恨她。

要是有人想在学校把丹尼尔惹毛,只要对他喊:"你妈妈是个神经病。"就可以了,然后他就会大发飙。但是大家也知道最好不要把他惹毛。上次,是两年前了,他把皮特·奥多内尔的鼻梁打断了。费莉斯现在还要吃大把大把的药片,吃晚饭或者半夜看电视重播的时候,她都会迷迷糊糊地不省人事。虽然她没有喝酒。

詹姆斯在家几乎帮不上什么忙,所以丹尼尔肩上的担子就重了些。他得跟浑蛋老爸做朋友,和他一起去俱乐部,米勒会收集每个爱尔兰女服务生的电话号码,对丹尼尔使眼色,好像在外胡天花地不过是跟妈妈开一个无伤大雅的玩笑。丹尼尔还要洗碗,对费莉斯问长问短,因为除了他,再没别人有心过问她。

丹尼尔低吼一声:"詹姆斯。"他在哪儿呢?他对这孩子就没个好脸色,现在这样担心,希望他一切安好,竟然让他不安起来。不过,詹姆斯是他弟弟,他们俩不像也不打紧,这孩子确实迟钝。但丹尼尔仍然爱他。

就在这时,丹尼尔听到有人在敲门。詹姆斯?不可能,他从不敲门。警察?也许他们发现詹姆斯的尸体了,在河边或者在某个同性恋变态家的地下室。还有个可能,这个小笨蛋跑去帕芬站,跟嗑药的年轻人,说西班牙语的清洁工们一起吃着不新鲜的面包,等着开往 C 镇的末班车。上帝啊,他希望那真的是面包,真的希望。

丹尼尔开了门,但是没看见人影。夜已经深了,他走到门外。街灯散发出淡黄色的病恹恹的光晕,路上三三两两驶过几辆车。凉意袭来,丹尼尔没穿外套,开始发抖,想要回屋子,但又想到詹姆斯可能就在这里。他也许是害怕回来,因为今天在树林里他做了一件比杀死兔子更坏的事情。但是他们能怎么办呢?找个律师?贿赂个法官,这样詹姆斯便认为就算犯了谋杀罪也能逃脱法网?有生以来第一次,他不知道米勒的金钱是他们的幸运还是诅咒。

丹尼尔绕着房子走。这是全镇最大的房子，但是周围没有很多空地。每天早晨，他能听到隔壁的温特劳伯夫妇和曼迪争吵的声音。他一般很少用到怪胎这个词，但是到字典查这个词呢，你绝对可以看到曼迪·温特劳伯这个顶着紫色头发的姑娘。

丹尼尔双手罩在嘴边。"詹姆斯！"他大声喊道，但是没有回应。但是，他笑了，因为看到房子前院的一块毒芹动了动，好像有人躲在里面。"詹姆斯，没关系啦。"他一边朝着树丛走一边说道，"我没有生气，我保证。大家都很担心你，没有生你的气。"他走得越近，声音就越低，这样就可以靠近这个孩子。他回想起小时候假扮《索命万圣节》里面的迈克尔·梅尔的场景。他会在房子里漫步，不说话，詹姆斯呢就在家里跑。每次，詹姆斯都会失去冷静，把自己逼到一个死角。丹尼尔就迈着步子，像恶灵空间里的夜魔一样冷漠地给他重重一击。

"妈妈和爸爸都担心死了，"丹尼尔说，"妈妈可能还会给你买只兔子，看到你回来，她会很开心的。"

本来还在动的树丛现在安静了。丹尼尔已经走得很近了。他奋力一拨，树枝被推到一边。太好了！詹姆斯弓着身子藏在那里。太好了，他找到他了！什么怪东西把他吓成这样，他要把它掐死。

詹姆斯跪爬在地上。他慢慢抬起眼睛，瞳孔变了色。原本的棕色不见了，现在变成黑色了，而且放大数倍。丹尼尔后退一步，胃痉挛了一下。詹姆斯的牙齿里咬着什么东西。

虽然天黑了，但是丹尼尔仍能看见鲜血从詹姆斯的脸上留下来，被扯坏的钢铁侠外套上面也沾了血，嘴巴紧紧咬着一团毛乎乎的爪子。

丹尼尔想说点什么——开他玩笑，或者说："嘿，小浑蛋，你要不要兜个围嘴啊？"但是他只是想吐，喉咙里开始泛酸水，感觉舌头都快要烧伤了。

詹姆斯丢掉那只爪子，从树丛里跳出来。本能告诉丹尼尔要准备防卫，但是他克制住，放松了拳头。这是他弟弟吗？

"詹姆斯，你还好吧？"他问。

詹姆斯凶狠地露出牙齿，像一辆奔跑的汽车一样朝丹尼尔扑过来，他跌倒了。离得这么近，丹尼尔终于看见詹姆斯外套撕碎的痕迹，还有血淋淋的光脚。

詹姆斯看着丹尼尔,但是十分陌生。灯光照在草坪上,他开始狂奔,四肢着地,冲过院子,穿过温特劳伯家的牵牛花花架。他像是一只小兽,后腿支撑着他在空中弹跳,落地的时候,双臂稳稳地按在地上,脚底板和剩下的脚趾已成了黑色。

丹尼尔稳了稳心神。他仿佛看见几千里外,爸爸重重关上车门,地上放着一只兔子的尸骸,只剩下毛皮和骨头上残留的肉丝,上面还带着詹姆斯的小小的牙印。

第三部分
传染

九　人类游戏

　　周二晚上,人们还在搜寻詹姆斯·沃克的人影,警察和一些自愿来帮忙的人们把贝特福德树林搜了个遍。在两英里远的空地上,蒂姆·卡罗绊倒了,他拿着手电筒照着四周,发现到处都是动物的尸体,他脚下踩着的就是一只羚羊的角。他把手电筒靠近羚羊死气沉沉的眼睛,看见它的嘴里咬着一只负鼠的下巴。他又照了照四周,发现所有动物的牙齿都裸露在外。他吃了一惊,忽然明白詹姆斯·沃克不是被某个恋童癖绑架了。他一定是找到这个可怕的地方,所有的动物都学会了人类的游戏——杀戮。

　　就在这时,一声尖叫传来,似乎是另一只动物,他用手电筒一看,原来是萝伊丝·拉金跪在空地中央,嘴里都是泥巴,眼睛和羚羊一样,瞳孔发黑。"萝伊丝!"他喊道。她不停地尖叫,直到他把自己的绿色羊绒制服脱下来,披在她的肩上。

　　"我看见詹姆斯了。"当天晚上,丹尼尔·沃克跟爸妈说了。"他又杀死了一只兔子。"米勒·沃克用食指用力地抵在丹尼尔的胸膛上,他想估计都淤青了。"别再提 TMD 兔子。"他说。

　　第二天,搜寻范围扩大了,从奥古斯塔市来的政府搜寻队和大家一起叫着詹姆斯的名字。搜寻范围扩大到贝特福德镇和 C 镇边界。可是一无所获。

　　早晨,萝伊丝·拉金醒来了,胸口发凉,她看见窗户大开。昨晚明明是关上的啊。清晨的阳光刺痛了她的眼睛,她转过身,头埋在被窝里。她无比郁闷,生活一下子跌倒低谷。直到下午,她才注意到窗台上的一堆羽毛。那里放了一只鸟食罐,给她养的蜂鸟吃东西用的。难道有狗跑来吃掉了一只蜂鸟然后留下羽毛作为纪念吗?她用舌头舔着嘴和牙齿,从牙齿缝中揪出一块还带着毛的软骨。她想都没想就把它咽了下去。

　　梅格·温特劳伯没有去上班,芬斯塔让她待在家里,除非必要,否则不要乱动。她读了《波士顿环球》,看了《我们的日子》、《欧普拉脱口秀》和《菲尔博士真人秀》。到了三点,她已经无聊得要死,做完了字谜,在"我要做的事情"清单里胡乱写上一些东西,譬如"打扫冰箱里的勾缝剂"。她终于意识到自己原来都不会消遣。

　　芬斯塔照例去上班,头一件事就是给莉拉·希弗打电话。昨天想让她住院来着,但是一听到梅格被袭,他全都忘光了。莉拉是被动攻击性人格,很有可能因为他的忽视在另一只手腕上再拉一刀。不过,他这些都是白担心了。周三早晨,莉拉接电话的时候,没有恶意,甚至有点过于活跃。她两个小孩都得了咳伤风,她正在照顾他们。她准备了肉桂土司,给他们做背部按摩,他们感动了,几个月来第一次叫她"妈妈"。她说:*可能是乐利静的缘故吧,温特劳伯医生,总之,情绪突然就变得超级好了。下周见!*

　　傍晚,太阳就要落山了,萝伊丝·拉金躺在床上,舌尖仍流连着软骨的咸味。胃里一阵翻腾,她模模糊糊地记起什么来了。昨晚,她打开窗户,找到鸟食罐。她开始意识到一件无论如何也不愿意承认的事实:身体里被某种东西占据了,一到夜晚,它便开始支配她。

　　夜深了,詹姆斯·沃克在贝特福德树林里爬行。他听不懂人类的语言,也不认得自己的同类。他不记得这片荒林,也不记得绿巨人。他身体的一部分不见了。那个东西叫什么来着?手?不,不是手。是别的东西。鞋子。一些装在鞋里的东西丢了。昨晚,他爬过花架和棚架,敲开一半同学家的窗户。他们都像被施了魔咒,都让他进去了。今晚,他要再次回访。从周三到周四,病毒将继续蔓延。

十　林中魔婴

星期四下午，曼迪·温特劳伯蹬着她那辆十二速崔克自行车，在西尔福大街上晃悠。不像C镇其他的高中生，她没有自己的汽车。哥哥戴维去加州上大学的时候，家人已经给他买了辆沃尔沃旅行车，而她又被认为是个不负责任的司机，所以她也省得把周六早上浪费在学车上面了。

她也不想要车。汽车会让极地冰山在一百年内融化殆尽，让冬天成为一个回忆。到那时，美元就不是流通货币了：人们会用谷物和牲畜交换货品。狂躁的热带风暴让东海岸没法儿住，加拿大把国界一封，美国人除了墨西哥就无处可逃了——不过，谁愿意住在那儿呢？一边是自鸣得意的笨蛋父母担心埃及床单的根密度和SUV死亡机器①的燃油效率；一边是一天天逼近的世界末日。就算全家人都认为她疯疯癫癫的又怎样？他们错了，她可没疯，是这个世界抽风了。她今天翘课去树林跟恩里克约会，最后一节课是家政课，现在他们正在学习怎么把维兹奶酪倒在削了皮的土豆上吧。她可自由了。她才不愿意当个任人摆布的机器人，把大好时光白白浪费掉。她要让每分每秒都过得有意义。

头顶的天空蓝得像是深不见底的湖泊，气温至少有华氏70度。她皱皱眉，不消说，全球变暖的缘故。大人们不再关心温室气体也不过问冰山融化，他们按揭买房，累死累活地工作，这样的生活让他们身心俱疲，麻木不仁。她不要成为这样的人。虽然她的心会受到伤害，但是一直在跳动。有些人生来就要这样活着。

她忍不住关心这些事情！就算她想转型，她也无法像别的女孩子一样。她们把头发吹得蓬松柔软，嘴唇抹成亮晶晶的粉色，考试的时候拿一个不错的分数，在校报上发表一些时尚评论。这个世界正在被人遗忘，谁还关心铅笔裙啊？人们只担心饮用水雌性激素含量越来越多，总有一天会变成老年痴呆这类事。每次戴维回家的时候，爸妈跟看见基督复临似的，带他们去吃奥马哈牛排。她对注射激素的牛排很不爽，他们也只是假装理解她。他们一边点头表示对吃这些食物链中的低等动物的关心，一

---

① 译者注：曼迪对汽车很反感，故称其为死亡机器。实为越野车。

边在牛排上面抹李派林酱油。

妈妈最近让她十分火大。昨晚,她一瘸一拐地在厨房里忙活,像是小说里被白鲸咬断一条腿的亚哈船长①。刚开始,曼迪想去狠狠教训阿尔伯特·桑格温,她是认真的!殴打别人的妈妈,这算什么事儿?但是吃晚饭的时候,梅格逼着她吃了几口奶酪千层面,而她一点都不饿,结果一个晚上,她就像吃了猪油一样反胃。她感觉自己被当成母猪强行喂食,就是猪笼里的母猪也有动物保护组织奋力解救呢。她开始认为梅格这一切都是活该。

不过今天早上都还风平浪静,下楼的时候看见父母亲吻了,这可是一年多来第一次见到。他们先去上班,临走前都吻了她告别,一人亲一边脸蛋。完全一副五好家庭的模样。她甚至开玩笑说他们俩是傻瓜。她不想离开厨房,只是为了能多享受这种美妙的感觉。

他们走之后,她在想:爱如空气,不如今天?

"好啊。"恩里克听到她在电话那头问下午能不能在树林里碰面的时候说。她又加了一句:*把东西带上*。"什么东西?"他不知道。她本想让他猜,但是忍不住脱口而出:*套套!*"哦,对……好的。"他说。

万岁!

她开心地蹬着脚踏车。今天的她穿了一双高帮康威运动鞋,花边长筒袜,及膝斜开口的羊毡裙,红色羊毛衫。她知道这身打扮有些怪异,但是很衬她。另外,如果刚好有一头紫色头发,可能注意力就会转移到这上面来。今天在学校的时候,人们总盯着她看,有些人还对她指指点点,但是没关系。今天她就要随心所欲,穿着色彩夸张的衣服,做自己想做的事。她笑起来,骑得飞快,脑子里回旋一句歌词:"女孩,你将成为女人。"她一刻都不想等了。

他站在约好的树林边,手里握着从帕芬站买的矢车菊蓝色的小菊花。她笑起来,倒不是因为这花有多么滑稽,她觉得很浪漫。

他皮肤黑黑的,身材瘦小,不管她怎么节食都比他重。他家从墨西哥搬来,所以发卷舌音的时候,舌头打卷,措辞也小心翼翼,好像在自动脑补,把西班牙语翻成英语。她从车上跳下来,他一把抓住车龙头,帮她把车推到树林边。她喜欢他做这些看着很爷儿们的事情,感觉他是一个完

---

① 译者注:出自美国作家麦尔维尔的小说《白鲸》。

美的男友。

往树林里走了几步,他把自行车靠在自己的轻骑旁,转向她,取出她头发里沾上的几根小树枝,很像猴子互相磨蹭的样子。她咯咯地笑起来:猴子们也像这样帮伙伴儿梳理毛发,捉虱子放在嘴里嗑吧。他们俩就是一对猴子。她还想到海猴子和鱼缸里的小长椅,她笑得更厉害了。

恩里克继续往前走,忘了把花送给她。树枝把明蓝色的花瓣打落,在他们身后洒了一路。要是迷路的话可以追寻着它原路返回。他真的很沉默,甚至没有吻吻她打招呼。她知道自己的想法可能会很蠢,但是她忍不住地想:他是不是还在犹豫?

他们约会将近一年了。上体育课的时候,女生的话题总是围绕着性,高潮,精液……一些让她脸红心跳的粗俗不堪的东西,倒不是因为多粗俗,只是因为自己虽然没有做过,但是也跟着附和她们。她假装自己是一个女人,虽然她并不是。几个月前,她告诉他自己想要,他还是按兵不动。每次他们热火朝天的时候,他总是有诸多借口,什么他爸爸的掀背车不够理想之类的。他说他在等待合适的时机,但是她觉得他是在等待合适的人,那个人刚好不是神经质的曼迪·温特劳伯。她觉得他更有可能找一个长着一双《西区故事》里的娜塔莉·伍德的大眼睛的人,从不挑事儿,烤的一手好奶酪,更不会烤焦。谁能怪他呢?她知道自己是个怪胎。但是,她也怪他。他们在一起的时候,一切都很正常,但是一天天过去,他把她当成鲜花而不是一个女孩儿,她不怎么相信他了,是他把两人之前的感情弄得更糟。

"要是你这么沉默的原因是要跟我分手,你的麻烦可就大了。"她说,"我是说真的,我会暴扁你一顿。"恩里克摇摇头,装出失望的表情。"曼迪。"他咕哝着说,"你脑子有病吧。"他拼她的名字的时候带着浓浓的墨西哥味,她立刻觉得好受多了。

C镇的人看到恩里克的时候喜欢抬高声音,觉得他不会说英语。他会写诗,看T.S.艾略特的书。但是两年前他父亲心脏出了问题之后,他接管了商店,延后了上大学的时间。他底下还有五个弟妹(四个妹妹,一个弟弟),在那之后,他俨然成了一家之主。

现在他爸爸又回到店里,恩里克申请入伍,希望服完兵役之后,能得到一笔助学金,可以到一所州立学校学习诗歌。调令这周就要下来了,曼迪很是为他担心。他觉得人人都像他一样正派实诚。这种单纯会让他被卖了还在帮人贩子数钱。

早上打电话给他的时候她也在考虑这个问题。她想在他离开之前做一次。那样的话，就算他以后受了伤，或者回来之后变了一个人，或者不再爱她了，他们还是彼此的第一次。她打心底里不愿意看到他走，甚至希望末日来临，这样就不用忍受没有他的痛苦了。

恩里克手心在冒汗。他在前面走，抓住树枝，以免打到曼迪的腿或者脸。他看到几个合适的空地，但是他要找一个地面柔软，没有太多木头棍棒的地方。他很满意自己没有吃午饭，否则他早吐了。

希望自己没有像别人一样得了感冒，今天在车站看到很多人这样，脸咳得通红，有的人胳膊上、手上、脖子上和脸上都长了皮疹——差不多所有裸露的皮肤无一幸免。他打算问问曼迪，因为她父亲是医生，但是现在不是时候。他知道现在不是过敏的季节，但是很奇怪为什么疾病传播得如此迅速。他很小的时候就和曼迪相识了，爸爸生病后他接管商铺，她才成为店里的常客。每个月，她放学路上都会过来几次，报着黑咖啡，随手翻着柜台底下的时尚杂志，或者悠闲地吐着万宝路烟圈。她没有什么朋友，一开始他以为是因为她害羞，后来才发现原来她是个疯姑娘。

她被宠惯了。衣服常常是新的，整洁干净，牛仔裤的褶皱也被熨得服服帖帖，要么是请了墨西哥保姆，要么就是她妈妈闲得没事做。她没有工作，但是买烟或者《星尚 OK!》杂志的时候，用的都是崭新的二十块、五十块或者百元大钞。她也很专横，什么事都要照着自己的性子来："不是红色的打火机，恩里克。我要蓝色的。""喂？妈妈。不，我现在在商店。我可以做晚饭，但是我不要加热奶油鸡。那个好恶心。我不要点奶酪少的比萨，不要炒菜。但是爸爸更喜欢这样。"差不多一年半前，她走进商店，他夸她的草绿色外套好看，很配她的眼睛。之后，她每次来都会穿着那件外套。他才知道她喜欢他。但是出于两个原因，他没有约她出去。第一，他和女生在一起会不舒服。第二，她看起来就是一个麻烦磁场。那年夏天，她父母限制她每晚十点之前回家，她便开始每晚出现在帕芬站。有时候，她的哥哥戴维会在商店门口让她下车，好像这里就是她的终点站，然后给恩里克一个眼神，像在说，*对不住了，伙计，是她让我这么做的。*有一次，戴维竟然扔了一些香蕉味的能量棒在柜台上，低声对他说："你知道一个八百磅重的猩猩能得到什么吗？"然后，对着骨瘦如柴的曼迪·温特劳伯点点头："它想要什么就能得到什么。"

恩里克喜欢和他们做伴。曼迪很有趣。她走路的时候,声音很大,像是要引起所有人的注意。她不是在抽烟就是在嚼葡萄味的波波泡泡糖,吧嗒作响。商店关门的时候,她就看免费的八卦杂志,他则开始拖地板(他发现,她从来不说要帮把手)。因为顺路,他会送她回家,跟她谈论她感兴趣的事情,譬如杰瑞·斯宾格节目上的嘉宾是不是托,南极冻土融化之类的问题。"我们就要死了。"有一次,她认真地对他说。然后,蹦蹦跳跳地走了几步,说:"谢谢你请我吃东西,好吃极了!"

她不再出现。他开始意识到自己喜欢上她了。第一个星期,他没有注意她没有来。第二个星期,他认为她找了一个男朋友,那个幸运儿能看到她的怪异举止,听到她谈论全球变暖,同情被抓去做实验的小动物,发现她是世界上唯一一个读过而且喜欢奥塔维奥·帕斯诗歌的女孩子。

后来他得知她原来是跟家人去葛底斯堡度假去了。开学后,他决心要约她出去。但是一见到她,他的嘴就像是被米糊黏住一样开不了口。他没有钱,连一场电影也看不起。他们能去哪儿约会呢?她皮肤白嫩,身材高挑,头脑聪明,他不过是站在便利店柜台后面卖东西的家伙,家里还有五个弟弟妹妹,像是来自第三世界国家的人一样。他开始对她生气,因为她让他觉得自己低人一等。他暗自发誓,部队资助他上大学之后,他要赢得诺贝尔诗歌奖。十五年后,他衣锦还乡,带着一个比她曼迪·温特劳伯还要白皙漂亮的娇妻,还有一个儿子,叫她好不遗憾。

九月,夜色清凉如水。他沉浸在想象中,她的身体倾过来,吻了他。生疏青涩的吻,嘴唇带着香烟的味道,凉凉滑滑的。事情就这样了,他输了一筹。现在约会快一年了,他唯一在意的事就是走出第一步的那个人不是他。

现在他们在树林里了,虽然喷了半瓶"保镖"止汗香露,他的腋窝下面都是汗。身后的曼迪低声嘟囔着什么。也许在抱怨他吧。他们走了有一会了,这里真的很安静。离贝特福德越近,就越少听见鸟叫的声音,空气中的小虫子也越少。都说这里的空气好,他不这么觉得。大火之后,这里一直都有硫磺的气味,甚至一直传到 C 镇,鸟儿死之前在地上抽搐,好像忘记怎么飞翔。詹姆斯·沃克昨天在这里走失了,他听妈妈说一夜间,更多像詹姆斯那么大的小孩都失踪了。他不知道这是不是跟曼德琳在一起的安全之所,但是现在没有汽车也没有房间,还能去哪儿呢?

前方有一处青草地。他的心怦怦乱跳起来,想要在曼迪发现这块地方之前转身走掉。他们要做的事一旦成功，便无可变更。但是他继续走，直到两人都站在草地旁。他们的呼吸有些厚重，不是因为疲惫，而是因为紧张。她的身上有一种柚子清香还有玫瑰沐浴露的香味。

青草差不多都枯了，上面还有露营篝火的印迹，一些零散的牛肉罐，上面的标签颜色已经模糊不清。"好脏啊。"她说。

她是一个高个儿女孩，他不想让她看到自己的裸体，因为他是比较瘦弱的那个。她用手肘推了推他，他顶了一下她的后膝盖，她一下子失去了平衡，轰地一声坐在地上。换作他以前约会过的女生（总共两位），估计早就没好脸色，然后假装哪里受伤了，但她是曼迪。她大笑起来，手放在嘴边"嘘，嘘"，好像发出噪音的是他。

他伸手拉她起来。她用力一拽，反将他拉到自己旁边躺下。她的大笑变成了哭泣，他才知道她也很紧张。他们就这样待了一会，然后她从包里拿出一条毯子，在空中抖了抖，铺好。他们坐下来。她解开棉衬衫的扣子，好让他看见里面红色的蕾丝内衣，他的双手在腿上摩擦着，希望能暖和起来。大家都以为他们做过，每个到商店来的人，他的家人，甚至他的小弟也开玩笑，让他们注意安全。

但是她是他的女孩儿，他希望一切完美，让她知道自己的好。他入伍的原因其实有很多，他讨厌人们问他想不想自己的出生地班戈。没有人能阻止他当兵。可能曼迪不知道要等一个合适的时机，但是他知道。成功的机会只有一次。

手暖和起来了。他抚摸着她，一直伸到短裙下面，她的毛发修成了心形，他的手指沿着这个形状游走。他知道她喜欢这样做。他一天天学会如何让她快乐。

她也在抚摸着他。他闭上眼睛。现在，今天？这样好吗？仔细看的话，她的眼睛一个大一个小。他解开牛仔裤。

他用牙齿撕开超快感的包装。他熟悉这个步骤，晚上回家的路上他练过很多次，然后扔到垃圾桶里，以免家里人看见。大街上的垃圾桶里已经囤积了很多。他拿出避孕套，卷开，戴上。她弓着背，肚子和他贴在一起。但是他做错了。套子卷不下去了。血一下子从腹部冲到他脸上：他在关键时候掉链子了。他转到一边，不让她看见。

"等等！"他说。

手指也不听话了，他知道她在看着自己。她的眼睛似乎要将他后背灼伤。

"你不要？"她问。

"我想要。"他说。怎么解释呢？男人不该做出这种蠢事来；他们应该紧紧地抱着自己的女人，保证一定会温柔点的。

"那是怎么回事？"她又问。

"时机不对。"他还没意识到这句话带给她的打击就已经说出口了。他希望时间停止，把这句话收回来。

她的声音带着冰冷的愤怒。"我又不是温室的花朵。"

他点头。"我知道，你是曼迪，我知道。"他的手伸进口袋，看还有没有多余的套套。带两个了吗？为什么不带两个啊？能把这个翻过来再用一次吗？

他转过身看着她。她的眉毛拧成一条线，紫色的头发粘了枝叶而显得有些凌乱，就像是莎翁笔下怨气冲天的树精。"我不够漂亮吗？"她问他。

"当然漂亮。"他说着，但是他已经没有欲望了。

"那是为什么？"

他叹口气。她难道不知道吗？他这么慌慌张张地找东西，难道她还看不出来吗？

"好！"她喊起来，"我恨你！"她穿上衬衫，跑进了树丛中。

他躺在那儿。他是怎么了？一个人的时候，他明明已经很老练了。是不是要死于前列腺癌，这是第一个症状？他眉头紧皱，不过是一厢情愿罢了。他不会得癌症的。现在，他要去跟曼迪·温特劳伯解释自己其实很紧张，免得她以为他跟她哥哥有一腿。

这时，他突然听到一声女孩子的尖叫，心开始狂跳，那是曼迪，她以前从来没有尖叫过。他冲到树林里，闻到臭鸡蛋和浓浓的硫磺味。

曼迪背对着他跪在一个米白色的石头旁边。他走到她身旁弯下腰。不是石头，这是一块小骨头，旁边还有更多。连着这些骨头的是一层薄薄的像是玉米皮一样的东西。他费了好大劲，才看清楚：是皱巴巴的人皮。

曼迪泪眼汪汪地看着他，双手覆在尸体上面，几乎要碰到它，他知道，她是想保护它，不让它再次经历曾经的厄运。头骨上有一缕黑发，他终于确定这是小孩子的尸体。

"是谁？"她问他，他知道她不是指这孩子是谁。她问的是：*谁做出这*

么骇人听闻的事?

他摇摇头,突然听见树林里树枝断裂的声音。他噌地站起身,把她拉到身后。

他们朝树丛看去,他看见了。那东西四肢着地,正盯着他们。恩里克立刻走近一步,护着曼迪和孩子的尸身。

"滚开!"他大声叫道。那东西看着他,恩里克紧张得忘记了呼吸。它发出一声痛苦的呻吟,像是一只潜鸟的鸣叫。恩里克突然觉得有些难过,其实他应该害怕才对。它跃过一根树木,撒腿跑了。恩里克紧紧抱住曼迪,一边想着刚刚看见的东西。它不是只野兽。它是阿尔伯特·桑格温,穿着病服,满嘴是血。

十一　悲中乐,乐中悲

"到现在,"四个星期后,罗尼跟自己第二个未婚妻说,"我还觉得挺难过的。"

诺琳的眼睛滴溜溜地转动着。最近好多护士都得了感冒,今晚她要多加一次班了。早上也懒得穿上平时的衣服,还穿着肥大的粉色护士服。两人在他家的格子沙发上吸大麻。他卷得很紧,已经过了十分钟了。只要他一兴奋,空气就像豌豆汤一般浓稠,一切也就没那么重要了。只是萝伊丝·拉金仍然顽强地驻扎在脑子里。

诺琳拿着遥控器瞄准罗尼的脑袋,像是要把他砸晕。她可能是开玩笑,也可能是认真的。她有些尖酸刻薄。电视上的美国女佣,超级女英雄兼清洁工将自己神奇如短剑般的高跟鞋扔向抢银行的盗贼。罗尼笑起来,《踢克超人》是最好看的动画片。诺琳按了下遥控器,《踢克超人》没了,换成诺琳最喜欢的肥皂剧《吉尔莫女孩》,里面一对母女一边哭一边笑。真是悲中乐,乐中悲。

这不是今天罗尼第一次想萝伊丝了。她总会让他看自己想看的节目。一直不愿意正视的想法像从天而降的鸟屎砸到他的头上:虽然他和诺琳在一起,他的未来将是一个摆满餐具和杯具的茶几。"哦,该死的。"他咕哝着。

诺琳躺在沙发上,开心地笑着,好像刚刚绊倒了一个蓝发老妇女。

"罗丽怀孕了。"她解释剧情，然后咕咚喝下一口在帕芬站买的思乐冰根汁啤酒。"不是现实里的她，电视上。"

罗尼想说什么来着，但是忘了。又吸一口大麻，希望能够解决问题。果然，他想起来了。诺琳事先没告诉他就将他们的合照和结婚声明发到了报纸上。萝伊丝就这样知道了他要娶她最好的朋友。

"我觉得对不起萝伊丝。"他说。

诺琳拉下脸。"我也是。"她跟他说话，眼睛依旧盯着电视机。电视里整洁有序的家庭跟他和诺琳截然不同，像是从火星来的一样，在一家豪华的海鲜餐厅说着俏皮话，用小叉子吃牡蛎。诺琳还在说话，但是他知道她想要看那些用着好看叉子的俊男靓女。"我们坠入爱河，对吗？不管通过什么方式知道这件事对于她来说都是伤害。现在她在报纸上看到了，可能要好受一点——因为不用在我们面前强忍住不哭。"

罗尼半信半疑。好吧，听起来像是这么回事。诺琳将思乐冰放在咖啡桌上，留下一个圆形印记，倒和桌子上其他的圆环相映成趣。她搬过来住之后，他的室友安德鲁只好在镇子的另一头找了间公寓住。一方面有好处，要是想见她，他不用穿上裤子。一方面也有点摸不着头脑，因为这边他刚去新一滴酒吧，喝得五迷三道的，回来就看见药柜里放满了棉球和卸妆用的东西。

房间里有一股豆乳的气味。以前萝伊丝一周过来打扫一次，把盘子刷干净。要不是诺琳出现勾引他，他会跟她结婚。上个月在酒吧里，诺琳拿着手中的苹果混酒跟他干杯，说："你以为你爱她，不是。不过是顺水人情。"然后屁股一扭一扭，指着它向他示威。"比如说我们俩，我们比这房间里任何一对都要来电。有电，才能说爱。你不能随便找一个对你指手画脚、帮你洗衣做饭的女孩儿。"

罗尼当时确实惊到了——他父母很是喜爱萝伊丝。他也爱她……大多数时候吧。但是听完这番话，他开始认真思考。萝伊丝确实对他指手画脚，最近他也开始想结婚是不是个错误。他还没准备要孩子，不想做爸爸，不想失去自由。性爱也没那么有意思了，感觉不好，他能预想到接下来的五十年每个星期要受罪两次。这不像结婚，而是坐牢。

"别说你没有幻想过我哦，罗尼。只要你说没有，我就不啰唆了，喝完这杯，我就到那边去。"诺琳指着一群打台球的年轻人。她个子娇小，只有五尺高，一双灰色的眼睛没有感情地看着他。

萝伊丝那天晚上和她妈妈待在一起,安排婚礼上的座位,他觉得一切都很愚蠢。客人们不能找到一张空椅子然后坐下来吗?罗尼从来没有幻想过诺琳,但是听她这么一说,空空的脑袋还真有事可做了。如果他把诺琳带回家,被酒吧里的人看到,告诉萝伊丝,她就会把他甩了,几天之后,他便恢复自由身了。他喝得醉醺醺的,甚至都不记得这些念头让他真的吻了诺琳·卡斯蒂洛。两人都神志不清,嘴唇都对不上。他只模糊地记得把手伸进她宽大的T恤里,不知道是在酒吧还是离开后了。第二天早上醒来,头疼得厉害,怀里还搂着一个胖子。他不知道哪个状况更糟。不久,他就和萝伊丝分手了。这时,诺琳打了个饱嗝,揉着自己的肚子。她有点粗俗,一开始他觉得挺好,因为她不会管他有没有餐桌礼仪,会吃掉冰箱里一半的食物。但是他现在不这么想了,两个人都好吃懒做可不好。他本意不是换一个女孩结婚,只想做一个自由人,现在反而掉进了另一个坟墓!想到这儿,他心里七上八下的,吸了一口大麻才冷静下来。他笑了,终于想到一件好事。和诺琳在一起,他不用戒掉毒品。

他们刚刚在说什么来着?对,萝伊丝。"我应该去看她。"诺琳不回答,拿过他的大麻,蘸上思乐冰,再还给他。"萝伊丝把你吃得死死的,罗尼。她不喜欢你,如果你去找她,肯定没好果子吃。你都不知道她当时是怎么说你的。感谢上帝,你已经脱身就不要再去招惹她了。"

诺琳说的这些貌似有些道理,但是仔细想想,萝伊丝不是那么卑鄙的人。他看着电视里一个穿着黑色西装的男人开着SUV车,配着滚石乐队的《自由》,一路开到北极洲。那里似乎很好玩,某一天他也要去看看。只是不知道,那时候,北极洲还在不在了。

"我想去萝伊丝家看看。"他说的时候,竟然破天荒地带着一丝肯定。他要见到萝伊丝,跟她解释,求她原谅,他的所作所为折磨着自己,现在连大麻也麻醉不了他。

诺琳鄙夷地看着他,好像他是全世界最失败的人。他知道,自己得适应这种表情。"如果你要去,我也去。然后,你再送我去上班。我不相信你,但是我能让你死得很难看。"她微笑着,似乎在开玩笑。他知道她不是说着玩儿的。

乔迪·拉金打开房门的时候,罗尼一眼就看出来她今天没有喝酒,眼白都能看见。"拉金夫人……哦,乔迪。"两种称呼都让他不舒服。至少,永远不用叫她"妈"了。

诺琳肥腻腻的手紧紧地握着他的手。乔迪生气地瞪着他们,他试着挣脱她的手,但是诺琳不让。"萝伊丝在家吗?"他没有别的话好说,只好陪着笑,期望装出一副好情绪来感染现在的局面。

"你还找她做什么?"乔迪问。

"我们想跟她解释。"罗尼回答说。

乔迪看着他,他却什么话也说不出来了。

乔迪脸上的皱纹诉说着一生的不幸,她看起来不老,但是憔悴。"你知道詹姆斯·沃克的事吗?"

"他怎么了?"罗尼说。

"很好,你不必知道。不要跟她提到学校的事情,要不然她又要崩溃了。"

罗尼有些困惑。*崩溃?* 不过他不想和乔迪讨论这件事。"好的,我们能见见她吗?"

乔迪耸耸肩膀。"她现在挺不讲道理的,以前也不。"

"谢谢乔迪。"诺琳笑着说,好像生活就是一场平克·弗洛伊德的通宵激光秀,"我们好想见萝伊丝哦!"

乔迪侧身让他们进来,三人走进昏暗的客厅,这里闻起来有一股姜汁酒的味道。地毯磨损得厉害,罗尼甚至能看见底下棕色的脚垫。但是房间很干净,看来萝伊丝平日里打理得很好。

乔迪带他们来到萝伊丝的房间。"我真的很对不起她。"他说,乔迪一步不停地往前走。她毫无生气,干瘪瘦小。他没见她笑过,可能因为现在她在生他的气,也可能她平时就这么悲悲戚戚的。她没有敲门,直接打开萝伊丝的房门,他觉得很令人讨厌。

房间里像结了冰,脚指头像是泡在冰凉的水中一样冻僵了。卧室里充斥着一股臭鼬麝香的味道。落日将影子拉得长长的,给白色的墙面镀上一层绯红。他看不清她的脸,只有一堆黑发散落在枕头上。这让他想起缅因文物博物馆里一间陈放印第安人物品的房间。部落之间战火不熄,将敌人的头骨当成战利品收藏。博物馆的玻璃柜里展示了许多供访客观赏。还是孩子的他弄不明白:这种只能带来*糟糕*回忆的东西,谁想要看啊?

床上的人动了动,罗尼看见她后喉咙一阵发紧。他希望一切可以重来,希望他从来没有吻过诺琳,希望他娶了萝伊丝,只是不要在今天站在这里,看着自己酿成的恶果。

"她生病了。"乔迪说,打了个冷战,双手抱做一团,"锅炉坏了,家里也没个男人修一下。"

他不知道她是在羞辱他还是求他帮忙,还没仔细想想,她已经拖过来一张椅子,在萝伊丝的床边坐下。

他跟诺琳靠近了些。萝伊丝的呼吸急促,带些湿气,可能是染上了最近肆虐的咳伤风。乔迪把被子往下拉了一点,一张苍白得吓人的小脸露了出来。她的嘴唇失去了血润的光泽,变成了紫色,他不自觉地发出一声惊叫。

"萝伊丝?"他喊她。

乔迪推推她的肩膀,但她不知道怎么对人温柔一点,抓得很用力。萝伊丝的皮肤上出现了斑斑驳驳的红色皮疹。罗尼很想带她离开这个地方,但是有心无力,她看上去就像一个脆弱的穿着白色睡袍的小女孩。会有另一个男人来照顾他,但不是他。

萝伊丝醒了,微张的瞳孔变成了黑色,像是服了天使粉①般神志不清。她脸上消瘦了很多,牙齿显得十分巨大。他想对她笑一下,曾经的爱人,现在却是伤害她最深的人。他笑不出来。他害怕。

"你来干什么?"萝伊丝问他。不是问候,不是罗尼,你好吗?她美丽依旧,她几乎没有不漂亮过。现在的她却被毁了。他希望来见她之前吸上一根大麻,不,十根。

诺琳站到他的身边,他感觉好些了。"我们要结婚了。"她愣头愣脑地来了一句,"一切都很意外,我们不想伤害你的,但我们是相爱的。"诺琳这句话说得自己都发虚。

"我们是来道歉的,报纸那篇文章,我们应该当面告诉你。"罗尼说。

萝伊丝干裂的嘴唇渗出了血,她抿起嘴,吸掉血液。"嗯嗯。"她说着,像在享受美味。牙齿的缝隙变窄了。她晚上又开始用牙套了吗?

"它白天就睡觉,因为习惯了地底下的生活。基本上都是晚上才能听到它说话。"她说。

"什么?"诺琳问。她和罗尼面面相觑。

他们以为会得到一两个拥抱,说几声抱歉,然后若无其事地说"酒吧

---

① 译者注:一种迷幻剂。

见"。他们以为会很容易地得到萝伊丝的原谅，说不定她还切块樱桃馅饼给他们吃。事情好像不是这个样子。

"我说过了，这丫头脑子不大正常，应该给她一杯酒。"乔迪生气地皱着眉头。

"它说什么？"罗尼问。萝伊丝没有理睬。他已经猜到事情会变得有所不同，但萝伊丝的表现让他觉得蹊跷。以前他们约会的时候，他的每个字都会被萝伊丝记在心里，好像听不到他的声音，她就会溺水而亡。

"我反抗过，但是不知道为什么。好像我的反抗没有任何意义。"萝伊丝说着就咳嗽起来，一口痰飞到下巴上。没有人靠近她，或者给她一张纸巾，就连乔迪也没有。萝伊丝用睡衣擦掉，看着他们笑。"我想要牛排，还有男人。但是，你不是男人，对吗，罗尼？"她问道，"承认吧，你从来就不是。"

罗尼感觉自己像在六旗游乐场玩自由落体，心里空落了。眼前是温柔的萝伊丝·拉金(不，不可能！他清清楚楚地知道这根本不是她)，他的右手紧紧握拳，像是要揍谁一顿。

"萝伊丝，别说了。"乔迪拦着萝伊丝，说话的时候，两只手绞在一起，挤得皱纹微微泛红。他才明白乔迪为什么戒酒，女儿需要她。让醉鬼清醒的最佳良药就是恐惧。

萝伊丝转过来看着他，眼睛如激光一般将他撕裂，他的五脏六腑咕噜滚到地板上，不用看，他能感觉得到木板上散落着自己的内脏。"你相信灵魂吗？我就快要死了。"她说。他不知道甩掉一个女人会将她逼疯。安德鲁常常以此为傲，可是他感觉糟透了。

"它在我身体里扎了根，我想把它饿死。顺便把你的根也饿死，罗尼。"萝伊丝说。

罗尼不知道这是什么意思，也不想知道。高中时代，他和同学们常常开这类玩笑。比如你酒喝多了，缩在一角，或者在厕所里狂吐，却没有人来帮助你。"别管我！"你把朋友们骂走，他们继续狂欢，和女孩子胡搞，只剩你自己一个人。此时的罗尼就是这样想的。希望有人跟他吼："别管我！"然后他就可以脚底抹油溜之大吉。

"我要去上班了。"诺琳说。罗尼想就算自己之前没有真的爱上她，现在也爱死她了。她紧紧握着他的手，这次他心里没有不高兴。

房间里最后一丝光线也将退去，萝伊丝黑色的瞳孔在昏暗中闪闪发亮。他想走，但是那双眼睛让他立在原地动弹不得。它触到他的肌肤，四处游走，他能感觉到她在自己的身体里。感觉不舒服，像是看见你的宿敌躺在你的床上。他开始怀疑，真的认识萝伊丝这个人吗？"你这么对我，值得吗？"她问。

"我们相爱了。"诺琳不依不饶，只是听起来像是个问句：*我们相爱了？*

萝伊丝笑了，一点也不像他曾经约会过的女孩。这个女人不温和，不温柔，和她妈妈一样刻薄。"你可以来参加我们的婚礼。"诺琳弱弱地说，也许是太荒谬，她自己也听不下去。房间安静下来。突然，萝伊丝笑出声来，不是很欢快的咯咯笑，而是有些怨恨，单调的嘶叫。

他寒毛都竖了起来。

诺琳开始颤抖，他以为她只是有点冷，结果发现她在哭。她用护士服的袖子擦着鼻子，哭哭啼啼地说："都是我干的，我控制不住自己，萝伊丝，但你是我最好的朋友，真的。我对不起你，真的对不起。"他感到很吃惊，因为她说这些话的时候竟然很真诚。

床上那个冷冰冰的人笑着看诺琳哭泣的样子，他肯定这不是萝伊丝·拉金。任何一个有感觉的人，包括以前那个室友安德鲁，此刻都会可怜诺琳。他们终于明白，她在报复诺琳，狠狠地报复。

萝伊丝声音更粗犷了，他看见她牙齿的缝隙变得更小了。她今晚说话一次都没有冒风，他抓住诺琳。这个怪物，不是萝伊丝，它来意不善。他们一步步往后退，诺琳浑身都在筛糠，她也怕得要死。

就在他转身开门的那一刻，他看见窗户的玻璃上一道红色。该死！血迹！他刚开始是这么以为，但那不是血迹，不过是个倒影，那是窗台上的鸟食罐，夏天的时候萝伊丝喜欢看着小鸟蹦蹦跳跳地鸣唱。她就像童话故事里的花衣魔笛手，动物们都很喜欢她。有一次去野餐，她穿着的黄色毛衣上沾了一群瓢虫，在毛衣上来来回回地走着，看起来很生动，有那么一刻，他还觉得萝伊丝很神奇。

窗台上，有一堆鲜红色的羽毛。仔细一看，他还发现了小鸟的骨头。虽然距离很远，但是他还能分辨哪个是头，还有，对，哪个是爪子。他立即转身去开门。

"罗尼！"萝伊丝叫他，声音刺耳濡湿。

他冷静地往前走。*求你*，他想，*不要说出来，求你了，萝伊丝·拉金。*

不要说。

"我说过我饿了。"她说。

伪装的冷静分崩离析,他抓住诺琳的手,落荒而逃。

十二 唯有神知

芬斯塔·温特劳伯一边欢乐地吹着口哨——海滩男孩的《唯有神知》,一边微笑着大步流星地走在医院的走廊上。最近几天晚上,他和梅格相拥入睡,也是这么久来第一次他没有受到噩梦的打扰。

今天早上,曼迪看见梅格受伤,父母的身体也越来越没有以前好,她学乖了,满心欢喜地出现在早餐桌上。她把自己的柚子都吃完了,利落地收拾了桌子,送到洗碗池里。她看起来就像一个宫廷小丑(紫色头发配蕾丝袜),但是他和梅格都没有说什么,反而觉得挺好看的。她也确实挺好看的。

上班前,他吻了曼迪的脸颊,她笑容满面,绿色的眼睛闪闪发光。他意识到,终有一天,除了恩里克·瓦格斯,还会有另一个人,透过她在旧货店淘的旧衣服和黑色的眼线,发现她原来是一只美丽的天鹅。到那一天,他会伤心死的。

到医院第一件要做的是参加门诊病人群组治疗。

希拉是第一个来的人。她体型庞大,有一个有钱的儿子。她在腰上围着一个自行车锁链,坐下来的时候,链子咣当作响。

"你戴着什么呢?"芬斯塔问她。看起来很像是那天梅格用来打阿尔伯特的那条。

她夸张地举起锁链,然后又把它放回原处。"我的幸运魔咒!"

布莱姆和约瑟夫先后赶到。阿尔伯特没来,整个会议变得死气沉沉。芬斯塔想让他们说说自己的不愉快,但是他们都没准备好,他只好询问每个人吃药的情况。"受伤的可能是我。"希拉嘟囔说,接着把锁链在腰上围得更紧,像是在保护自己,"我看到他的表情了,他也想打我呢。"

"他病得很厉害。"芬斯塔说。

布莱姆打断他。他是这个团体里最正常的一个,参加治疗的两年来,他已经找到一份报社的编辑工作。"他是我的朋友。"

"我会想他的。"芬斯塔说完这句话,发现自己是真心挂念他。那个牙齿掉光、秽语多动的阿尔伯特·桑格温。虽然他做过一些错事,但是本性十分善良,甚至可以说是优雅。群组治疗后,芬斯塔就没有事做了。本来约好的六个病人都因为传染上咳伤风,取消了预诊。他想去看看阿尔伯特。他来到他的房间,脚踢到挂吊瓶的支架,金属架摆动了几下。橡胶管散落在支架上,针管搭在地板上。芬斯塔看到白色床单上一块干掉的血迹。所有的一切都说明,阿尔伯特跑了。

芬斯塔将头伸出窗外。阿尔伯特床头的值班表是一个小时前更新的,没道理从这里跳出去逃跑。这里离停车场有十尺高,而且之前他检查的时候,发现阿尔伯特虚弱得站都站不起来。

芬斯塔通知了主治医生。一个小时后,医院的保安将大楼里所有的橱柜、空房间、轮床都搜了个遍,还是没有找到阿尔伯特。芬斯塔在住院部精神卫生病房区找他的时候,突然想到一件事:梅格。如果阿尔伯特能奇迹般地逃走,她可能会有危险。他立即从西里尔·帕特里克值班处打电话给她。

"你还好吧?"听到她接电话他就急急地问到。

她痛苦地抱怨说:"没有人来听故事。莫莉说都是我的错,我把图书馆给毁了。"接着她放低声音,调侃道:"暴躁的巫婆!"

"我要告诉你一件事。"他说。

"哦,怎么了?"

"阿尔伯特·桑格温失踪了。刚刚我来看他的时候,他都是快入土的人了,现在有可能已经逃跑了。我告诉你,是怕他会回到图书馆,毕竟他觉得那里很舒服。"

梅格没有说话,他只好接着说:"星期二晚上的时候,他病得头都抬不起来,我猜他可能爬到什么地方找点酒喝,然后死了。"

梅格仍不吱声。他还想说点安慰她的话,但是一时词穷了。

"芬斯塔?"她终于开口了。

"嗯?"

"我想回家。"她的声音有些干涩,很轻,以免被莫莉听见。她一下子从欢笑变成哭泣,让他很意外。想想也是,她原来一直担惊受怕。

两天前,她的朋友把她揍得失去知觉,为了防卫,她把他的肝打爆。她需要时间从这场剧变中恢复过来,今天真是不应该去上班。

"很好啊。"他说。

"我不想一个人。"

他的理智一下子烟消云散了。她不是指尼罗吧?

"你能陪我吗?"她问。

他闭上眼睛,食指和拇指捏着鼻梁。这个时候,他怎么还会误解她?他是不是脑子有病啊?"好啊,我的病人今天都不来了,我马上就回家。"

梅格躺在客厅的情侣沙发上看《家有儿女》①,打了石膏的腿懒散地挂在沙发扶手上。她情绪不好。自从生完曼迪得了产后忧郁症后,他没见过她白天看电视。那两个月,她拒不梳头,天天威胁他说要离开他。她突然变成了一个陌生人,又突然恢复正常,重新开始操持家务。

房间里的光线昏暗,窗帘拉得密实。他开始担心,因为这样的痛苦不该属于梅格。

"他不会来找你的。如果他来,我来保护你。"他说。

她很久都没有说话。电视里,苏珊·露西正跟她丈夫说,她其实是他失散多年的同父异母的妹妹,要跟他离婚,但是仍然可以互寄圣诞卡片。"不光是这样,芬斯塔。还有另外一件事。"

汽车旅馆六十九号房。一楼。紫灰相间的毛毯,浸透着他们的汗液。

"什么?"他问。

"我想装作一切都是我想象出来的。"她说。

他拿起她受伤的腿,坐下来,把腿重新放到自己身上。手指伸进石膏里,帮她挠痒。"我洗耳恭听。"他说。这是他们两人的笑话:家里有个心理医生,总是在倾听。后来,这个笑话渐渐被淡忘了,他总是忙,忙到不能回家吃晚饭,不能做家务,甚至不能管管孩子。她笑了,好像他们之间的误会已随着时间消失不见。

"还记得爸爸不愿意来参加我们的婚礼吗?"

芬斯塔点头。岳父是费城一家经营男士便鞋公司的副总裁,声音洪亮,大腹便便。他从来就不喜欢芬斯塔,所以到死都没有见过孙子孙女。他其他的子女仍住在家乡。他们打打零工,比如做商店的营业员,或者挨家挨户推销玫琳凯产品,都没有结婚。法兰克·伯奈利不喜欢警长,所以他打压一切有关独立或者雄心的本能。作为家中长女,梅格曾是他的掌

---

① 译者注:70 年代的美剧。

上明珠,也因为这样,她成了反抗精神最强烈的一个。

"是啊,我记得你爸爸。"芬斯塔说。

"你在团体治疗的时候,跟阿尔伯特说过他吗?"

他确定地摇头否认。"我不会说到隐私,你知道的。"

她耸肩,似乎不相信他说的。

他重申一遍:"我一个字儿也没说过,梅格。"

她皱眉。"那我肯定是疯了……你知道阿尔伯特说什么吗?他让我坐在他腿上——我没说这件事是怕你担心。他抱着我坐下来,我还以为他要……你知道的。"

挠痒的手停下来。*这个浑蛋咸猪手*。他幻想着自己用枕头捂死阿尔伯特。"说下去。"他说。

梅格继续说:"他抱得很紧,然后他说了一句爸爸在我们结婚的那天早上对我说的话,'我做错了吗?'最可怕的是,他的声音都跟爸爸的一模一样。真的。你肯定不相信,芬斯塔。"

换作别的女人,芬斯塔肯定不相信。他会觉得这个女人精神失常,或者惊魂甫定,或者得了幻想症。但是梅格不会受到这些幻象的影响。就算他不相信这件事的可能性,但因为是梅格,他会单纯地相信下去。"声音像你爸爸?"

他将眼眶湿润的她拉向自己。这个坏心肠的岳父。事件开始明朗化,他明白了她最近为何如此不安。岳父十年前过世,但是在梅格心中,关于他的记忆如此深刻。法兰克·伯奈利在她耳边窃窃私语,说她所做的一切都不够完美,她所爱的人都不够优秀。所以她会莫名生气,有时候,像看陌生人一样看着他和曼迪。格雷厄姆·尼罗也可能是这个情结的恶果。

她叹气:"只是跟你说说,我知道这不是真的,也许是巧合吧。但是当时,我不知道。我感觉就像看着爸爸,不是阿尔伯特·桑格温……"

他重新给她挠痒。"这不傻,阿尔伯特生病了,但是他很聪明。像他这样的人,也许不知不觉地就能操纵一切。他认识你这么多年了,也许你跟他说过一次爸爸的事,他就知道那是你的软肋。所以他就利用到了。"

她一时没说话,最后重重地点了头。

"这还说得过去。"她说。他听这话很受用。男人就应该有这样的感觉。

"我给你做点吃的吧。"他说。

他要起身,但被她拉回到沙发边上,靠着她的腰坐在她身旁。她解开上衣:"他说完那句话后,我想到你了。想到你是这个世界上最好的男人。"说这句话的时候,她的眼神攫住他的心,他知道这是肺腑之言。十年结婚纪念的时候他送她的钻石项链在她胸前闪闪发亮。他手掌抚上去,等待着她的反应。她弓起背。"你可以温柔点吗?"她问。

"我尽量。"他说。

十三　多交友　少树敌

走运了!上个星期珍妮·里左看到消息的时候,不由得感叹。当时她在午饭时间将自己锁在卫生间里,啃着一块花生酱和绒稀糖三明治,突然看到墙上挂着的一块蓝色卡片上写着:到侦缉队贝克街分队来吧。多交友,少树敌!夏洛克·福尔摩斯粉丝协会赞助。她激动得连三明治都掉在脏兮兮的地板上。

夏洛克·福尔摩斯能够泰山崩于前而不变色,聪明,经典。当然,他是一个孤独者,但同时为人民所敬仰。就连《星际旅行——下一代第三季》里的机器人百科也要向夏洛克看齐。万岁!她要成为分队一员!高二注定是她"雌"风大展的一年。

每年的九月,她都希望尝试新东西。七年级的时候,她穿上了迪斯科热裤,配上羽毛发夹。本来打算模仿电影《仙那度》里面的奥利维亚·牛顿强,结果被人家当做异装癖检查。八年级的时候,她尽量每天都对人微笑。因为发现受欢迎的人都是乐呵呵的,如果她也跟个傻子一样露个笑脸,人们就会觉得她也是快乐而受人欢迎的一个。"珍妮,你开心个什么劲儿啊?"贾斯丁·罗斯在她后座不厌其烦地笑话她(为什么他们的名字第一个字母那么接近?)。后来是拉拉队。她想都不愿想那些虚假的热闹。她一边从牙齿缝里剔除面包屑,一边看着夏洛克·福尔摩斯的海报,决定要改变自己的人生了。回家的时候爸爸露出个恶趣味的笑容,问她"外面是不是下雪了?"她才发现有人往她头发里扔纸屑。这种事情终于要结束了。贾斯丁·罗斯再也不会拖走她的椅子,让她一屁股坐在地上。老师们也不会再看着座位表才能想起来她叫什么名字。对,高二这一年一定与众不同。

她有一个算不上秘密的秘密武器。夏天过后，她的身体发生了神奇的变化，乳房从 A 罩杯膨胀到 C 罩杯。她从塔吉特百货店偷了一件19.99美元的红色格子棉质抹胸裙，好突出她的宝贝。她把裙子折好塞进书包里，在柜台买了一只山莓香味的润唇膏，这样就不会让保安怀疑了。今天为了社团招新她穿了这条裙子，照镜子的时候，觉得自己像极了《盖里甘的岛》里面的美女玛丽安。

她昂首挺胸走进体育馆，因为没穿胸罩，乳房剧烈地抖动着。（只要你拥有，抖出来吧！）已经放学了，所有人都来这里参加社团招新。所有人是指来上学的人，不包括那些请病假的学生。

铺天盖地的表格都是广告，有校刊委员会，电脑编程，剧场设计。她放眼去找夏洛克·福尔摩斯协会，但是没看见。一张海报上面印着拉拉队队员好——性——感！身材姣好笑容甜美的女孩子们围着海报，慵懒地像是晒着太阳的蜥蜴。她只想快步走过去，因为去年她打算进校拉拉队。后来发现，选拔完全是场作秀。高年级女生们只挑选自己的妹妹进去。这就是 C 镇的潜规则。人们都说给你一个公平竞争的集会，但那都是鬼话。

她去参加选拔，因为爸爸一直吹嘘作为一个胜利者是多么得重要，拉拉队队员无疑是胜利者。轮到她的时候，她在九年级班所有女同学的面前把肺都吼出来了：C 镇里的每一个人都想加入拉拉队。她做动作的时候不仅活力散发，而且带着优雅。几个女孩子微笑起来，好像觉得不错，她想：在老爸那发霉的地下室喊了三个月的"加油加油"，我总算找到一个擅长的了。这时，一个评委在一旁窃笑。她的牙齿白得让人眼睛发花，应该是用过漂白水。她捂着嘴，免得笑出声来。好像珍妮·里左假装手里拿着拉拉球挥舞有多好玩似的。还不是因为储藏室里没有拉拉球了吗？珍儿顿时明白了，那些学校里大受欢迎的女孩子都拿着真的拉拉球，像她这样的衰人却连指挥棒都没有。拿着球的女孩儿们全都进了队，而其余的人，不管她们多么努力，忍受多少倒彩或者小纸团，永远都实现不了梦想。

当时她就泄了气。最后一声"加油——加油——勇士们！"几乎只有自己能听到，她放下假装挥舞拉拉球的手，落寞地行走在操场上。或许那些队里的幸运儿们会记得她，为她感到遗憾，或许她们根本不在乎她，因为她们找到自己想要的人了。那天回到家,爸爸在等着她。他看到她泪眼婆婆的模样,一如既往地打趣她:"没有过关吗,珍妮?"

现在她站在这儿,到处都是招新活动,孩子们笑着叫着,一副胸有成竹的姿态,都觉得自己天下第一,就连头发似鸟巢毛茸茸的脸上两朵高原红唯恐天下不乱的射击队员也跟过节似的。她走在各色桌子之间,像是游走在棋盘上的棋子:车行的头盔,红眼的环保协会瘾君子,热衷常春藤联盟的未来的共和党。

学校里什么人都有,衰人也有一席之地。当然,有的还有点人性,要是欺负她过了头,也会不好意思,跟她道歉。脑子不灵光的甚至会请她一起坐下来吃午饭,但是说到底,他们都一个样儿。他们的生活无可挑剔,终日里研究的是她想都不敢想的毕业舞会,帅男生,家庭作业,要不要出去读大学。他们不必偷衣服,不必接受别人的绒稀糖,觉得和牛奶差不多。他们回家可以吃到香喷喷的饭菜,而她回家就只能面对那张恶趣味的笑脸。

但是今天,走在这棋盘间,她觉得一切都将改变。有一群人和她一样崇拜福尔摩斯,他们可能组成一个神秘的社团,统治整个校园。她要在报名表上写上自己的大名,今晚,就会接到一通匿名电话。一个深沉又神秘的声音告诉她:"班长,舞会皇后,乐队冠军,都是由一双无形的手所操纵。那就是我们,夏洛克·福尔摩斯协会。我们一直关注着你,对于你十五年来的遭遇我们感到难过,但是我们需要确定你是个优秀的人。欢迎入会!我们的第一次会面在丹尼尔·沃克家的地下室,穿上你的红裙子,因为穿上它的你就像《盖里甘的岛》里面的玛丽安一样美丽动人。"

她终于在桌子末端找到了夏洛克·福尔摩斯协会。旁边没什么人,没有正式的报名表,没有唧唧喳喳的校园名人对她的到来频频点头。没有。只有那个十二岁的天才新生坐在那里。他跳过两次级,肩膀上搭着一件双色格子纯毛披肩,嘴里叼着一个装饰精美的玉米烟斗。

他脸色苍白,看起来很柔软,应该喜欢晚上在床上用手指挖四季宝花生酱吃。他盯着她的胸部看了好久,她只好双手护在胸前。他仍旧盯着不放,她开始讨厌他,因为只有帅气男生才可以看她的宝贝,然后像被施了爱情魔咒一样,向她表白,狂恋她,为她决斗,为她死,最起码也要请她吃上等的腰肉牛排。

天才生叼着假烟斗,这是他父母从瓮奴斯考特岛的印第安景区带给他的纪念品。"我们需要三个人组成社团,否则学校不派老师指导我们。"他说。他扔过来一张报名表,好像施舍什么恩惠似的,她看起来笨笨的,不像能够解决福尔摩斯难题的人,不过谁让他需要一个活人充人数呢。

"滚吧你,小鬼。"不过,这是十分钟后,她才想起来该说的话了。当时,她只会结结巴巴地说:"这个团不好玩。"然后就走了。

她来到车棚,解开车锁。一辆锈迹斑斑的红色男式山地车,这是她孩提时候,爸爸从废弃场捡回来的。对于现在的她来说,车子矮了点,她的膝盖都会碰到一起。这里没有别人,C镇的小孩都在学校里玩得开心呢。足球队也为了招新取消了练习活动。此时此刻,他们肯定在笑话她跑出体育馆的糗相吧。她一离开,狂欢就开始了,他们比着倒立喝啤酒,关上灯,男生女生胡搞一气。天才生只是一个测试。夏洛克·福尔摩斯粉丝协会真的是云集校园名人的神秘社团,要想进去,就要拿着那小鬼的玉米烟斗狠狠揍他一顿。

她爸爸说得对极了。她就是一个败笔。

她狠狠地踢了一脚自行车,脚趾火辣辣地疼。她顾不得这些,又踢了一脚,这下整只脚都抽筋了。疼痛的感觉真好,她很欣慰自己仍有痛的感觉。自行车倒在了地上,她跳上去,直到支架变了形,锁链掉下来,塑料花从自行车龙头上跌落。她把自行车当成学校,爸爸,脸蛋柔软的天才生,塔吉特店里偷来的抹胸裙,她只想泄愤。几分钟过后,她已经气喘吁吁,自行车完全变形,油漆掉在水泥地上,像是红色花岗岩石屑。一行细汗入了她的眼。自行车静静地躺在那儿。死了。

她开始往回走。该死的自行车,一切都活该。她希望手上有把小刀,把自己割开。希望自行车被她踢爆,成了一堆金属粉末。希望双手将学校挤得粉碎,笑着看每个人死在里面。希望脑血管破裂,她昏迷不醒,每个人都送来卡片,表示这么多年来对她的排斥让他们不安,他们只是和她开玩笑。事实上,他们喜欢她。*我们的玩笑开得过火了*,他们会说。但是都不可能。高二和高一没有任何不同,虽然裙子将她裹得跟香肠似的,可还是没人约她出去。世界上除了那个呆呆的新生,别人连看都不看她。她成绩很差,但是文科很好,这同时是别人的弱项。她的网友都不喜欢她,刚开始,他们袒露心襟,聊天时写大段大段的信息,后来,她一天呼他们几十次,也没有个回应的,甚至还会屏蔽她的邮件。她没有特殊的才华,没有漂亮的脸蛋,既不会跑步也不会跳舞。老实说,那个天才生是对的,福尔摩斯的故事快到结局了,她还没弄懂是怎么回事。有时候,整本书看下来,她都弄不明白。今年和去年将完全一样,她会默默无闻,一个衰人,轻如鸿毛。她继续走,不想回家却又无处可去。也许可以在外面瞎逛一会,等到天黑再回家告诉爸爸她参加了一个社团。事实上,她还被选作主席了。他或许会相信,最不济也能避免看到他的笑脸,那张脸总是让她觉得他很开心是因为原来活在失败者的世界不止他一个人。

她走了半里路,来到帕芬站。从窗户里看去,恩里克·瓦格斯不在,只有他弟弟在柜台后面算账。恩里克人很好,她什么东西也不买也能在店里闲逛。有两次,她的手伸进烤肠机偷了一把热狗,他也装作视而不见。她便开始有点儿喜欢他了。她给他写过三封信,藏在地下室里一块松了的地板下面,不让她爸爸瞧见。她也许该把信烧了,但是那样的话,一切都将止于幻想。"我的爱人,"有一封信这样写道,"君为异域俊杰,妾亦为爱成仁。君乃千古痴情人,定不负妾望,与妾共赴极乐。"

但是恩里克的弟弟就逊色多了。上学的时候,他嘲笑她长得不好看,也许是因为只有这样,他才能让别人忘记他的口音,喜欢他。事实证明确实如此。所以,就算现在的她口渴得冒烟,身上的钱也够买一瓶可乐,她宁愿继续往前走。

她翻过一座小山包,出了镇子,朝树林方向走去。她后悔没有穿外套或者毛衣。但是,美裙爆乳也让她乐不可支。过了一会,她来到C镇和贝特福德之间的马路。听说一个孩子走丢了,半个镇子的居民都在找他。他是医院行政总裁的儿子,所以大家才这么关心吧。去年,他爸爸因为请了太多病假被太平间解雇了。遣散费用完后,他才从沙发上站起来,出去找工作。她怀疑他有没有找,顶多坐在一个地方喝啤酒,直到某一天房子也供不起了。到时候,她去住哪儿呢?

他们很少出去吃饭,或者买东西,除非去帕芬站。自从姐姐去佛罗里达当酒吧侍应之后,他们就过得拮据不堪。夏天,家里的草坪也是一片枯黄,他们走在路上不和别人打招呼,别人也当他们不存在。

她爸爸的啤酒俱乐部就在路边的一座破败的小棚子里。大多数人都是从贝特福德来的,因为C镇的居民一般都是高尔夫俱乐部的成员。她爸爸在俱乐部里和狐朋狗友们喝喝酒,打打牌。后来,造纸厂失火之后,他基本上不去了,朋友们也作鸟兽散了。

路上三三两两地开过去一些汽车。是警察和找詹姆斯·沃克的人吧。每次经过她的时候,都放慢速度,待看出她不是要找的人,长得也不够让他们引发载她一程的欲望后,他们油门一踩,消失不见了。有一辆车在她身边停下来,她脸色阴沉地转身看过去。她现在讨厌一切生物。讨厌那些兴高采烈的拉拉队队员,她爸爸,破自行车,绒稀糖三明治:这是什么鬼东西?棉花糖不是奶制品,OK?她转身,准备向司机竖中指。手指举到一半,她脸刷地红了。黄色的二手土星车里面,司机跟她大眼瞪小眼。这人是她爸爸。精瘦的男人,头上长着茂密的棕色卷发,他自己还得意到不行。他常跟三十多岁的寡妇或者离婚的女人约会,但是没一个成功的。他管不住自己的嘴巴:"你长得又丑,脑子又笨,啥活都不干,一点用也没有。"一两个星期后,他必会这样说人家。她知道他的毒舌,因为他也从来不对她嘴下留情。

他穿着平日里最喜欢的灰色毛衣外套,当然也是唯一一件。副驾驶的位子上放着三瓶罐装百威啤酒。不消说,座位底下还有三瓶空罐子了。他是一边喝酒一边开车,等着俱乐部开门。她觉得眼前这个男人不是自己的爸爸,他是一个希望在路边碰到艳遇的中年色狼。她为他感到羞耻,更可气的是,他竟然露出失望的神色,好像本来有希望今晚能够撞大运,结果撞上世界上他最不待见的女孩子。要失望两人都失望吧。

太阳落山了,气温也开始低下来。她没穿外套,只有一条山寨裙。路上没有街灯。还是往好的方面去想吧,起码有人能载她一程。她放松肩膀,似乎早已习惯失败的滋味,难过不过是个形式而已。她径直朝副驾驶走去。周围的一切都向她关闭了,生活将空气从她的肺部抽空,回家,又回家了。又是无处可逃,守在空空如也的家里的一年。每走一步,她都颤抖不止,恶趣味的笑容爬满了她父亲酗酒过度的大红脸。他发动了汽车,门把手从她的手中逃脱,她还没明白是怎么回事,他已经把车开跑了。

她看着汽车绝尘而去,后面带着滚滚浓烟,直到橙色的车灯消失在远方。她瑟瑟发抖地站在马路中间,希望他能回来。跟你开个玩笑啦,他说。不好意思,玩笑开得过火了。你肯定冻坏了吧。但是他没有回来,他就这样把她一个人留在那儿。她忍了许久,终于哭出声来。

她走了好远,天越来越黑,她的牙齿不停地上下打架。大约走了一里远,终于来到那个啤酒俱乐部,爸爸的车就停在外面。她想像踢自行车那样踢它,或者拿一把钥匙刮花廉价的黄色油漆,但是她只是往前走。又过了一个小时,路的两边开始出现树木。她能看见手电筒的光在树林间若隐若现,听见人们叫着詹姆斯·沃克的名字。她朝着光线走去,希望有人能有多余的外套。树林里很干燥,走在其中能听到刺耳的声音。咯吱,咯吱,咯吱。爸爸今晚可能很晚才回家,如果她现在回去,还可以在他回家之前上床睡觉,但是明天还是得见他那张脸。树枝划破了她的脸,她没在意,仍在想他那张恶趣味的脸。她又哭了起来,爸爸的眼神告诉她,他并不想把车开走的,他其实是想让她痛苦。她回不了家了,今晚回不去,永远也回不去了。

突然,她听到一阵窸窸窣窣的声音,像是有人在草地上耙树叶一样。她停下脚步。没有一丝风,却能看见两株松树之间的树枝在晃动。*野兽?* 她想。她的心跳蓦地加快,"树枝"站了起来,很是高大。*一只大型野兽。*

她慢慢地往后退,一步一步地。遇到熊最蠢的行为莫过于逃跑。书上说你可以大声叫喊,摇铃铛把它们吓跑,但是现在大喊大叫只能是死路一条。树木摇得越发剧烈了,连树干都开始摇晃。矮一点的树枝已经东倒西歪,她竟然还觉得就像方舟上的木桨一样。定睛一看,这野兽着实强壮。

一步,两步……她慢慢地向后退,心跳平复了,她不再思考爸爸,家庭,还有那厌世的情绪。她只想着一步步地逃走。

它终于从树丛中走出来。是一个男人?却比她见过的任何一个男人高大。他身高七尺有余,身上除了一件松开的病服,再无其他。她尽量不去看他身下的耻毛。他肚子上有一道缝过的伤口,有些裂开,像是电影上看过的那样不真实,似乎是红色染料和蜡做成的一样。他逼近的时候,松弛的皮肤在肋骨处上下游走。她不知道为什么会这样,但是很快就回过神来。他的皮肤在颤动,因为他正朝她扑过来!

距离近了。十尺。八尺。五尺。每一次靠近,空气中的风都会挤压着向她扑过来,将她的思想吹得支离破碎,四处散开。*你的眼睛怎么那么黑*,她想。接着:*亲爱的,你最好能把我吃掉。* 再然后:*加油!加油!* 最后:*快逃跑,快跑。跑!*

在想到要逃跑之前,她已经本能地开始冲刺。脚上的那双派勒斯露跟鞋早就不知飞到何处,锋利的树枝和石子刺入她的脚底板。身后的男人疯狂地追逐她,地面被震得跟着摇晃起来。

她不敢往后看,脑海里仍萦绕着零散的思绪,但是这些都没有用啊(*黑眼恶趣味笑容的怪物!*)。

周围突然漆黑一片,她不知道是乌云遮蔽了月光,还是一直都这么黑。她跃过一个木头一样的东西,跳进一个湿湿的软软的地方(*泥巴?血?啤酒垫?*),她跌倒了,跪在地上爬了两步才重新站起来。她听到身后重重的脚步声,他真的是人类吗?他弓着背,更像是在地上爬行。激烈的奔跑让她的乳房胀得生疼,多希望今天穿了胸罩啊。这次又被一块岩石绊倒,等她挣扎着爬起来后,发现面前站着人。还好不是那个男人,而是一群人,大约有十个,个子矮小,要么就是弯下腰了。原来是搜寻队!

"救命啊!"她想大声呼救,结果只能喘着粗气,声音极低:"救——命。"

他们朝她走来。借着月光,她看见了他们失神的黑色瞳孔,闪着寒光。她在满是落叶的地上挣扎,却不敢站起来。身后是那个赤裸的男人,但是未必比眼前这些人更可怕。

树林深处出现了更多人,她不知道到底有多少,她也不敢数。他们光着脏兮兮的脚,像是在这里生活了许久。他们大部分是孩子,很小——都是詹姆斯·沃克的同龄人。也有一些和她差不多大,都是今天请病假的同学。虽然现在不是时候,但她忍不住想:*这些人是找到新乐子了吗?*

"嘿,珍妮,你迷路了吗?"贾斯丁·罗斯问她。他爬在地上,指尖点地。他当她的后桌有十年了,十年里他从未停止折磨她。但是今天的他和往日不同,他更瘦,更苍白,也更恶毒。

她站着不动,胳膊在胸前交叉,像是要建造一个保护自己的屏障,这样别人就看不见她,也不会欺负她。

"才不是呢,她只是在找私奔的妈妈。"克里欧哈·金森说。她曾经花二十三美元去买香奈儿的一款蓝色眼影,如今就抹在眼睛上,和憔悴惨白的脸形成鲜明的对比。

"你偷了那条裙子吧,珍妮?我就说嘛。你爸爸的钱只够买酒喝。"多洛蕾斯·怀厄特说。七年级的时候,她曾经在黑板上写:"珍妮·里左捐不起钱!"多洛蕾斯漂亮的黑发一根不剩,珍妮怀疑自己在这可怕的树林里见证到珍珠般的真理:受欢迎的孩子都是怪物。

"不是的。"珍妮小声地说。克里欧猩红的嘴唇不像是润唇膏的原因,珍妮倒抽一口气。接着,她撞上一个温热结实的东西。男人的病服敞开了。

她慌张地环视四周,但是无处可逃。她能喊人吗?搜寻队的人能听得见吗?那个疯男人开始鼓起掌来。

她一开始没有感觉到,但是不到一会,她就意识到头上那阵熟悉的疼痛。一个孩子在后面开始一把一把地拽她的头发,她知道那是贾斯丁,因为十年来,他每天都会这样折磨她。"我知道你偷了那条山寨裙。"她听到他的耳语,"你应该为此受到惩罚。"

她的本能占了上风,用力一挥,手伸进裸男肚子上的伤口。等把手抽出来的时候,已经染得鲜红。鲜血从他的嘴角汩汩地流出来,他双膝跪在地上。她抓住时机,拔腿就跑。

但是她没能跑多远,就被贾斯丁抓住肩膀,摔了个跟跄。*针不离线,线不离针,笑容永存,快乐女生。* 她脑子里有个声音喊着。*加油!加油!*贾斯丁拖着她在地上走,她奋力挣扎,到后来,所有的孩子,包括那个男人,一拥而上将她压在地上。

"放……"她也许想说*放手*,请求他们能不能体恤她一次,放过她。她躺在地上,看着他们漆黑的双眼。他们在笑,像是乐在其中。她终于明白,那个男人故意把自己赶到这里来。这是个陷阱。"我做错了吗?"她无力地说。

他们的口气有种腐烂的味道。她想爬走,他们再把她拽回来。有人坐在她的腿上。他们的瞳孔里倒映自己的影子:廉价的小格子裙。裙子从下摆往上被撕开,发育成熟的胸脯赫然耸立。她想遮羞,双手却被紧紧地箍住。冰凉的空气刺痛她裸露的肌肤。她知道,所有的秘密都被他们看去了:蝴蝶形状的胎记,胸口长着瑟瑟发抖的几根毛发。*你们为什么不喜欢我? 她不知道。我有那么差劲吗?*

她的倒影在他们的瞳孔里漂浮着,她就是倒影,影子就是她。她漂浮着,颤抖着,不知道过了多久,突然重重地坠了下去。

贾斯丁露出一排整整齐齐的牙齿,克里欧,多洛蕾斯,还有其他人也都露出狰狞的面孔。"好饿啊!"贾斯丁的声音已经不像是人类的语言了。"饿……"她甚至能假装听到他是在温柔地说"爱你"。

她真的不想在他们面前哭,但是暴露在外的胸部一片冰凉,她觉得很羞耻。她尽量不想面对这样的事实:他们是在树林中找食物。

有人咬了她第一口。可能是多洛蕾斯。珍妮强忍住痛苦,她不想让他们看见自己的软弱,但是那钻入骨肉的疼痛,终于让她尖叫出声。

十四　一分为二

"简直太邪恶了!"曼迪·温特劳伯激动不已。"他吃了那个孩子。"她和男友从警察局骑车回来。他们发现一个孩子的尸骸和活生生的阿尔伯特·桑格温后,立即去警察局报警了。

"听起来太可怕了。"芬斯塔说。

四个人坐在客厅里。曼迪和恩里克坐在一张沙发上,芬斯塔和梅格坐在另一张上面。一年前,曼迪喜欢穿着踢踏舞童鞋在木地板上噼噼啪啪地敲打,并不是因为她喜欢跳踢踏舞,她只是喜欢弄出噪音。对,好像不是一年前,应该是十年前了。"踏——哒!"每次舞步跳完之后,她总喜欢伸出胳膊,大声地叫出声。

她刚刚说完丛林探险的故事,当然为什么去那个地方而不去上课她只字未提。芬斯塔猜都能猜到,想当年他也和乔安妮·斯特莱伯勒做过同样的事情。但现在是他的女儿,穿得色彩斑斓,迷你百褶裙,活像服了迷幻剂的小羚羊,和一个嘴上毛都没长全的便利店店员,他不想去猜到底发生了什么。

"你安全就好。"梅格说。

芬斯塔点头同意,但是下巴仍然倔强地抿着,浑身的血液都在沸腾。他撇头看着窗外,不让别人看出他将要爆发的情绪。他凝神看着最近刚割过的草坪,花开正艳的山茱萸,路边打着灯呼啸而过的汽车,镇子远方群山的顶峰。他的这套维多利亚式房子既宽敞又体面,十分适合四口之家居住。他为自己的家业感到自豪,尽管这个世界似乎要将它一点一点拆得七零八落。

"你确定那人是阿尔伯特吗?"梅格问。她的腿支在两个沙发间的咖啡桌上。她和芬斯塔今天在这张沙发上做了,后来转战到床上。她的脸仍旧留着欢爱之后的红晕,唯一能看出她听到阿尔伯特这个名字感到不安的,就是她用力地抓着石膏下发痒的皮肤。细长的手指不时地发出像蛐蛐儿鸣叫的声音。

"肯定是他,但是又不像他。他的动作不像人类。"恩里克的英语没什么错误，但是不连贯，带着明显的异域口音。"他一看见我们就跑了。四肢着地。"恩里克一边说，一边将双手握成爪子的形状，弯着腰，模仿阿尔伯特的动作。"像动物一样，太不寻常了。警察不相信我们，但那真的是阿尔伯特·桑格温。"

芬斯塔身旁的梅格浑身僵化，搞得他也紧张起来。真的吗？昨天晚上他从二楼的窗户跳下去，现在在树林里？阿尔伯特的幻想症和其他偏执狂一样复杂，但同时又保持着连贯性，这一点有些蹊跷。六年中，他从来只相信一件事：贝特福德树林里有一个东西在他身体里安了家，让他不得自由。"*一直以来*真的有东西在召唤他吗？"芬斯塔不知道。接着，他摇摇头："没有。"阿尔伯特·桑格温死了。过不了多久，人们就会在医院某个黑漆漆的角落发现他的发臭的尸体，死于酒精。这两个孩子也许看见了什么东西，但是臆想成阿尔伯特。这是唯一说得通的解释。

"如果真的是他，他是不会伤害你们的。你们看见的是一个冲动的神经病。"他说。梅格还在抓痒，皮肤开始泛红。他把手覆上她的两只手，安抚她。

曼迪憋住一口气。"爸……我觉得他对那个孩子做了一件事。"她说。

"曼迪，"芬斯塔说，"你说那是一具尸骸，那可能是以前贝特福德发生大火时留下的。也可能是个死胎，被它妈妈抛弃了。"

"胡扯，"曼迪不客气地说，"那皮肤都干了，骨头也碎了。"她深吸一口气，他知道她开始口无遮拦了。

换作平常，他会好好安慰她，但是他看见恩里克·瓦格斯正用拇指在她的锁骨上面画着圈。

恩里克自从准备入伍后，在温特劳伯家待的时间越来越多。晚上，他就跟曼迪坐在走廊上，两个人窃窃私语。不是那种有说有笑的轻松，而是带着些严肃，没有轻佻，可能两人在信誓旦旦说着山无棱天地合之类的情话。芬斯塔觉得恩里克应该在准备订婚戒指了。也许是某个廉价的戒指，却能将曼迪套牢。

"爸，那孩子的骨头碎了，这个不是自然风化吧？"

"亲爱的，"梅格说，"也许是野兽咬的呢。"

曼迪撅着嘴，恩里克见状离她远了些，好像知道接下来会发生什么事。曼迪的嘴唇开始颤抖，一次，两次，第三次终于爆发了。她脖子上的青筋暴涨,说话的时候唾沫也飞溅出来:"那家伙的嘴唇都沾了血!你说血是从哪里来的?他在吃人,妈妈!他就在那儿,他还伤过你。你怎么就不相信我呢?你从来都不听我说话。他吃小孩子!"

梅格用手搓着双颊,像是要把皮都搓掉。芬斯塔想去拿药柜里的阿司匹林,或者泰诺,应该起效更快吧。算了,还是阿司匹林吧,她可以用嚼的。看着曼迪,他想起自己曾经的模样:感情丰富,一旦爆发,就像个核反应器,还不带通风口的。梅格不知道曼迪这股急性子是遗传谁的,但是*他*知道。虽然他不想承认,但是这一点上他们是如此相像。只是,他学会在心房竖起层层防卫,不让情绪外露,而曼迪一发不可收拾。

他的手感觉到梅格将手握成拳。"曼迪·温特劳伯,你给我闭嘴。"她说,"阿尔伯特·桑格温没有吃那个孩子,你没有受伤我们就够谢天谢地了。我们知道事态的严重性,但是你不要太夸张。"

曼迪的眼睛眯成一条缝,眉头紧锁,和梅格一模一样。"为什么有人要丢下自己的孩子呢?就算是死胎,为什么要随便乱扔呢?"

"也许是个十几岁的年轻未婚妈妈。"梅格说。

曼迪看看梅格,又看看芬斯塔,然后又看着梅格说:"哦,摆脱麻烦。"

"你今天旷课了?"梅格反问道。

"对不起,都是我不好。"恩里克说话了,然后温柔地将曼迪紫色头发上的一根小树枝拿下来。这时,他刚好撞见芬斯塔的眼神,脸刷地红了。他没有将小树枝放在桌子上,而是像藏着什么不可告人的秘密一般,塞到自己的口袋里。芬斯塔立刻明白女儿在树林里做什么了。这个杂货店小子最好在他芬斯塔发飙之前,立刻走人。

"不关恩里克的事,是我的主意。"曼迪说。

芬斯塔气得吐血。他听见一条狗在远处狂吠,他恨不得将它撕得粉碎。梅格抓住他的手,用力按了一下。"我猜也差不多是你,不过你自己承认了更好。"接着又说,"你被禁足了。"

"妈!"曼迪万般不愿,"我已经高三了,那种破课不上也罢,学什么用微波炉烤奶酪,那也太瞎了吧。"

"禁足一个星期。以后放学后就来图书馆,做完作业,我再开车送你回家。这么做都是为你好,要是你说的都是真的,阿尔伯特可能还在树林里。在警察找到他之前,我不想你再骑自行车了。"

"你说真的吗?"曼迪问她,不可置信地张着嘴巴。

芬斯塔觉得老婆是个天才。恩里克马上要离开这里参加军训,到那时就算曼迪能出来玩,恩里克也已经走了。没有私奔,没有廉价戒指。

"不可以打电话,不可以去树林,不可以去帕芬站看恩里克。"梅格说。

"不行!"曼迪大声抗议,"你对戴维从不这样,从来都不。我从不做坏事,但是你老觉得我是个疯姑娘。我不需要保护,我自己能照顾自己。"

"宝贝,"梅格说,"你翘课了。"她偷偷地用手肘捣了下芬斯塔。"这是为你好。"芬斯塔赶紧补充。

曼迪气呼呼地看着芬斯塔。她生气的时候,和梅格一样可怕。"你总是和她站在一边,没主见。你们以为我不知道你们在想什么吗?我都知道,就因为他是墨西哥佬!"

恩里克在一旁愣住了。

曼迪从沙发上跳起来,但是哪儿也没去。本来,她是想回房间的,但那样的话,恩里克就落单了。

芬斯塔的语气严厉起来:"曼迪·伯奈利·温特劳伯,以后在这家里不许再提到这种事。"

"对不起,爸爸。"她突然想到刚刚那句话会伤害到男朋友的感情,脸一下子红了。看着恩里克圆睁的双眼,无语的沉默,她猜对了。男孩儿像是被霜打了的茄子一样。

"谢谢你们的款待,温特劳伯夫人。"他站起来道谢。

"你要走了吗?"曼迪问他,声音很轻。芬斯塔知道她觉得羞愧,也很迷茫,但是不知道自己错在哪儿,不知道恩里克这么难过是因为什么。

"对,我要走了。"恩里克说。

年龄和阅历的差距平时看不出来,但是现在都被芬斯塔看在眼里。这个小伙子要养一大家子人,而曼迪在想着教社会大众怎么环保。恩里克紧紧地抱住曼迪,没等她反对,就快步走出了房间。芬斯塔看见恩里克眼里闪着泪,心里砰的一下,被后悔重重地痛击了一下。

梅格从咖啡桌一边走过来,想要牵曼迪的手。"我们只想……"

曼迪一个转身,脖子上的青筋涨的更粗,清晰可见,她的双手紧握成拳:"我恨你们!"她大声喊着,嘴唇弯出一个弧度,却不好看。她气得浑身发抖,芬斯塔觉得她像是要对自己的妈妈动手。

"你们觉得自己很聪明,但是你们都是浑蛋。"她说着,声音冰冷。他觉得自己又被痛击了一下。她发泄出来,等着他们的反应。她眼里的一切都让她恶心,蔑视。她拖着沉重的脚步回到自己的房间,摔上门。几秒钟后,聒噪的音乐声响起来,震得他脚底板微微发麻。

他和梅格面面相觑,无可奈何地摇摇头。两人都上气不接下气,好像刚刚完成一场赛跑。他希望跟着曼迪上去,把说的话都收回。他想说:"我们重新开始好不好?"

"我们上次把她禁足是什么时候?"他问。

梅格露出一个失望的微笑:"从来没有。这是第一次,以前她做过比翘家政课更差劲的事。"

芬斯塔摇头说:"这次不比寻常。"

有一会,他们谁也不说话。楼上的音乐震耳欲聋。他把手放在梅格紧实的大腿上,她没有闪躲,而是靠得更近了一些。他想起下午的欢爱,感慨他们的契合。曼迪的怒气会过去,就和她其他的情绪一样,包括对恩里克的感情。

"她生气了。"梅格说。

"她会好好的。"

"是啊,但是把她禁足并不是因为阿尔伯特,你说呢?"

"有些是因为阿尔伯特,有些是因为别的。"

梅格又开始挠腿,但是被他制止了。他折了一张纸,推进石膏里,然后开始帮她抓痒。她满足地哼了一声,像是一只猫咪慵懒的声音,然后闭上眼睛。

"她什么事都不经大脑思考,"她懒洋洋地说,"要是他求婚,她也会毫不犹豫地嫁给他,然后把布朗大学忘得精光,影儿都不剩。她就是被惯的,没有工作赚钱的概念。他是个好小伙儿,但是他会毁了她的生活。"

"这个理由更好一些。"

"只是因为——我能想象她身上发生的事,想保护她,她太敏感,心肠又好。我不希望她改变,但是她实际上已经长大了,我们不能一直这样对她,她会变得懦弱的。"

楼上的音乐节拍更加急促,他们听到物品砸到墙壁的声音。书?灯?谁知道呢?

"我们等着吧。"芬斯塔说,"相信我,她会冷静下来的。"

梅格耸耸肩:"我好累,不想去管了。给我一片阿司匹林。"

他点头说:"我也要。"

十五　胖娃娃的咳嗽

星期五,詹姆斯·沃克失踪已经有三天三夜了。芬斯塔前夜睡得很不安稳。三点钟左右,曼迪打开性手枪乐队的《上帝拯救女王》,声音大到他浑身的骨头都咯吱作响。"不是吧?"黑暗中,梅格沙哑着跟他说,"她成了朋克吗?"他想起床看看,但被梅格制止了,"你去啊,你开门,结果她什么都没穿,她又得说你乱伦了。"梅格从床上蹦下来,没用拐杖,一瘸一拐地走出去。芬斯塔听到几声刺耳的敲门声,然后门开了:"够了,小姐,我们知道你疯了。现在,给我把那鬼东西关上!"吃早饭的时候,三个人活像从滚筒洗衣机里捞出来的一样。梅格的卷发就像尿布上面的褶子一样卷成一团,刚好她穿的又是星期二那件毛巾睡袍。因为晚上哭了几个小时,曼迪的眼睛又红又肿。梅格受伤后,很多家务都耽搁了,芬斯塔不得不扒开成堆的脏衣服,找到一条最不臭的裤子穿上。看来,一场清晨的争吵在所难免。

梅格指着曼迪肥大的格子裤子上系着的绳子说:"换上腰带,把饭吃完。"她说。

曼迪咣当一声将叉子扔进盘子里,砸得一块陶瓷像巡航导弹一样划过芬斯塔的鼻子。"你就不能不管我吗?"

"因为你穿得像个小丑。"梅格嘲笑说。

曼迪的口水功能快速启动:"你从来都不关心我,你就想让我看起来好看点儿,身材苗条点儿,还不要得厌食症,找些门当户对的人约会,不去找恩里克。但是,我是一个人,你怎么就不管这个?"

接下来当然是大喊大叫了。芬斯塔的思绪开始飘散。他想到梦里的那条黑犬,像谁家的德国牧羊犬来着?记不起来了。不过那家伙的牙齿可真够尖利的,咬合后像铁夹子一样密实。

他的思绪又跳回现实,因为听到曼迪言之凿凿地说:"我上大学后,就再也不回来了!到时候,你们就知道自己的生活是多么地愚蠢,你们有多么地无聊,也不能对我管东管西了!"她的尖叫充满了爆发力,典型的十八岁愤青。

"哦,是吗?要是你离家出走了,谁来买那些小丑的戏服呢?"梅格毫不留情地反驳道。

争吵继续。芬斯塔尽量忽视她们的存在。只要他一参与,事态必然升级,所以他学会闭上自己的嘴巴,和她们保持一定的距离。他从餐桌旁起身去上班,母女两人斗得正酣,谁也没有跟他说再见。

他到了医院。由于昨晚睡眠不足,眼前的东西都是模糊不清的,荧光棒也似乎露出病态的黄色光晕。秘书薇儿递给他一沓便签,上面写满了留言。"这些都是接线处五点钟左右接的电话,其他的这些是一小时前记下来的。"她说。

他深吸一口气,脑海中的黑色德国牧羊犬又开始吠叫了。薇儿和平常一样,用黑色的橡皮筋扎着一个马尾。昨天晚上,她的上嘴唇上长了一个花椰菜形状的包。她本来就不好看,现在因为这个包,芬斯塔开始恨她,就像恨树林里的阿尔伯特,恨他自私的妻子,麻烦的女儿,娘娘腔的儿子,恨他的父母,还有恩里克·瓦格斯。他怒火中烧,也许他需要打个小盹儿。"这些是什么东西?"他问。

"今天早上,人们都疯了。"薇儿回答说。她不知道,眼前的这个男人现在正希望有一列火车冲破这堵墙,将她碾平。薇儿用钢笔在太阳穴上敲了下,留下一个雀斑一样的痕迹,然后接着复述:"莉拉说她的孩子很不正常,然后说了关于什么咳嗽糖浆的事。"她抬眼看看芬斯塔,他点头表示自己知道这是什么意思。"您中午的时候没有预诊,所以我让她中午的时候带着孩子来看一下。要是她等不了,就直接去急诊室。您不用回电话了。"

"还有呢?"他问。

"乔迪·拉金说她女儿病了,呼吸困难还是什么。不过她觉得都是情绪的问题。她希望您能回个电话。卡尔·弗利兹需要更多利他林。"薇儿无奈地微笑说,"一个吃药的水池把他最后一点药都吞了。"

芬斯塔摇头:弗利兹又用完药了。他每个月都要打两次电话,骗他开个处方拿药。

薇儿继续报告:"您的小组治疗成员也不正常。他们的家人基本上都打电话来了。希拉把自己锁在房间里,不让任何人进去,她说阿尔伯特是个魔鬼,在追她……说是魔鬼还是撒旦……我不记得了。有区别吗?"薇儿对语言很不敏感。她可以花一辈子的时间思考什么是"空洞",最后得出结论,那是"深度"的意思。他清了清嗓子,薇儿赶紧接着报告:"布莱姆的哥哥打电话说,布莱姆胸口疼,他想让您开个方子。我跟他说您开不了,让他去找医生。"

芬斯塔又深深地吸了一口气:"他们真的疯了。"

薇儿点头,那表情像在说:*我说什么来着?*

上午两个预诊都被取消了(两个病人都患上了胸腔感染,来不了)。大约到了中午,莉拉带着两个孩子来了。一个孩子叫艾丽丝,另一个叫艾兰。她穿着一件黑黄相间的尼龙运动服,身体的曲线都被遮盖起来。起先他都没认出她来,因为他只见过她画着大浓妆,穿高跟鞋的模样。她身后的两个孩子,体格庞大,让人吃惊。他们站在那儿,就像两头小象在一株棕榈树下寻找庇护一样。他指了指沙发,三个人都坐下来。艾兰和艾丽丝走路的时候,浑身的肉都在颤动。女孩儿穿着一双高跟塑料果冻鞋,低腰裤,裹胸周围的肉都被挤了出来。男孩儿穿着宽大的T恤和牛仔裤,黑色的头发油亮亮地闪着光。

"怎么回事?"芬斯塔摊开手,问他们。

莉拉手腕上的纱布从袖口露出来,她紧张地往下拉拉。她没有笑,也没有抛媚眼。他不知道这是什么意思。要么那天他把她治好了,要么她快要崩溃了。

"他们不舒服,"她说,"我早该知道了,他们对我很好,都是在骗我。他们一直都讨厌我的。"

两个孩子的眼睛四周都有着黑眼圈,看起来像是用煤炭画上去的。虽然看上去体型大,但是苍白的皮肤和无精打采的模样恰恰说明了他们营养不良。

"我的眼睛。"艾兰说话的语气就像是命令。

莉拉走到窗户前,将窗帘拉上。

"太阳让他们不舒服。"她解释说。

芬斯塔走到她身边,好好地谈一谈。果然,她的气息里有一种樱桃的味道。"你喝乐倍舒了。"他说。

"这不是重点。"她说。没有化妆的她看起来年轻漂亮多了,鼻梁两边有一排好看的雀斑。他想起来,她是十八岁的时候嫁给了老艾兰,一个娃娃新娘。

莉拉声音低了八度。"他们身体里附了坏东西,我不知道怎么把它弄出来。"她的呼吸几乎让他晕厥。他在想代理孟乔森症候群①,想到由于乐倍舒导致的幻想症。他还想到了她神经崩溃,而她可怜的孩子只能眼睁睁地看着。他想到萨拉·温特劳伯,躺在床上,黑色的卷发湿漉漉地搭在枕头上。

他对莉拉点点头,然后先朝女孩儿走过去。她才十三岁,却有两百五十磅。要是一直保持这个体重,到了二十岁,她就会得 2 型糖尿病。莉拉从没说过她的女儿像小牛一样壮实。看来,某人在买乐倍舒的同时,还往家里买了很多叮咚蛋糕。

"深呼吸。"他告诉艾丽丝,她照着做了。肺部的气流让她不舒服,她喘着气,咳嗽起来,吸气只能吸到一半。他捏捏她肉嘟嘟的手腕,冰凉潮湿,心脏每分钟跳大约五十次。这样的体积,这样的心率实在是危险。

"到你了。"他对男孩儿说。艾兰和她妹妹差不多,体积庞大,好在也有些肌肉,在学校里不会被人取笑欺负。他看上去大概有十五岁,芬斯塔听说他还参加了校摔跤队。他和艾丽丝一样喘气:声音大,像是肺部的毛病。两人的胳膊和手上都有相同的红疹,出血点密密麻麻地分布在皮肤上。

"过敏吗?"他问。

"前两天晚上,我把窗户打开通风。可能是虫子进来了……"莉拉说。

艾兰咳嗽起来,他没有捂住嘴巴,一口浓痰啵地一声飞到芬斯塔的脸上,停了一秒钟,然后缓缓地流到他下巴上。没错,芬斯塔是医生,但他仍然觉得恶心。

艾兰和艾丽丝笑起来。他看到他们这么虚弱还不知道节省精力,很是无奈。他用纸巾把脸擦干净。

"艾兰!"莉拉厉声说道,"马上道歉。"

孩子们笑得更大声了,芬斯塔眯着眼。他们这个年纪,已经知道莉拉很弱,那为什么要听她的话呢?"你们要关心自己的妈妈。"他说。

莉拉的胳膊环绕在纤细的腰间,宽大的运动服被弄出很大的褶。他意识到,她早就该住院了。孩子们的父亲是什么样的人已经不重要,重要

---

① 译者注:因父母想得到医疗人员的注意而重复在小朋友身上制造或者伪装疾病症状。

的是这两个孩子也濒临危险。

"莉拉,我想把孩子们带到急诊室去。他们可能得了肺炎。"

"不是,"莉拉说,"一开始我也以为是肺炎,但是他们没有生病。他们变了个人。"

"我们走。"他对孩子们说,让他们站起来。男孩能站起来,女孩却需要帮助才行。芬斯塔扶着她的胳膊好让她站起来。她浑身的重量带着身体往前倾,芬斯塔不得不抓住她,不让她跌倒。就在扶着她的时候,她的身体靠近他的胸膛,嘴巴贴上他的衬衫。这姿势可不好看,有点像猎杀,他几乎要忘记她不过是个小女孩儿。他脖子上的汗毛都竖了起来,她的口气让他觉得反胃。一股腐烂的硫磺味,让他恶心。莉拉是对的,这两个孩子很不正常。"我们走。"他带着他们走向急诊室。

到了急诊室,他才发现那里人满为患。布莱姆,希拉都在。基本上他的四十位常客至少有一半躺在推车上。病床都占满了,重症监护病房是唯一可以站脚的地方。芬斯塔皱起眉头,接着心里一惊:九月根本就不是流感高发季节!

各个角落都是咳嗽的病人,他们找到什么东西就拿来擦嘴边的唾沫星子:纸巾,白色的卫生纸,甚至衣服袖子。忧虑就像冰冷的蛇一般缠绕住他。这是传染病吗?还是一直从学校或者图书馆传出来的呼吸道疾病最近发作起来?还是一种生物武器?曼迪和梅格感染上了吗?

他从储物室里拿出两辆小推车,让孩子们躺下来等医生过来。他不喜欢两人脸上的表情,他们的瞳孔微张,却仍然咧着嘴笑。他敢打赌他们身上的血液含氧量不足四分之三,他们有什么好乐呵的呢?

他环视四周,恐惧渐渐地笼罩着他。空气中有一种和艾丽丝口气一样的硫磺气味,这种疾病很可能是通过空气传播的。

他转头跟莉拉说:"我来给你丈夫打电话。"

她试着控制自己的情绪,但是惊慌失措的双手和犹疑不定的眼神出卖了她。"不要。"她说,嘴角泛起一块白色的污物。肯定是乐倍舒喝多了,也许她在早上发现孩子们病得厉害,不知所措的时候喝了一瓶乐倍舒吧。然后她给自己编一个故事,觉得只要把孩子送到医院就行了,反正他们不是自己亲生的。

芬斯塔推着她的肩膀,让她坐下来。"深呼吸。"他说。她吸了一口气,但是没有接着呼气。泪水奔涌而出。

她把脸别到一边,扯着自己的纱布。"你不了解。"她说。

"莉拉,你来这儿是对的,他们生病了,也许你说得对,可能是传染病让他们变了个人,至少暂时变了。但是问题是,你也生病了。对不起,你今天晚上要待在医院。"

她哭得稀里哗啦的,几乎说不出话来。"我……我就知道。"她哭着说。

"知道什么?"

她用手背擦擦鼻子,气息不稳地说:"这么……久以来,我就知道……你……和别人没什么两样。"她含着泪恶狠狠地看着他,"你觉得我笨到不能照顾好孩子……你假惺惺地关心我,但是你根本不是真心的,和老艾兰一模一样。我的孩子变成这样,你想说都是我这个不称职的妈妈的错。是他,那个不称职的爸爸。他让他们伤透了心,然后让我来收拾烂摊子。昨天晚上,两个孩子把家里所有的肉都吃光了。生的啊!我想把肉拿走,小艾兰就把我的纱布撕开了!天哪,他还要吸我的血!不管怎样,我已经努力了。但是你们这些人……你们就是不让我继续下去。"她的声音不大,一点也不尖锐。

芬斯塔良久地看着她。因为喝酒,她的瞳孔也扩张了。他想做的很简单,但是不那么容易。他找到一个护士,告诉他,不管发生什么情况,这两个孩子必须待在医院里,直到医生来检查,然后由他们的爸爸签字才可以出院。然后,他让莉拉去精神科禁闭室。

他离开急诊室的时候,没有多说一个字,只有莉拉在身后一声大叫。病房里的喧闹戛然而止,每个人都安静下来。

"我就知道你会这样做,你一直都这么冷血。真 TMD 冷血!"

他回办公室的时候,尽量不去想莉拉的话,他想到梦里的那条黑犬,想到恩里克·瓦格斯,还有阿尔伯特·桑格温。他想到格雷厄姆和自己的妻子,在六十九号房间的两具挥汗如雨的裸体。他低头看着自己的鞋,确认地毯没有被鲜血浸透。

十六　我恨你

星期五的早上,梅格的脚踝痒得厉害。昨天下午,她和老公在这张沙发上做了，就像两个年轻人一样热情狂放。真有意思，这个东西竟然能让生活变得简单一点。她回想起当年刚结婚的时候，她眼中的他无所不能，没有他芬斯塔·温特劳伯解决不了的麻烦。她一直不理解，他为什么会选精神病学作为自己的专业，要知道他是她身边唯一一个不会发牢骚无病呻吟的男人。他很安静，但是头脑一刻不停地在思考。他在学校和同学合不来，在医院和医生也合不来。但是帮助别人解决问题让他从一个局外人变成人人心中值得信任的朋友。

她坐在餐桌旁，女儿正在大发脾气。"你从来不听我说话……"曼迪一边挑出一瓣柚子肉，一边大声嚷嚷。她的手指沾了亮晶晶的果汁。梅格放眼看着窗外，阳光很好，草坪很青，但是有些东西怎么就不见了呢？她无法用手指去感受。镇子看起来像诺曼·洛克威尔的油画一样完美，但是一片死寂。有些东西错了。"我多希望阿尔伯特·桑格温下手重一点！"曼迪还在说，梅格不由得将注意力重新放在眼前的女孩儿身上。

"你刚刚说什么？"她问。

曼迪低头看着盘子，咽下一口果汁。紫色的头发像抹布一样遮住眼睛。"当我没说。"她嘟囔着。

梅格脸色阴沉，等着女儿跟她道歉。时间一分一秒地过去了。三天前，她被攻击了，脚踝碎裂，就因为她没法收拾房子，家里乱作一团，没有一个人知道自己收拾收拾。也许是想到这里吧，她咬着嘴唇不让自己哭出来。但其实，曼迪的话伤得她最重。（*我做错了吗？*）

她看着厨房，希望芬斯塔能出来帮她一把，但是一直没听见他晃咖啡壶的声音。她模模糊糊地记得汽车离开的声音，不由得火冒三丈。他连个招呼都不打就溜走了！就知道惯着她！就知道充好人！好比昨天，好像禁足曼迪不过是为了息事宁人才不得已为之。

母女俩两两相望，梅格等着曼迪说：妈妈，对不起，我不应该说很开心看见你被疯子揍。但是她没说。

曼迪把紫色的刘海拨到一边，两个女人的眼神正在进行灵魂之战。小鬼，梅格想，*十八年了，你都没有搞清楚自己在跟谁较劲呢。*

"你只知道关心戴维，我和爸爸你一个都不爱。"曼迪说，这次倒是理直气壮。

梅格的眼睛湿润了，但是没让曼迪看见。她想起那天死在手里的小鸟。她觉得埋掉它太傻气，所以把它扔到垃圾桶里的咖啡渣上面。现在，她后悔了,她应该在车库后面挖一个坑,将它和其他宠物埋在一起。

每当这个时候,芬斯塔在哪儿呢?不在身边,他总是这样。有时候是工作,即使不在工作,他的心也不在自己身边。既然这样,为什么等到现在?为什么等到这个丫头去上大学?她要给他一纸离婚协议,给他来个措手不及。想到他吃惊的表情——*多么出乎意料啊!聪明绝顶的芬斯塔·温特劳伯终于也有防不胜防的一天!*——她就觉得很解气,眼泪也收回肚子里了。接着她又开始思考:*为什么我总要面对这些麻烦事儿呢?*

"你怎么敢说我不爱你们,曼迪。"她说话的时候,相信自己的声音应该听起来很冷静。

曼迪墨绿色的眼睛冷冰冰地瞅着她,憔悴的脸庞棱角分明,因为生气,看起来也不好看了。"我希望你死了。"她说。

梅格想都没有想就做了。她扇了曼迪一个耳光,声音响亮,就像母球撞到台球的声音一样清脆。

曼迪的身子晃了晃,梅格不知道她有没有伤到她。渐渐地,红色的手印像是湖里的泡沫一样慢慢显现出来,四只手指沿着平行的方向从曼迪的耳朵延伸到她的嘴角。曼迪没有喊叫,可能她也吓呆了。

"你要是想让我们把你当大人看,自己就不要那么孩子气。"梅格说着,连自己也不敢相信语气中含有愤怒。她知道自己应该觉得抱歉,应该向女儿道歉,但是现在不行。

曼迪的胸口剧烈地起伏着,似乎马上就要大哭一场。梅格瞥了一眼厨房,仍然希望芬斯塔可能在那儿。也许他出去办点事儿,已经回来了。也许他能出面调停一次。但是他不在厨房。她只看到时钟指向九点十分,曼迪迟到了,第一节课要进行算数测验的。梅格叹口气,说:"上车,我开车送你。"

两人一路都很安静。曼迪咬着嘴唇,憋着眼泪,这不像她,也许这次是真的难过了。随着时间过去,一边的脸颊越发红了,她极其小心地摸着脸,好像她是瓷娃娃似的。*这下好了*,梅格想,*现在我就等着导员给我打电话,说我虐待孩子吧。*

事情闹大了,她和曼迪的斗争升级到一种对彼此的冷酷无情。她希望一切都没有发生,但事实就是事实。"曼迪。"她说话了,但又不知道该说什么。要不她妥协好了,让她去见恩里克?吵到现在不就是为了这个吗?还是为了那条像小丑戏服的腰带?她自己也说不上来。

她把广播调到国家公共广播频道,主持人正在播报伊拉克的美国士兵官方死亡人数已经超过了四千。她又叹了一口气,都是年轻小伙儿啊。她无法想象要是其中一个是戴维的话,她可怎么办。失去自己所爱的人是一件多么痛苦的事。旁边的曼迪不停地抽鼻子,然后用手背将鼻子擦干净,然后看着车窗外晴朗无云的好天气。

梅格突然想到一点,之前怎么没想到呢,她脑子是不是给驴踢了?她把车开到一边,转身对女儿说:"曼迪,他是个机灵人,他会没事的啊。"

曼迪哽咽了,将鼻子压到车窗上。太阳正照得酣畅,新割过的草坪到处是绿油油的青草。"你怎么知道?"她低声地说。梅格看见她的侧脸上血管清晰地勾勒出红色巴掌印,她还是无法逃避一个现实:她动手打了自己的孩子。

她时常希望能跟曼迪和戴维多待一天,一个月,甚至一年,因为他们一下子就长大了。就算你时时盯着,还会有一些东西从你眼皮底下溜走,或者你第一次见到的时候弄不明白那是什么东西。她热爱自己的丈夫和孩子,爱到自己都不愿意去想,因为她害怕。她愿意为他们做任何事,不仅仅是因为那是自己的骨肉。她知道,就算曼迪不是自己亲生的,就算她是米麦大街上素不相识的路人,穿着肥大的衣服,顶着紫色的头发,她也会喜欢上她。她会微笑着想说:这个女孩儿很不错。可是现在怎么搞成这个样子,为什么两个人非要斗个你死我活才肯罢手呢?

"他不会有事的,"梅格说,"很少人受伤,当兵对他有好处,那样他就能上大学了。"

曼迪拨开脸颊旁边的头发,梅格这才看见她的婚戒在她脸上留下了伤口。钻石割伤了曼迪的皮肤,梅格咬着嘴唇不让自己哭出来:她让曼迪流血了。

"我想和他私奔,但是我知道他不想这样。"曼迪说,脸上也没了之前的愤怒,颜色好看了些,"我爱他比他爱我多。"她说道。梅格知道自己最疼爱的人并不是戴维,而是眼前的女孩,只有她能勇敢地说出这样的话来。"他是个男生,所以爱你的方式不一样。他想要给予。"

曼迪点点头:"我觉得……妈妈?"

"什么事?"

曼迪的手在车窗上画了一道痕迹。三三两两的汽车从她们的车旁开过去,人们很好奇温特劳伯一家怎么停在这儿,示警灯还在一闪一闪。"他过得不快乐……所以他才要走。他想休假的时候可以喝啤酒,跟女孩子约会,做以前因为照顾家人所以做不了的事情。"她说这些的时候没有看梅格,只是看着移动的手在玻璃上留下的雾蒙蒙的印记。

梅格皱起了眉。恩里克不是那种逃避的人,他爱着曼迪。但是,他现在才二十岁,到今天只能在便利店的柜台工作。也许曼迪是对的,可怜的孩子,好像因为当兵被甩还不够惨似的。"过来。"梅格说,但是曼迪没有回应,只是摸着脸上的红印,似乎在等着梅格再赏一个。这不是示威,梅格从女儿的眼里看到了自己。一个不为女儿幸福着想,只想她听话的喜怒无常的暴君。梅格这点和她爸爸一模一样。

"我不想吵架了。"梅格说,曼迪又抽泣起来。梅格听得出来,曼迪既感到害怕也觉得羞愧。

"来,听我说。你还是被禁足,但是如果恩里克接到动身的通知,你可以和他待上一天。"

曼迪放声大哭起来。

"怎么了?我又做什么了啊?"梅格问她。

曼迪摇摇头,然后扑过来,伏在梅格的怀里。"谢谢你,妈妈。"她说,整个身子压到了梅格受伤的腿上,但是梅格不想破坏了气氛,只是咬着牙强忍住痛苦,任由女儿哭泣。"我是对他生气,我不该说那样的话,我恨的人是他。"

曼迪的声音压在梅格的衬衫里,闷闷的。"爸爸从来不这样对你,他从来不会离开你。"

梅格话到嘴边又忍了回去(*有时候我倒希望他离开*),然后说:"不是所有人都跟爸爸一样啊。"

曼迪点点头,似乎认定芬斯塔就是最完美的男人,梅格有一点嫉妒,但是这次就睁一只眼闭一只眼吧。女儿们就该觉得自己的父亲像个神,就让母亲在一边表现得更像一个有着七情六欲的人类吧。

"曼迪,"梅格说,"我不该打你,这是我的错。但是你说的话伤害了我,那些话不能说的。"曼迪小鸡啄米似的点头。"知道,"她说,"那是我脑袋被门夹了。"

十七　花花公子

　　梅格把曼迪送到校车停车处之后（曼迪高高兴兴地进了校门，把脸上的巴掌印忘得一干二净），开了图书馆的门。义工们都有钥匙，但是停车场里空荡荡的。也许他们没看见她来办公室，就以为今天放假，然后跑出去喝咖啡了吧。她走进空无一人的大楼，打开灯，一瘸一拐地走过蓝色地毯。从她昨天提前离开之后，没有电话留言，还书处没有一本书。她怀疑是流感肆虐，她的常客们都卧床休息了。图书馆里一片杂乱，她昨天已经尽力打扫干净了，现在看来还远远不够。书本和报纸像天女散花一样到处都是，阿尔伯特的指印仍然留在键盘上，当时他使得劲儿可够大的。她看见玻璃窗上有刮痕，但是不知道是怎么来的，直到发现她戴了三年的精工手表躺在地上，表面跌碎了才明白是怎么回事。被他扔出去的时候，她有失重的感觉，当时虽然没有反应过来，但还知道用手挡住自己的脸。她飞到空中的时候，耳边只听见风呼啸而过的声音。

　　她拿起键盘，阿尔伯特那香肠大小的指印已经干了。她的心里七上八下起来。他真的在树林里吗？

　　她看着窗外，心里涌起一阵不安。这种感觉和早餐前一样。草坪，树木，都有些不正常。微风和煦，万物开始枯黄，然后凋零。路上有一些汽车，但是往日的熙熙攘攘却不复存在。太安静了，就像《儿童文粹》里曾经发行过的一幅画面，里面问道："这里怎么了？"鸟儿倒退着飞翔，所有人都没有了嘴巴和眼睛。

　　如果阿尔伯特说的是真的怎么办？如果树林里真的有什么东西，还住在他身体里怎么办？这说法其实能说得通，星期二那天，图书馆里的人根本不是阿尔伯特。他是……别人。（*我做错了吗？*）

　　她知道自己应该替他难过，因为他可能已经死了。但是，她对这个空旷的地方感到恐惧，她想要回家。

　　电脑上的 shift 键清清楚楚地印着阿尔伯特的带血的指纹。她本来是打算把它洗干净，就像新的一样，可是现在，她将按键扔到了垃圾桶里。她跛着脚来到儿童阅览室，彩虹地毯的纤维被抽出来，挤在中央，上面还沾着阿尔伯特的血迹。窗户外面透过明亮的光线，微尘在光影中安静地舞动,老钟摆滴答滴答地迈着不变的步子,十点半了。要是阿尔伯特今天到这儿来找她怎么办?要是他想把那天没做完的事做完,回来把她脖子拧断怎么办?

我做错了吗?

她的脚踝在隐隐作痛。脆弱的身体告诉她,原来自己这么容易被打垮。她靠在墙壁上,眼泪止不住地流淌。谁在玩弄谁?两天前,那双眼睛不属于阿尔伯特。法兰克·伯奈利像是从坟墓中爬了出来。*我做错了吗?* 这句话阴魂不散地缠着她,一直没有放过她。

她擦干眼泪,图书馆再关上一天,C镇富人们也不会死,他们本来就喜欢博纳书店的书,只要买得起,根本没人来这边借书。她要回家,她拿上拐杖,准备关灯。就在这时,一辆红色的保时捷开到了图书馆的停车场,她心跳加快了。*哦,不要是他。*

她急忙看看四周,办公室是通透的,他会看见自己。女厕?或许可以。接着她又摇摇头,算了吧,也许他只是在去乡村俱乐部的路上迷路了,现在来问路。她怀疑他是否记得自己在这边工作。

格雷厄姆·尼罗大步穿过图书馆的双层玻璃门。他没有在桌子边停留,而是直奔她的办公室来。她从来没有在这里和他见过面,所以很奇怪为什么他能找到这儿。他双手盖在眉毛上,靠近玻璃,四处找她。他咳嗽了几声,几点唾沫星子溅到玻璃上,挂在那儿,动也不动,他也不擦干净。阳光很耀眼,整个阅览室亮堂堂的。他转身将百叶窗拉上。

她艰难地咽下口水,不过是格雷厄姆而已,但是他把这地方弄得这么暗,她突然很讨厌这点。她走到门边,敲敲他肩膀:"找人吗?"

他转过身来,浓浓的箭牌薄荷味从他嘴里呼出来,熏得她泪水涟涟。他又咳嗽起来,这次知道用字母手帕遮着嘴巴,手帕上面印着粗黑的GUN①。他抹了头油,发际线比上次见面的时候低了一点。她仔细一看:假发!她翻翻白眼,这男人真妖孽。

"凯特琳都跟我说了,我本来想去医院看你,但是……"他摊着双手,好像后面要说的话大家心知肚明。他露出一个明媚的笑脸,好像他们是久别重逢的爱人似的。

"没关系,谢谢你的关心。"梅格说。

---

① 译者注:手枪。

格雷厄姆环住她的腰,捏了捏。他的手从来没有扫过树叶或者洗盘刷碗,因此很柔软,他的下巴也十分柔和。她为自己曾经还想跟他私奔感到好笑。

"我很担心你,你救了我的家人。"他的声音没有起伏,像在背诵一篇演讲稿似的。

"把你的手拿开,格雷厄姆。"

他点头,咧着嘴笑了。"我感激你,但是我想要更多。"他的皮肤苍白透明,长着深青色的黑眼圈。黄褐色的商务休闲裤皱巴巴的,衬衫口袋上有一块红色的污渍。对于一个每天早上至少花两小时在镜子前的男人来说,这身打扮还真不算什么。

她打开他的手,他却搂得更紧,好像这些不过是他们的前戏。透过衣衫,她能感觉到他冰冷的手指。"回家找你老婆去。"她说。

格雷厄姆皱着眉头,但是丝毫没有不高兴的样子。他是故意皱着眉,觉得自己很帅气。"我不能回家,凯特琳走了。"他说。梅格给他一巴掌,这次用了力,他终于放开她了。不幸的是,他一把将她抱起来,她失去了平衡。

他两只手将她托抱住,手指不安分地抚摸她的乳房。"她知道我们的事,然后走了。那次袭击把她变成了另一个人。"他说。薄荷气息淡了些,变成了一股馊味。

梅格的脸开始发烧,觉得天旋地转。就算她没有毁掉别人的婚姻,她也让人家夫妻感情不合。这个浑蛋一边说着一边还吃她豆腐,她奋力挣脱却被他抱得更紧。

"格雷厄姆,对不起。"

"对啊,"格雷厄姆装出一副丧家之犬的表情,好像心都碎了,"我不想一个人孤单下去,我一直都很想你。凯特琳都知道我想你,所以她跑了。"

梅格眼珠子都要瞪出来了。他们在一起的一个月里,从来不会用一些有人情味的词儿,像*请啊*或者*谢谢*。她不知道他是信仰上帝,还是出于习惯去教堂做礼拜。她不知道他喜欢喝什么样的咖啡,不知道他会不会用脚指头夹起东西来。"格雷厄姆,"她说,"你说得倒是好听,不过老实说,我可不是第一个跟你去开房的女人。"

格雷厄姆别过头去,咳嗽了几下,将一口痰吐到地毯上。她从他开着

第三部分
传染

的领口里看见许多红疹,鼓起了脓,密密麻麻地长在他光滑白净的脖子上。"我们去吃点东西吧,梅格,我好饿啊。"

她的脊背一阵凉意。她想到温和的阿尔伯特·桑格温,还有住在他体内的怪物。如果他说的都是真的,而这个怪物现在也附在格雷厄姆身上怎么办?很快,她生命中所有的男人都会攻击她,将她牢牢控制住,击垮她的意志。她就知道,当年爸爸就一直想这样逼她。难道是爸爸的鬼魂在缠着她吗?

"格雷厄姆,我在上班呢,我在这里上班。"她说,"我不能和你出去吃饭。"

他用手指玩弄她的一束卷发,被她弹开。他眯起眼看她。她觉得他像是要揍她,本能地往后缩,他笑了:"你最好乖乖地听话,不要惹我生气哦。"

梅格的后背抵着办公室的墙壁。到底发生什么事了?格雷厄姆是个浅薄的花花公子没错,但他不是暴力分子啊。他对谁都是三分热度,没有深入的感情,甚至不会说爱这个字,除非那个女人长得确实好看,同时还愿意帮他洗床单。

"走吧,梅格,去喝一小杯,就你和我。我开了同一间房,钥匙都带了。"他掏出钥匙。光是看到第六号旅馆的钥匙牌就够让她脸红臊热的了。她做了多么弱智的事啊。

"你最好离开这里。"她说,语气一点也不客气,显得十分冷静。但是,如果他看她的手便能发现她浑身在抖。

他抓住她的肩膀,她想转身,但是受伤的那条腿动弹不得。这次,他没有抓住她不放,她靠着墙,滑到另一端,疼痛从脚底板一直钻到腹部,胸口,她都想拿把刀将脚踝剁了。

"哦……"她一时没忍住,叫出声来。唯一一个支撑着她不倒下的念头就是,要是她晕倒了,那就成了这个疯子的玩物了。

刚开始,她几乎没有注意他离自己有多近,没有注意到那滚烫的腐烂气息。这时,豆大的汗珠从他的脸上滚落,流到她的脸颊上。他的眼睛变得很陌生,瞳孔扩张,变成了黑色,闪动着寒光,她甚至可以在里面看见自己恐惧的倒影。倒影越来越近,张开嘴巴发出无声的尖叫。他也更加靠近了。"我爱你。"他低声说。

她握紧双拳,脑子里回想着每个意大利裔母亲传授给女儿的话:先踢私处,再插眼睛。"马上给我出去,再也不要回来。我不爱你,从来没有。我对你连喜欢都算不上。"她说。

他的口气更加令人恶心。那不是人类的味道,他的身体在腐烂。

"滚!"她刚喊完,就害怕起来,声音在空荡荡的图书馆里回荡,没有人来救她。她独自作战,眼前只有这个恶魔。他也看出她的恐惧了。

他离得很近,几乎就要吻上她了。她朝一旁爬过去,脚踝又扭了一下。"啊!"她闭上眼睛,疼得龇牙咧嘴。战栗不已,感觉像是被人绑在电椅上一样。他粗重的呼吸喷到她的脸上,湿湿的。不会吧?鲜血从她脸上流下来,她觉得胃里翻江倒海,恶心大大超过了疼痛。

格雷厄姆粗涩的舌头在她的额头,鼻子,嘴唇上游走,接着一路往下舔上她的下巴,脖子。*我做错了吗?* 他问她,这不是他的声音,这是她父亲的声音。

他站了起来,整整衣衫,戴上太阳镜,从口袋里拿出一盒薄荷糖,悉数倒进嘴里。"梅姬,今晚到树林里来,我能让你生,也能让你死。不要逼我做得太狠。"他在出门前扭头对她说。

脸上的唾液慢慢干去,她看着他走进保时捷,开车离开了。突然间,她注意到一件事。难怪今天的窗外有些奇怪。天空中没有一只飞鸟。

十八 血染地毯

已是接近傍晚时分,太阳的光辉呈现出一片晕红,洒在颜色新丽的绿叶上。芬斯塔一路开着车,丝毫不被眼前的美景所吸引。他也没注意到医院附近几乎没什么人,C镇的居民也没有趁着好天气出来逛逛。

他刚刚从莉拉·希弗的病房出来。他好不容易才说服莉拉签下自我承诺书。先是阿尔伯特,然后是莉拉。他开始慎重参与整件事了。莉拉的血液酒精含量是正常含量的三倍,可在开会的时候,她说自己不怎么喝乐倍舒,就是喝也是在半夜喝。他现在才知道这都是胡扯,她一直在喝,甚至在孩子们面前,现在毁了自己也毁了身边的人。他应该更加用心才是。真正需要他帮忙解决问题的人坐在他的对面,他却在对梅格·伯奈利做着白日梦,真是不应该。也许是出于这份愧疚,他同意开车到萝伊丝·拉金家给她看病。上一次他接触家中就诊还是在电视剧《基尔代尔医生》中的一集里呢。他不想失去另一个病人,而且现在的医院简直就成了病菌的温床,所有人都患上了一种神秘的咳嗽病。

他听到一个八卦,说是联邦调查局下来人了。这种疾病传播之快自然逃不过医院公共卫生部门的法眼。不过,因为没有人知道病源是病毒、细菌还是生化物品,疾病防控中心和环保署都在全力调查。现在,两队的专家正在对挤在急诊室里的病人一对一调查,检测水体、空气,还有建筑物里的毒性。芬斯塔离开医院的时候,救护车都被派到隔壁的镇上去了,原因有两个:C镇没有足够的地方容纳了;镇子可能要被隔离。

光是今天,已经有七个病人被抬到太平间了。一切来得那么突然,芬斯塔觉得自己在做梦。他们都是窒息身亡——被自己的痰噎死的。他看到一个和曼迪差不多大的男孩儿,长着一头黑发和一个硬朗的下巴,前一秒钟还在咳嗽,下一秒钟就死了。他死的时候还在微笑,好像在和所有人说:"别担心,我很好,爸爸妈妈。"

芬斯塔看着那具微笑的尸体,别人的"儿子",心里那根弦崩溃了。他想到曼迪,想到如果她离他而去自己将是什么样的感觉。他费尽一生心血建立的家,就这样被飓风毁得一干二净。跟梅格的年复一年的无聊婚姻生活,同性恋儿子的伦理尴尬,把头发染成紫色的女儿,甚至失业比起来,这场神秘的传染病才是真的要人命。

他拨通梅格的手机,她一接电话,他就说:"去接曼迪回家,再到塔吉特买几桶水,空气净化器。我说好了要去萝伊丝·拉金家一趟——我担心她会自杀——结束后,我马上回家。"电话那头的她好像在图书馆过了不开心的一天,早就回到家看电视剧了。当听到他说已经有多少人生病之后,她赶忙开着萨博车去接曼迪。"我们等你回来,自己要当心。我爱你。"她说。

十分钟后,他已经在路上了,直奔萝伊丝家。警车和政府部门的专车停在树林旁边的山上,他们还在找詹姆斯·沃克。医院里还有八卦说好多人都失踪了。

他不知道这一切意味着什么。这场瘟疫导致胸闷,怕见光,起红疹,呼吸恶臭,如果莉拉说的可信的话,还会改变人性。短短两天,全镇已经有四分之一的人被传染,这说明要么疾病是靠空气传播,要么就是水源被污染了。到目前为止,没有人好转,却至少有七个人死亡。这可不像一般的传染病,更像是一种免疫反应。有什么东西侵入了他们的身体系统,身体本能地反抗但是无效。白血细胞和氧化损伤正以加速度侵袭人们的器官和组织，导致发疹和致命的肺积水。这和1918年的大流感十分相似，两百万人死于瘟疫。这是一种恶性自然反应，女人和年轻人的代谢系统和免疫系统对外来疾病的入侵反应最为迅速，因此也是最早一批牺牲者。恐惧慢慢攫住了他，因为他回想起1918年，人们也像这样失踪了。只是，他们并不是真正的消失：一夜之间，全家几口人都病死家中，直到瘟疫结束，才被人们发现。

好在疾病防控中心今天晚上就能调查到结果了，医院或者政府应该会举行新闻发布会。如果情况不妙，他和梅格就该认真考虑离开这里的事情了。

他开车来到米麦大街的尽头，停在拉金家的木屋前。房子外面的白色油漆已经是一片斑驳，枯黄的草坪只剩下一截一截的草根，好像谁一把火把这里烧了一样。门廊上躺着一只死蓝知更鸟，头部和半个身子都不见了，翅膀还是张开着的，似乎是飞到一半的时候被人抓住的。

他按响了门铃。门铃声唱着"迈克划到了岸，哈利路亚"。他又按了两次，音乐声也跟着唱。谢天谢地，乔迪·拉金终于开了门。她站在一边，一声不吭，让他进了房间。屋子里很暗，影子被拉得长长的。墙壁上贴着上个世纪80年代的壁纸，天鹅绒沙发已经磨损了许多，诉说着当年的美好时光。矮小干瘪的乔迪让他想起那些描写大萧条时期沙尘暴地区生存下来的人的照片，猥琐卑微。

"她突然不喜欢阳光了，"乔迪小声说，像是怕被萝伊丝听见，"别问我为什么。这个骄傲的小姐，我从来就搞不懂她，还有那些空中掉馅儿饼的幻想。看看她，上了这么多年的学，现在搞成这个样子。"

"她人在哪儿？"他问。

乔迪朝客厅里面努努嘴。"在她房间里。那孩子失踪后，她一直求我给你打电话，要是她看见您来了，肯定会高兴吧。不过，谁知道呢？她简直变了一个人，我想您或许能让她冷静冷静。"

乔迪开始往里走。她喜欢扭左臀，这让他想起梅格。希望她和曼迪现在安全地待在家里。萝伊丝的房间又暗又潮，每走一步，脚下的地板便吱呀作响，有的木块都已经松动了，房间里散发一种墓地里的满天星的香味，让人觉得难受。他大步走到窗户旁，拉开百叶窗。这个动作让他想起曼迪：小懒虫，起来啦，太阳照屁股啦。他还想起自己的母亲。

"关上窗户,温特劳伯医生。"萝伊丝说。她的声音嘶哑模糊,瘦骨嶙峋的手遮在眼睛上,挡住傍晚的阳光,"阳光……好*刺眼*。"

房间的墙上贴着两张布拉德·皮特的海报,都是《十二只猴子》的电影海报。粉红色的书桌边整整齐齐地摆放着一排毛绒玩具动物,粉红色的墙纸脱落下来,白色网眼被单由于时间的流逝变得发黄。这明明就是一个孩子的房间,她却从大学毕业后在这里住了七年。

他把手放在她的脖子上,发现她的淋巴已经肿的像甲状腺肥大一样了。体温也不正常,手上长得都是明显的红斑。她的手指在流血,看来一直在抓疹子。他看见有一只指甲不见了,露出粉红的鲜肉。"求你了,妈妈,"萝伊丝说,"太阳太大了。"

乔迪把百叶窗放下来,整个房间恢复到之前的昏暗和死寂。他屏住呼吸,因为有可能晚上回家后把病毒传染给家人。但是,如果这种瘟疫是靠空气传播,这些预防措施又有什么用呢?"你这样有多久了?"他问。她的回答几乎是吹出来的,只是嘴巴做着口型,没有声音:"从树林回来之后。"

"现在外面流传着病毒,你肯定也被传染上了。"他坐在床边给她把脉。她的脉搏细弱,混沌,嘴里有一股内脏的味道。他联想到草坪上的鸟儿来。她吃了什么东西,怎么这么臭?

乔迪将萝伊丝的枕头拍了拍,然后用嘴唇碰碰萝伊丝的额头。他从前见过这种动作:强者和弱者角色互换,这样他们的关系能更进一步,将他们紧紧地牵绊在一起,就像血缘里的魔咒一样。萝伊丝跟罗尼·凯勒的婚事吹了之后,她一直想着离开这里。现在,她每天就躺在床上看娱乐节目。阿尔伯特,莉拉,萝伊丝,还有太平间的孩子们。他正一个一个地失去他们,一个接着一个,像射击游戏里的鸭子一样倒下去。砰,砰,砰。

"我要去拿电视预报,电视剧这周开演了。"乔迪说,"我马上回来。"

她离开后,芬斯塔说:"你好像不大走运。"

"四(是)的,"萝伊丝说,然后咳嗽起来,一口痰从嘴里吐出来,连在嘴唇和床单之间。他递给她一张面巾纸,她接过去的时候大口地呼了一口气,嘴里的气味差点没让他吐出来。他咽下口水,压住干呕的欲望,鸟儿的样子再次浮现在他的脑海。

"很多人都生病了,所以我觉得你不要去医院,那里也没有人好好照顾你。但是,如果你觉得呼吸困难了,不要告诉你妈妈,我不相信她能有什么好办法。直接打911。"

她点点头,他知道她会考虑自己的意见的。这个女孩头脑聪明,不像她的朋友。他握住她伸过来的手。她愧疚地小声说他应该离开这儿——她已经被传染了,现在他也有可能被传染。他让她别出声,安慰她说他每年拿三十万的薪水可不是为了在人们最需要他的时候逃跑。

萝伊丝的手冰凉,他将她的手握成拳,帮她搓热。他很喜欢这个姑娘,每次来参加小组治疗,他都希望看见她站起来发言,然后意识到他早就发现的事实:她是个方方面面都很可爱的女孩子。

"我需要您的帮助。"萝伊丝轻声说道。他看见她的眼睛都湿润了。"树林里,蒂姆·卡罗找到的我,他告诉别人他看见什么了吗?"

芬斯塔耸肩膀表示没什么。其实他是听说她疯了,仅此而已。

她苦笑。他不喜欢这种看起来像是被打败的笑容。"就是说他没告诉别人了,他真四(是)个好人。我就奇怪了,别人就没看见那些动物吗?我猜他们不想看吧……我在那里啃泥巴,泥巴里面都四(是)血。詹姆斯的血,还有别的东西。那个东西现在就在我身体里,晚上讲话都不大舌头了……"

她的语调很平静,说话也确实不像以前漏风了。可能是自我催眠吧,这可以理解。当普通人处于压力极大的情况下,如果不自我催眠,就会像大楼倒塌一样崩溃掉。

"你怎么知道那是血呢?"他问。

一行清泪顺着她的脸颊流下来,但是她没有伤心欲绝的表情:"因为尝起来味道很美。"

芬斯塔吃了一惊。这比他预想的还要糟糕,要么她要立即接受住院治疗,要么她已经精神分裂了。

"我本来还会把脚指头吃下去的,因为我特别想要吃掉它,所以我尖叫了。"

他试着让自己别慌张,但是很难办到。"什么脚指头?"

萝伊丝没办法把头从枕头上抬起来,只用一双空洞的黑色眼睛盯着他的脸:"詹姆斯·沃克的脚指头,我吃了他的脚指头,还有别的东西,鸟……大部分都是鸟。一到晚上,就更恐怖了。都是树林里的东西干的,它附在我身上。"她又咳嗽起来,这次把痰吐到了头发上,反着光。她的头发都贴在头骨上,他刚进来的时候,还以为用了发油。现在他知道,原来这些天来她是拿这头发当手帕用了。

"昨天晚上,我把窗户锁起来,封得死死的,这样我就出不去了。昨天我还比较理智,我想把它饿死,把它赶走。但是我熬不过另一个夜晚……饿着肚子。我想让你把我锁起来。"

他现在才知道原来她把指甲斜斜地钉在了窗棂上封死了窗户,木头上的指甲歪歪扭扭地排成一条线,有的上了绣,有的很牢固。他发现桌子上放着一把锤子,再看地上,原来她是用房间的地板把指甲生生地拔了出来。

"我错了,"他说,"你应该去医院,你现在情况很不好。"

她点头,眼泪又重新溢满了眼眶,她死死地抓住他的手:"自打从树林回来之后,我怕晚上我会打碎玻璃出去,你一定要把我锁起来。"

芬斯塔摇摇头,他曾经研究过病毒感染冲破心血管和脑部的保护,导致病人精神失常,甚至精神分裂的病例。他希望这次不是病毒,而是因为压力过大。至少,压力可能不会对她造成永久的伤害。

"我倒希望是压力的原因,温特劳伯医生。"她说,似乎会读懂他的大脑似的。然后,她又露出那副苦笑:"我还希望是癌症。"

他用力摇头,好像要把这些胡话都抛之脑外:"你必须住院。"

她看着他,眼睛睁得老大,衬得皮肤憔悴苍白:"你知道吗,我现在的感觉和以前很不一样。我肚子里的孩子本来还太小,不会动,但是从树林回来之后,它都会踢了,可能它也生病了吧。平常的我很在乎自己的孩子,不管是谁的我都会疼爱,但是现在,你看到了,我什么都不爱了。"

"你怀孕了?"芬斯塔问,脑子里想着怀孕会不会也是她精神失常臆想出来的——她需要一个寄托,至少也要一个让自己活下去的理由。他顺藤摸瓜,终于找到问题的根儿了。改变她的不是病毒,而是心理因素。她要离开最亲近的人,但是又没有勇气离开,所以就产生了一种新的人格来替她做一些龌龊的事,好让别人与她为敌,然后她就得到了自由。潜意识真的很微妙,在良好的举止让我们一败涂地的时候,它仍然坚强地让我们生存下去。

萝伊丝笑了:"你知道有的女人假装怀孕吗?她们的身材变胖,然后,咻地一下突然又暴瘦下来。因为她们太想得到别人的关心了,所以身体跟着发生变化。只有这样,人们才会注意到她们。"

"我没说你怀孕是装出来的,萝伊丝。"芬斯塔回应道。

她微笑地看着他:"是吗?"

她的眉毛所剩无几,皱成一团。他不喜欢她新的人格,这个女孩儿的黑色眼睛背后隐藏着一种暴力欲望和疯狂。"我会帮你的,我们一起去医院,晚上我把你锁在那儿,明天再想想办法。"

"如果你恨一个人,是不是意味着你从来没有爱过他?"她突然问起这个来。

芬斯塔耸耸肩:"这要看你为什么恨他们吧,你是指你的母亲,还是你自己?"

萝伊丝咯咯笑起来。太阳开始落山了,红色的余晖渐渐褪去,消失不见。"我觉得,恨就代表你从未爱过他……"

这时,乔迪走进房间。

窗外,最后一片云霞流连在天边,给万物披上红色的流苏,倒映在萝伊丝扩张的瞳孔里,然后余光尽收。房间暗了下来,只有她的眼睛和他手表上的磷光在微微发亮。萝伊丝开始咳嗽,却没有遮住嘴巴,吐出来的气息完全是硫磺的味道。她的眼睛闭上了,呼吸越来越弱,最后只有呼出的气了。芬斯塔摇着她:"萝伊丝!"他喊着她的名字。身后的乔迪将手中的电视指南掉在了地上,上面印着一部关于摩门教徒和妻子的电视剧海报。萝伊丝的头滚到一边,睡袍一直开到第三粒扣子。他用手掌感受她的心跳,很弱,但是还在。过了一会,她又睁开了眼睛:"芬尼。"她说。芬斯塔眼神一动,看见自己的手放在她的乳房上,立即弹开。"我是温特劳伯医生。"他纠正道。

"是哦。"她微笑着说,瞳孔扩张到连周围棕色的眼膜也看不见了。他开始希望自己没有到这个变态的家里来,他想回家和老婆待在一起,那里才是属于他的地方。他希望自己可以在任何地方,除了这里。

"我饿了。"她说。

乔迪开始浑身打战,像是得了帕金森综合征晚期一样。他知道这是恐惧。"星期二的晚上,我在看《命运之轮》的时候睡着了,结果她把所有的牛排都吃光了,她甚至都是生吃的。一到晚上,她还出去,但是昨天晚上我把她锁在房间里了,不能让邻居们看到她穿着男式睡衣闹笑话。还有……她酒吧里认识的那些人,晚上的时候就在窗户那边敲个不停,拿我取乐。"乔迪的声音已经变成了哭泣。她捡起电视指南,脸蹭着比尔·帕克斯顿①的脸,好像能得到什么安慰似的。

芬斯塔的心纠结起来。这两个女人都疯了。传染病能造成大众集体发疯吗?是不是这个味道对神经有影响呢?他不知道,这个儿童房间已经破破烂烂,一个成年女人只会整天在这里看电视,也太邪门了点。"她得住院,你帮我把她弄到车上去。"

"我不想去,"萝伊丝说,"我喜欢这儿,这是我的房间,对不对,妈妈?"

乔迪看看芬斯塔,又看看萝伊丝,没出声,她夸张地用手遮住嘴巴,好像不想说错话。

"萝伊丝,你得住院。"芬斯塔说。

萝伊丝笑起来,现在喘气不那么厉害了,但是还能听见。"我改变主意了。"

"你现在病得厉害,做不了主。"芬斯塔说。

萝伊丝点头同意:"说得很对,这是我妈妈的决定,你不想惹我生气吧?乔迪,我知道你住在哪儿,我 TM 一辈子都会跟你住在一起。"然后,她又露出一个微笑。

他吃惊地发现她牙齿中间的缝隙不见了。乔迪捂住自己的脸,从手指缝里偷偷看她。"但是,萝伊丝,"她装出一副关心的样子,"我也是为你好。"

"真的吗?"萝伊丝问。然后她笑了,三个人现在都在黑漆漆的房间里,这真是让人笑掉大牙。

芬斯塔看着两个女人。这个床边上演的最悲剧的事情原来不是萝伊丝的疯癫,而是母女间扭曲的情感。三十年来,两人一直扮演着慈母爱女的戏码,也许连她们自己都不知道对彼此的仇恨是多么地强烈。

"我喜欢这儿,"萝伊丝说,"我们在这里看过很多精彩的电视节目。"她的牙齿齐整的像 20 世纪 50 年代的好莱坞女星一样好看。关于说话不漏风的问题他可以理解:自我催眠会让人们爆发出潜能。但是牙齿呢?这又是怎么回事?

乔迪点头,她抖得厉害,连头都止不住地摇晃。"你最清楚了,萝伊丝。"她说。

---

① 译者注:演员的名字。

萝伊丝的睡袍是白色的,刹那间,他似乎回到了康涅狄格州的威尔顿,房间里铺着深蓝色的地毯,病床上躺着一个奄奄一息的女人。芬尼?这是肿块吗?

萝伊丝的口气像是苍蝇群舞的屠宰场。专业课上没说过一个人的变化能够如此迅速。他想到草坪上的被吃掉一半的小鸟,不禁怀疑是不是萝伊丝的转换人格将詹姆斯·沃克在树林里谋杀了。

"我在报纸上看到罗尼和诺琳在一起了。"他说这个是想引她开口说话。

"所以呢?"她问。

他耸耸肩膀:"米勒·沃克的儿子丢了,他不会很开心的,如果你待在镇上,只会招来更多的麻烦,萝伊丝。到医院里待段时间对你有好处。"

萝伊丝摇头。"你等着看吧。"她说。

"树林里发生什么了,再跟我说一遍。"他说。

她的声音变得深沉濡湿。"你等着看吧,芬尼,你等着。"

"叫我温特劳伯医生。"黑暗中,他想尝试一把,"它现在是不是用你的眼睛看着我呢?我能和它谈谈吗?"

"时间到了,温特劳伯医生,"萝伊丝说,"五十分钟,会诊结束了。我注意到,有时候你把时间缩短到四十五分钟,甚至四十分钟。你当我傻啊?"

芬斯塔一动不动。"我不会走的,我很喜欢你。"

萝伊丝咧着嘴笑了:"我想我的心脏都被你吓停了。"

他低头看着嘎吱响的木板。钉子不见了,眼前出现了威尔顿那个家里的蓝色长绒棉地毯,浸在血泊中。"住手。"他说。

萝伊丝缓缓地将手抬到胸口,然后解开第四粒纽扣,整个乳房暴露在他面前:"摸一下。"她说。

他摇着头,却任由她拉着自己的手放在她裸露的肌肤上。他想起那些成人杂志,田径场上的训练,感受着手掌下萝伊丝·拉金的胸部,温柔的心跳。他觉得自己被诱惑了。

"你想要我对吗?"她问。

他急忙将手抽回,使劲摇头。房间里很暗,他只能看到模糊的轮廓,她眼睛里狭长的眼白,还有妖艳的笑容。"他会抛弃我们的,爸爸不爱我了,你呢?"

汗水沿着芬斯塔的眉毛往下流,房间里的硫磺气味越来越浓。为什么今天要穿牛仔裤?自从参加实习工作之后,明明就不穿了啊。因为牛仔裤也发臭,一发臭,他就像回到高中,在一大堆脏衣服里扒出校服。萨拉·温特劳伯一不高兴就不给他洗衣服。

"你爱我吗?"病床上的女人问他。他毫不犹豫地回答了,一如小时候那样:"爱,妈妈。"

地板上都是鲜血,汩汩地在脚下流淌,浸湿了他的皮鞋,像是无数张饥饿的小嘴吸吮着他的双脚,拉着他坠入一个深渊,将他淹没。他今年多大了?四十六?十六?他记不太清了。

"我没有生病。"她说。

这是她的声音,他恨这个声音。他的手握成了拳头,想要打她,打自己的母亲。他一直想这样做,打得她意识不清,打得她血肉模糊。

"你知道我根本没病,对吗?"她问他,她嘲笑他。他想一巴掌把那个笑容扇掉,他想亲手掐着她的脖子,这是她自找的。"说出来啊,孩子,我听不见呢。"她说。

"够了!"远方传来乔迪的喊声,但是她的声音似乎是静止的。他听到那只黑犬的吠叫,吞没了她的呼喊。谁家的狗?他的吗?他现在养了一条狗吗?

他没有因为她是一个女人就一味忍让,一拳打在她的脸上。她的脸变成了红色,有什么东西飞了出去。牙齿吗?她吐出血来。贱人!他要给她点颜色瞧瞧。对,现在知道了吧。在康涅狄格州的威尔顿故乡,她要哭的肠子都断了。

她没有哭,黑色的眼睛没有一丝惊恐,反而有种满足感。这个女人大笑起来,这不是他的妈妈。天哪,他怎么把她看成了自己的母亲?这是他的病人,萝伊丝·拉金。他袭击了一个女人,他的病人。她嘴里的血流到泛黄的床单上。她看着他,用手拖住下巴,接了自己的血,然后开始喝。

"真好喝。"她说。

"够了!"乔迪咆哮着,萝伊丝却在那儿咯咯地笑个不停。他的手很疼,扶在门上。他做错了事,应该要留下来,弥补他的过错,让事情有转机。这才是他的工作。一直是。他不能丢了饭碗,要不然他的家就保不住了。

"芬尼,你感觉到了吗?"床上的女人低声呼唤他。他仓皇而逃。

十九 流泪的眼睛

芬斯塔的眼睛止不住地流泪。他回到家,将汽车停在车道上,但是不打算进屋。他要等眼泪干了再进去。

曼迪在二楼的房间对着镜子跳舞,梅格在一楼的餐桌旁边看书。他认真地看着女儿笨拙地扭着屁股(她毕竟不是金吉儿·罗吉斯①),看着柔和的灯光照在梅格宁静的脸上,但是他还在流泪。

萝伊丝·拉金家里到底发生什么事了?他自己也记不清了。她说,她吃了一只鸟,他相信了。他能想象她将小鸟抓在手里,尖利密实的牙齿刺入它的胸膛。他怎么会有这种稀奇古怪的想法?还有,他的妈妈。刚刚萨拉也出现了,这怎么可能呢?

广播里传来《感觉流逝》的歌声,他的手指轻轻敲打着仪表盘。这样能让他舒服一点,至少自己有事可做。他不能呆呆地坐在那儿,把眼睛都哭瞎。海滩男孩听起来玩得很开心。如果布莱恩·威尔逊还能低声吟唱会怎么样呢?

他今天一天都倒霉透了,但是那天在第六号旅馆的六十九号房间他更衰。那里的地毯是褐红色,灰色的床单脏兮兮的。对,还没有那天糟糕,但是也够糟了。病人像苍蝇一样倒下,病床和太平间里挤满了孩子——糟糕的一天。他继续敲着手指,嘴里跟着哼唱《感觉流逝》。他希望能让情绪平顺下来,直到全世界什么都不剩下,只有这一首歌。

一个声音将他拽回到现实,他想起萝伊丝那带着鲜血的微笑:芬尼,是肿块吗?

车库上面的篮球筐已经上了绣,球网早就脱光了。从前,他和儿子一整天都在家玩"斗牛",他每次都会让戴维几个球,然后开始投球,儿子先是开心地笑着,然后像个女孩儿似的哭着跑回家。他躲在梅格消瘦的身后,强烈要求以后再也不玩这种游戏了。几分钟后芬斯塔回到家,准备跟儿子讨论输赢的意义,要成为一个男人就要输得起赢得起。但是梅格生气地皱着眉头,他总是开不了口。

---

① 译者注:著名电影演员。

这就是为别人着想的结果。终其一生,他都在为他人工作,倾听他们的烦恼,分析他们毫无意义的梦境,帮助他们,给孩子们开银行账户。现在,病人一个个都和他作对了:阿尔伯特,莉拉,萝伊丝。他的孩子也好不到哪儿去。曼迪天天鬼吼鬼叫,戴维迷失了自我,因为梅格太溺爱那孩子,恨不得天天搂在怀里,他现在变成了一个伪娘。还有梅格,这个荡妇。狗的吠声在脑海中响起,梅格被这条狗撕成了碎片,他的家也开始燃起熊熊大火,烧成了灰烬。

布莱尔·威尔逊的歌声响起来,芬斯塔跟着唱歌里的生生死死,世界末日,什么时候,又是否为人所知。

"……*你知道我根本没病,对吗?*"萨拉·温特劳伯问他,只是声音听起来变成了布莱恩的歌了。

突然,母亲敲着他的车窗,他的心蹦到了嗓子眼,嗡的一声巨响。他在黑暗中能辨认出她的外形。她瘦骨嶙峋,皮肤苍白,咧着嘴笑,露出整齐的牙齿。这个贱人。

芬尼,是肿块吗? 广播里传来一个声音。

她定定地看着他。这已经不是他的母亲了。

萝伊丝?莉拉?他要杀了她,将尸体放进箱子里。等到深夜没有人的时候,可以把尸体送到医院的焚化炉里烧掉。如果被他家里的死女人们发现怎么办呢?那就一不做,二不休,把她们统统杀了。

女人敲得更用力了,他要像剖鱼一样把她的内脏掏出来。眼泪流了太久,他的眼睛开始发酸。她还在敲,原来是梅格。他的妻子。萝伊丝,萨拉。他今晚要解决她。她是谁呢?

他等了一会,让眼睛能看清楚来人。广播里现在唱的是《美好的夜晚》,他的脑子里全都是海滩男孩的声音。*芬尼,是肿块吗?* 广播里的声音问他。他想起小时候的田径队,大白菜发酵的味道。想起第一次和乔安妮·斯特莱伯亲密接触,想起鲜血浸湿的地毯,萝伊丝家里的地板上被撬起来的铆钉,想起莉拉·希弗的胖儿子女儿。他想的最多的是他辛辛苦苦地工作大半辈子,结果发现自己的老婆和一个雅皮士在六十九号房间里通奸。

梅格大声叫他的名字。哼,现在她需要他了,被尼罗玩过了的女人。"让我进去!"她大声说。他换了口气,等着眼睛能清晰地看东西。他不想擦掉眼泪,宁愿让它在空气中蒸发掉。最后,他终于摇下车窗,露出一个开心的笑脸:"怎么了?"

她用一只脚走路,他刚开始不明白为什么会这样,后来才想起她的脚踝受伤了。"你在外面干什么?"她问他,头伸进半开的窗户里。要是他愿意,现在就可以把她的头狠狠地撞到车门上。然后假装是自己一时失手:哎呀,宝贝对不起!对了,墙上的那面仿金装饰的镜子一点也不优雅,很暴发户。

"你脸色好难看,生病了吗?"她说着,打开了车门,钻了进来,他往里面去了点。她身上的香水味甜丝丝的,头发用发夹别得整整齐齐。脚上穿着一双旧莫卡辛拖鞋。

"说句话啊,这样真叫我害怕。"她说。

好久,他就这样看着她。女人的脸孔在他的脑海中不断放映。萝伊丝,萨拉,莉拉,曼迪,最后,他终于认出她来:*梅格*。她十指紧扣住他的,用力握着。

小巧的她呼吸有些急促,眉毛稍微地渗出细汗,看来她今天药又没有按时吃。"芬斯塔?"她问,"听见我说话吗?"

艾瑞克·克莱普顿正愉悦地唱着自己的女孩儿今晚多么的美丽,娇小的梅格·伯奈利抬眼看着他,他却只想砸扁她的脸。

"芬斯塔?"她又叫他,"听见了吗?"她的声音开始颤抖,双手捧着他的下巴。

他的喉咙里像是堵着一块石头,眼泪几乎要再度决堤。他们第一次相遇似乎是在几千年前,当时她喜欢参加聚会,在一家酒吧里找了份兼职,是波士顿大学法学院的大一新生。她长得很漂亮,所以他开始约她出来。有一段时间,他喜欢长着黑色头发,有小麦色皮肤的女孩子。没想到,她让他心神不宁。六个月之后,他没有去德国实习,而是早早地结束了课程,向她求婚了。

"你怎么了?"她的问题让他觉得自己很窝囊。她的小手捧着他的脸,他的眼泪就要夺眶而出,努力营建的堤坝终于要冲破牢笼了。他要跟她说明一切,萝伊丝的事,萨拉的事,他可能被传染了的事,还有跟踪她到六十九号房间的事。他为什么站在窗户外面看着那种事却一声不吭?为什么要那样折磨自己?是时候告诉他了,算是一种解脱吧,让她知道自己的问题,也许一直都有问题。

"怎么了?"她问。

"没什么。"他说,声音嘶哑。他从车里走出来,她也跟着走出来,在车头前面看着他,他搂着她的腰,两个人一起走回家。

二十 骨头之痒

梅格用挂衣服的衣架挠自己的腿,芬斯塔趁机溜到贮酒室。他哭得双眼通红,这让她觉得太不可思议了。据她了解,芬斯塔·温特劳伯生下来就没有泪腺吧。

芬斯塔打电话让她去学校接曼迪的时候,她正在跟警察举报格雷厄姆·尼罗。一开始,她以为他只是行为有些夸张——真的,一个女人很少接到老公的电话,火急火燎地让她去接孩子,锁门,然后买空气净化器吧。真荒唐,不过,她还是照做了。后来,她和曼迪看晚间新闻的时候,才知道他是对的,就和平时一样,他永远是对的。芬斯塔的本能都可以当时钟用。她看着曼迪,和她盖着一张被子,互相摩挲着对方的脚指头,心里充满了感恩。他真是打着灯笼也找不着的好男人。

不光是 C 镇放了这个新闻,网络上也传播着缅因州一个富裕的小镇半数居民都传染上了一种疾病,到目前为止已经有十个人死亡,几十个人失踪了,现在还没有人好转。凯蒂库里克微笑着说,政府建议缅因州中部的居民最好待在家里,这让她心里发凉。环保署已经排除了化学污染的怀疑,疾病防控中心还没有排出传染的可能,他们怀疑是病毒造成的。到了晚上八点钟,缅因州州长在 NBC 上发表公开声明,宣布当地处于警备状态。为了防止传染病在明天早上传播,所有的商店公司都关闭了。

难怪今天格雷厄姆·尼罗到图书馆来。他半病半疯,可能快死了。她把曼迪安全接回家之后,想打电话报警,但是试了三次也没有成功,只能听到巴瑞曼·尼洛的音乐。最后好不容易接通了,一个接线员急急忙忙地在最后一刻拿起了电话。她告诉梅格打电话的人太多,然后不知道怎么回事,可能是故意的吧,又挂断了。梅格想想还是放弃了,她的脚踝疼得厉害,毛衣领子都被汗湿透了。她回到家后,吃了三片止疼药,到现在头还是晕晕的,但是至少腿不疼了。也许她该去看看医生了,但是除了自己的老公,她觉得谁也不可靠。

她在一边挠着痒,芬斯塔抿了一口酒。她很难不去想格雷厄姆·尼罗的事,那个家伙侵犯了自己。光是想到这点,她就忍不住用手擦自己的脸。她看着芬斯塔,他正盯着眼前盘子里四分之一熟的牛排,好像那是一座自己无法逾越的高山。她脸红了。如果格雷厄姆把自己也传染上了呢?如果她把病毒带回了家,传染给家里人怎么办?

芬斯塔咬了一口牛排,细细地嚼烂,咽下去,看着自己的叉子,然后喝下一大口威士忌。这个男人累得都不想吃东西了。

"医院情况怎么样?"她问。

他摇着头:"很糟糕。"然后又喝了一口酒。他从来都把压力埋藏在内心深处,结果才三十岁的时候,胆囊就出现了问题,不得已动手术割除了。但是他坚持每个星期喝三次威士忌,配上牛排。好像这些养生之道对于医生来说屁都不是。真是冰冷的鱼先生。但是,现在能和他在一起让她很满足。希望明天也能开开心心地待在一起。家里总是安全的,老公保护着自己。好像一夜之间,经过阿尔伯特、格雷厄姆还有这场瘟疫之后,和他在一起成了一件非常重要的事情。

她继续抓着腿,脚踝处的痒透过皮肤,一直钻到她的骨头里。芬斯塔示意她的腿:"我让你吃止疼药啊。"

她叹气,把衣架放到桌子上。他到现在没说几句话,就问了曼迪知不知道现在只能待在家里,还有空气净化器能不能用。坐下来吃饭前,他非要用能烫掉一层皮的开水和消毒剂洗澡,就怕自己从医院或者拉金家里带回来病毒。"你还好吧?"她问。

他没有把眼睛从盘子上移开,直接回答说:"很好,谢谢。"

他又犯什么毛病了?连看都不看她一眼。虽然这么多年过去了,她的腿上爬满了常青藤似的青筋,纤细的腰肢也添了几分丰腴,但是芬斯塔对她的身体可一直是爱慕不已。上个月,他食物中毒躺在床上,她过来倒床头的垃圾桶的时候,发现他正盯着自己的屁股看。但是,现在他不看了,表现得很冷淡,甚至有些敌意。她突然想到,也许有人告诉他今天在图书馆看见格雷厄姆的保时捷,他也许误会了吧。要是以前,她会任他去(毕竟这种事情还是让她觉得很羞愧),但是现在她要把话说清楚。

"我有事要说。"她说。

他从盘子上抬头瞪着她,她心里有些害怕。这种表情充满了仇恨,但是转瞬即逝。她肯定是看花眼了。

"这次又发生什么了?"他问。

她不知道该说什么,只是看着窗外的黑夜。之前那只鸟被她扔了……可是其他的小鸟呢?还有松鼠在哪里呢?还有……其他动物呢?"格雷厄姆·尼罗今天来图书馆了。"她说。

恰如她所料,芬斯塔没有说话。她继续说:"他是过来捣乱的。老婆跑了,就跑来说些胡话,我想他也传染上病毒了。我让他离开……"

芬斯塔看着手指甲,将里面的泥巴弄干净。这种反应让他自己都很奇怪。他头也不抬地说:"他碰你了吗?"

"我告诉你了,我让他走。什么都没有发生。"

他吸了一大口气,鼻翼轻轻地翕动。她觉得他是在闻自己身上有没有格雷厄姆的味道。"他碰你了吗?"

她闭上眼睛:"碰了……他把我抓住了,然后吻了我。我不愿意让他……"

芬斯塔嗖地站起来,椅子被他撞到地上,伴随着他一声怒吼:"离曼迪远点儿,你可能也被传染了。"他说,然后大步走出房间。

"你要去哪儿?"她在身后叫他。

"塔吉特。我要去买门闩,还有水。你可能没有注意到,我们家正好处在传染中心,所以要自己隔离一段时间。"

"芬斯塔,你疯了吗?这里离塔吉特有二十里,你也不会安装锁啊。"

他转身看着她,她才知道刚刚那种仇恨的眼神不是看花了眼,它又回来了,他还露出了牙齿。她坚定地看着他,认真地说:"你知道,我爱你。"她知道她是真的爱他。

他看着她,过了一会,脸上的阴沉终于缓和了一点。"是的,"他低声说,"我想……我知道。但是我要去买锁,如果需要隔离,巡逻警察又不够的话,会用到的。我们可以离开,但是如果我们被传染了,就不能再传染给别人。我不想害别人。还有,我们尽量少和外面人接触,越少越好。"说完他转身向大门走去。

她在房子里听见他离开的声音,闷闷地说了声:"该死!"她跛着脚跟着他到客厅,止疼药的药效过去了,脚踝又开始疼起来,她咬着嘴唇。他正站在门口,手上抱着一个死去的动物尸体。只剩下了骨头和沾满鲜血的毛皮,连眼珠子都不见了。

"那是什么?"她问。

芬斯塔的声音低得几乎听不见:"是不是你干的?"

他转过脸瞪着她的时候,她才知道原来他是在问她。

"你怎么可以这样?"

她害怕极了,只会一个劲儿地摇头:不是我。

他把尸骸放到地上。"这是卡夫曼,福勒家的德国牧羊犬,我终于想起来了,这是福勒家的狗……你怎么知道我的梦?"他问。

他的声音在颤抖,充满了愤怒和别的什么感情,一点也不像她认识的那个男人。他跨过尸体,朝汽车走去。但是她没有去看那条狗,因为她可以发誓,芬斯塔·温特劳伯上车的时候,哭了。

二十一　被诅咒的恋人

曼迪嘴上的万宝路樱桃口味的香烟在黑暗中散发出幽幽的光,她靠在窗户上。到星期六了,她已经在家里待了整整三十个小时。好像禁足还不够,从今天晚上开始,全镇禁严了。恩里克的电话也接不通(有时候他弟弟会带他手机出去,然后忘记充电),所以自从那次他急匆匆地从她家离开之后,她一直没能和他通电话。这是葛底斯堡之旅之后他们分开最久的一次。昨天,她帮爸爸把家里的前后门都钻了洞,上了锁,亚哈船长①双手抱在胸前在一边看着。"要是有人想进来,挡也挡不住。"妈妈奚落道。爸爸说:"还不是要谢谢你。"曼迪猜两人是不是还在为阿尔伯特的事情闹别扭。他们的关系又恢复到正常状态,那就是对彼此都看不顺眼。

越来越多的人得了病,今天晚上广播里说现在已经传染到新罕布什尔州和曼城。康涅狄格州南部的哈特福德也有人被隔离。

前一阵子到C镇来的政府部门已经结束采样,回华盛顿去了。疾病防控中心宣传是传染性病毒,主要是大火之后贝特福德树林里的硫磺浓度增加而引起的。这种硫磺滋生了一种新的细菌,细菌又衍变出能够侵袭人类大脑的病毒。报纸上登出州长的声明,建议群众不要恐慌,一周内疫苗就能研制出来。同时,所有住在瓦尔多、科尼贝克、诺克斯、林肯等县的居民都最好待在室内。他们怀疑病毒可能通过血液和唾液传播,光是

---

① 译者注:这里指的是梅格,亚哈船长出自美国作家麦尔维尔的小说《白鲸》。

生病或者传染上都会有生命危险。那都是他们说的。疾病防控中心的内部文件已经被登上"确凿证据网",死亡率实为百分之三十,根本没有疫苗,也没有人被治好。星期五晚上,警察将病人送到南部的医院,这可真够傻的,难道他们都想传染上吗?无所谓。今天下午他们离开了,封锁了Ⅰ-95公路,确保实施隔离。增援部队将在今晚到达,但是听说没有人看见有一个士兵过来。到现在为止,C镇都是独自作战。

她听爸爸说,老板说今天死了很多人,太平间都装不下了。死法都是一样——淋巴肿大,脖子看起来像甲状腺肥大,胸腔里面都是浓痰。基本上可以说,这座镇子人人岌岌可危。

她现在应该歇斯底里才对,毕竟她是C镇里面神经最为敏感的女孩儿。但是她没有,只是感到害怕。她天天叫着世界末日要来了,现在真的身临其境,她却已经筋疲力尽了。所以,她在家里抽上一根烟,看着烟头微红的光,然后灭掉。她也会想恩里克,那些死去的人,不知道没有感染上病毒的人们接了疫苗之后能不能重新开始,她还希望哥哥能回家。

她抽完万宝路,把烟头扔到思乐宝饮料罐里。这个就是她的烟灰缸。突然,有一颗小石子扔进她的窗户,朝脸部飞过来。她往后一闪。"什么鬼东西啊?"然后又来一颗。这下在她的鼻子上打了个正着。有人在地下悄悄地喊她的名字:"曼——迪!"

她开心地笑了:"恩里克!"

"你在哪儿?"她也压低声音问她。他俩真像罗密欧与朱丽叶呢。她一直希望有个男孩子到她的窗下见她。太棒了!她的生活就像一部电影!

"在这儿呢!"恩里克叫她,但是没多大作用。终于,她看见他站在窗子底下的门廊上,手里拿着一把小石子。"你这个坏家伙!你打着我了!"她笑骂着说,然后飞奔下楼,花了好大工夫打开门闩,来到门外,扑到他的怀里。他像棵弱不禁风的小树一样晃了几下,好在没有跌倒。

她热烈地笑着,真好玩儿,太刺激了!她的心里飞舞着无数只欢乐的蝴蝶。她紧紧抓住他的尼龙夹克,感受到他身体的温暖、肋骨,还有心跳。突然间,她很想哭,因为自己是如此爱他。

"我给你打电话来着,但是你的手机又没电了。"她说,"妈妈说我还在禁足,但是如果你要走了,我们可以见最后一面。"

他一时没有说话,专心地闻着她的发香。这虽然看起来很奇怪,但他是恩里克。他总是对她的香味恋恋不舍。"我收到通知了,瘟疫爆发之前就收到了。明天早上,我就要乘船去北卡罗来纳州的军营。我的手机打不出去电话,所以我不知道隔离期间能不能出去,但是我要试一试,要不然我会被逮捕的。"

她将他抱得更紧,希望能将自己塞进他的胸膛,永远和他在一起。她将住在他的身体里,他也将属于她。但这不是真的,永远都不是。

"我想见你。"他说。

她想说点儿俏皮话,一些女孩儿对即将当兵去的情哥哥应该说的好听话。她应该说,他很勇敢,她爱他。但是此时此刻,她想到的只有他那黑色的卷发,对于男孩子来说太长了,北卡罗来纳州的长官会让他剃掉。他们挥舞着剪刀将头发剪得一根不剩。想到这儿,她哭了。

"没事的,我保证。没事哦。"

"你是……就像是这里我唯一喜欢的人啊。"

他抚摸着她的头发。"一年之后我就回来了,我们一起上大学。"他虽然这样说,可她知道这是不可能的。他要走了,他们就会分手。她又开始抽泣,但是不想吵醒父母,于是将脸埋在他的肩窝,在衣服上留下一圈湿答答的口水。

"你为什么要这么做?"

"我必须要这样。"他说。

虽然到了九月,外面依然很温暖。她只穿了棉睡衣,光着脚站在冰冷的水泥地上。"你有自己的工作,你爸爸生病的时候,你就待在这儿。现在为什么要这样做呢?是不是想要离开我?"

"不是,"他说,"我永远不会离开你。"

"是因为你家人吗?"

"可能吧。"他回答说。

这下她哭得更凶了,这个人可真够笨的。"你把一切都毁了!"她说。

他无力地耷拉着肩膀,张开双手将她抱住。

"嘘……别哭了。我不是来跟你吵架的,曼迪。"

"我不管你是来干什么的!"她声音大得都可以吵醒邻居了,还好父母的窗户是关着的,"我不是开玩笑,你毁了一切。我们本来可以很开心,但是你走了,把事情搞砸了。我希望自己从来没有遇到过你。现在,你要走了,我对你来说根本没什么特别,你连帮我点烟都不愿意。"

他摇头,像是不知道该从何反驳。然后,他耸耸肩膀,放弃解释。"我很害怕。"他说。她看见他的眼睛也湿了,这更让她想把他踢死。这种事多傻啊,因为家里人钱不够花,你就要去当兵。或者,你心里真正想的是你要和你老头一样娶第一个跟你发生性行为的女生,只是你还没有准备好承担这种责任,所以你要去当兵。真聪明。她一拳打在他的胳膊上,虽然用尽了她全身的力气,但毕竟还是女生的温柔拳。哥哥戴维曾经教过她怎么出拳,可他自己就是个娘娘腔。变态戴维!她又捶了一下他。

"你应该怕,人家会开枪打死你。"

他弯着背,肩膀都快到膝盖了,好像承受着巨大的重荷。"太迟了,我不能改变主意。如果我不走,军队会来人把我抓走。"现在他也在哭。她从来不知道他也会反省。刚刚还有蝴蝶在舞动的胸口现在有一丝疼痛,原来一切那么容易被改变。他将脸埋在她的发间,她明白他是在藏着自己的泪水。

"我会想你的,"他说,"但是我解释不了……我必须去当兵。"

"好吧。"

两个人干脆都放开了哭。别人可能觉得这很浪漫,但是她只觉得很愚蠢。她突然想到一个办法,眼神一亮。"到我的房间来,"她说,"今晚,现在。"

他没有说话,她只好等着他明白她的意思。然后,她郑重地点头,好让他知道自己不是在虚张声势,她是说真的。

"不会吵醒他们吗?"他问,身体绷得直直的。她知道他也喜欢这个主意,也开始肯定她也是他要逃离的一个东西。他想永远和她在一起,没错,但是他不想这个永远是从现在开始算起。

"我爸妈吗?他们能怎么做?把我们分开吗?他们不会发现的,发现了也拿我们没办法。"在理智回到她的脑袋之前,她转身进了屋子。他没得选择,只能跟着她。他脱掉运动鞋,她给他指往哪边走地板不会响。他们来到她的房间,坐在床边,谁也不碰谁。她脱掉睡衣。上面是一件紫色的背心,下面是一条带涡轮图案的短裤——这套服装可不符合她关于第一次的幻想,但是也还说得过去。她的胳膊上起了鸡皮疙瘩。他环视她的卧室,四面墙上都挂着博物馆的图画,而且加了框。家具都是柚木做的,抽屉里摆放着她的纸片、化妆品还有一些旧书。看起来,这个房间和旅馆里的一样没有个性。

"很奇怪,对吧?"她问。他也许期待能在这里看到蜡烛,性感内衣,至少能看到电影明星和剧照的海报吧。但是在这方面,她和她妈妈一样:嘈杂的东西让她抓狂。

他摇头:"和我想象的差不多。你不喜欢皮特·戴普之类的,对吗?"

"不,除了你和我的书,我谁都不喜欢。"

"真的吗?"他一副吃惊的样子。她觉得这个不好笑,因为事实就是这样。他亲亲她的脸颊,然后吻上她的嘴。她想,自己的眼泪应该是咸的吧。不一会,他们已经坦诚相对了。他伏在她的身上,用手肘支撑着身体,一脸严肃的神情让她想笑。还好她忍住了。他用牙齿撕开避孕套戴上。他的脸上终于露出了轻松的表情,她这才明白上次树林里是怎么回事了。她笑了,原来不是因为她长得难看啊。

这一刻终于来了,她很开心。

他们躺在被子里面,她不想让他看见自己的身体。一切发生得很快,他的髋部很消瘦,除了这个,也没有多疼。她将他拉近,两个人紧紧贴在一起。感觉很好。他从她身上下来的时候,她还奇怪这么快就结束了吗?

"你舒服吗?"他问。

"也许吧。"她说,因为自己也不知道。也许不舒服。他舒服吗?他没怎么运动就开始流汗,所以因为舒服到了吧。他看起来像喝醉了一样,她又想笑了,不过也知道这个时候不能笑,所以只是弯起嘴角。

"疼吗?"他问。

"不,我喜欢……"她想着既然他要离开一年,索性就不隐瞒什么了,"我自己用手指试过,所以不怎么疼。我是不是很疯狂?"

他什么也没说,只是睁大眼睛看着她。她觉得自己在最后一刻到底还是说得太多,让他觉得自己很堕落了。但是,他的脸变得温柔起来,然后笑出声来。她赶紧捂住他的嘴巴,让他安静。"你吗?对于你来说,一点也不疯狂。"他说,然后又加了一句,"我爱你,曼迪。"

"我也是,说说你吧。"她说,"那次我说你是墨西哥佬,你有没有生气?"

他想了一会回答说:"我就是墨西哥佬,你生气吗?"

"不啊。"

"那我也不。"他的话让她如释重负,又开始哭了起来。他没有安慰她,他能说什么呢?有一天,他们会结婚?他会每天给她写信,然后和她一起上布朗大学？生活跟他们开了一个玩笑，她一直装作有爱情就能战胜一切，但是她自己也知道这是不可能的。房间里漆黑一片，她紧紧地搂住他。

过了一会，她的眼泪流干了。双腿有一种奇怪的酸酸麻麻的感觉，上面蹭着她的男孩儿的体汗，慢慢干去。她的眼睛适应了房间的黑暗，能看清房间里挂着妈妈当时从波特兰博物馆买的两幅画（汽油站里的一个男人和校长办公室里的一个黑眼珠女孩儿），她的粉色大象拖鞋在床下安静地看着他们。

她和一个不会跟自己结婚的男孩儿做爱了。她爱上了他，却知道他们不可能在一起。虽然有些疼痛，但是只要她在他的怀里，一切都值得。如果他走了之后，她还爱他呢？人们说得不对。现在她不是处女了，感觉应该和以前不一样。她觉得很难过。她没睡多久，就被一声刺耳的呼叫声从梦中惊醒。梦里，她正在狂海怒涛里奋力地游泳。"救命！"——一个男子的呼喊划破了沉静。过了一会，她才清楚地意识到自己醒了，然后看见窗外有人在呼救。

她冲到窗户旁。外面一片黑暗，尖叫声消失了。一辆警车停在对面的沃克家门前，但是车灯没有闪。旁边熙熙攘攘地挤着一群人，她辨认不出模样来。他们弯着腰在看什么东西，她有一种不祥的感觉，好像自己刚刚喝了一大口冰冷的海水一样。他们的动作很奇怪，也很猥琐。她突然想到一个词，谋杀。

有人碰了下她的肩膀，她吓一跳，定睛一看，原来是恩里克。他已经穿上了裤子，用手抚摸着小麦色平坦的小腹。她把手放在上面，感受他的温度。

"谁在下面？"他问。他仍是半睡半醒。她指了指人群："我不知道，但是感觉不好。"他摇摇头："我看不清，太黑了。"

"我们最好叫警察，现在是宵禁时间，人们不能出来的。"她接着又加了一句，虽然她自己也不想承认这个想法："那辆警车是空的吗？你觉得会不会是里面的警察出事了？"

他已经不在她身边，坐在床上系鞋带。她也跟着穿上紫色的睡衣。她本来不想让她看出他的恐惧，但是下嘴唇忍不住地颤抖。"刚刚有人在喊救命。"她说。这时，她自己做了决定，用手机拨打了911，但是只有嘟嘟的声音。

电话还在响,最后传来消息说线路正忙,三十分钟后才可以跟接线员说话。"要是外面有人要死了怎么办呢?"她不满地说。

"我去看看。"他说。

"不行,那是病毒,爸爸说这东西能让人发疯。如果那不是病毒,可能会是暴动。我们需要找警察叔叔。"她沮丧地拿着手机在桌子上砸了一下,然后接着拨,"怎么没人接呢?"

他已经走到门口了。"我们要去看看。"他说。

她知道他是对的,所以点头同意。有人喊救命,你就应该去帮忙。但是她也知道这不是好主意,他们可能会因此感染上病毒,甚至遇到更坏的事。她觉得是谋杀,浑身的细胞都能感觉到。她家门外,一场谋杀正在上演。"应该把我爸爸叫醒,他知道该怎么做。"

恩里克摇头:"让我先去看看吧,反正我要走了。可能什么都不是呢。如果他们没有发现我,早上你来车站给我送行。要是被他们发现了,这可能是我们最后一次见面了。"

他走下楼梯,让她跟着。她的胃里翻江倒海,像是要吐了。他打开前门,台阶处有一盏路灯照明,门廊和走道上都没有人。街上空荡荡的,没有人在警车里,车灯也没有打开。她仔细审视着黑漆漆的周围,用心听着。她觉得自己听到了声音,但是也许只是风声。

"他们去哪儿了?"她问。

他也不知道。"也许他们只是出来溜溜。"

空气里有一种奇怪的味道,有些馊,像是臭鸡蛋的味道。"你闻到了吗?那些得了病的人不就是很难闻吗?"恩里克手把放在她的肩膀上:"你又看证据确凿网了吧?"

"看了又怎么样?"

他弯下腰吻了下她的额头。"不怎么样,我得走了。"

她尽量不让自己哭出来。要是她不强硬一点,他很少认真地对待自己。"不要走,"她说,"拜托了,等天亮了再走吧。"

"我还要打包呢,如果我待在这儿,会让你爸妈生气的。"

"我不在乎,现在不安全。"

他没和她争,只是将她用力地抱在怀里。"我早上给你电话,如果可以走的话,你来车站送我。"他说完转身离开了。

她看着他穿过家里的草坪,草叶上湿漉漉的,带着清晨的露珠。他的身影越来越小,只有弓起来的肩膀无声地诉说着他的悲伤。她站在门口一动不动,好像只要能看见他,只要她一直看着他,他就是安全的。他走过了一盏街灯,没入黑暗之中。看不见他了,她站在那儿,脚趾间潮湿的草地,安静的街道,身后的房子,突然间变得那么陌生。她的心头有千斤重,但是她必须忘掉这些。她是一个能拿得起放得下的女孩儿,但是现在,她不想放下。

最后,她终于转身,走回房间。

如果出来的时候带了手电筒,她就能看见有一堆人类的尸骨躺在大街上。如果再等几秒钟回家,她就能听见他的尖叫声。

二十二　毁灭之家

星期六的晚上,丹尼尔·沃克平时吃的乐事薯片像是被人换成了丁烷做的花岗岩。现在他的胃里胀得难受,身体像是要爆炸了一样。我们还是不要说他的气味吧,真的。要是他划根火柴,整个房间都能爆炸。不过,大火可能将这股臭气烧掉也说不定。

这些都是拜他的家人所赐,现在他变成了一个危险气体包。他没戴手套,在垃圾场里掏了个洞,手上起了大水泡。吃盐水薯片也不顶用。换作平常,他怎么会在伤口上撒盐呢?他肯定家里人不仅让他成了气体包,还成了个傻子。所以他开始将手指甲里的泥土剔出来,然后又打了一个嗝,发出难闻的气味。

他和路易斯·麦古芬的关系迅速恶化。破晓时分,路用力地砸着他家的前门。丹尼尔一直都醒着,想詹姆斯的事。他想让父母多睡一会,所以他冲下楼,打开门。

"你爸爸呢?"路易斯不客气地问。

"你想干什么?"丹尼尔毫不退让。这算什么?他十五岁了,也该得到一点起码的尊重了吧。麦古芬手里拿着一个棕色的购物袋,袋子底下红红的湿湿的,像是装了一包生肉。突然,纸袋子裂开,一堆红白相间的湿漉漉的毛皮掉在台阶上。

丹尼尔能看到几对耳朵,这些动物的内脏都不见了,只剩下头颅和毛皮。他看见这堆东西上面有一张微开的嘴,里面长着一个粉色的小舌头。

"米勒在哪儿？"麦古芬又问了一次，他的声音嘶哑不堪。

这老小子脑子坏了吗？丹尼尔想把门关上，锁起来。但是他突然想到一件事，连他自己也不愿意相信。那天晚上，他跟爸妈说在树丛里看见詹姆斯和兔子，可是他们不相信。也许是不愿意相信吧。现在，看着门口的这堆东西，丹尼尔明白了。詹姆斯，他的弟弟，杀了路易斯·麦古芬的宠物。"我去找爸爸。"他说，不过，爸爸已经不知道什么时候出现在他的身后。他指着一堆死兔子问道："路，这是什么东西？"

路易斯一点也不畏惧。"我还要问你呢。"他说。

米勒脖子上的青筋粗涨了起来。"从我家里离开，要不然我一脚把你踢到佛罗里达去。"他要么是太累了，要么就是失去了理智。永远别让他人知道你在想什么，这是米勒的金玉良言，生活对于他来说就像是一场游击战。

路易斯没有动摇。"你的儿子……"然后他看着丹尼尔，眼里充满了仇恨，虽然之前他一直都是丹尼尔的好脾气邻居。他教他剥玉米、打桥牌、系领结，而自己的妈妈却跑去环游世界。"不是他，"路易斯看着丹尼尔，生气地说，"是另一个儿子。昨天晚上，他吃了我的兔子。"

米勒挑起眉："你老年痴呆啊？我小儿子四天前在树林里走丢了，不见了。他妈妈到现在都睡不着。"

路易斯摇头："你还护着他。昨天晚上，我亲眼看见他把兔窝砸开，"一颗泪珠从他的脸上流下来，"我看着他，"他指着血淋淋的尸体，"怎么对待这些动物的。我想阻止他，但是我赶去的时候，它们都已经死了。你的儿子，米勒。在我报警之前，希望给你这个机会管管自己的儿子。"

丹尼尔突然觉得自己的老爸很可怜，因为他们三个人都知道詹姆斯不对。脚下的兔子尸体没有流血。血并没有流出来，而是被活活吸干的。"麦古芬先生。"丹尼尔想向他解释，或者道歉，但是米勒的手像是一把铁钳紧紧地捏住他的肩膀。

"我儿子丢了，可能被谋杀，或者更惨。你现在却带这些恶心的东西到我家来，我没把你打死算你走运。"米勒这番话说得很诚恳，丹尼尔觉得很意外，好像爸爸整晚都在为詹姆斯担心一样。

"我看见他了。"路易斯说，不过这次他也不那么肯定了，心中也升起一丝怀疑。这件事是真的，但是大多数人都不知道。只要你声音够大，够生气，弱势的一方也会相信你的借口，除非当你也相信这不是真的。

米勒挺着个大肚子，像是要把路压倒一样。"要我说，你才是那个绑架詹姆斯，还有其他失踪的小孩的人。你从来就不喜欢他，这我们都知道。"丹尼尔开始为路易斯愤愤不平，可是爸爸的手抓得很紧。他希望路易斯能够回嘴，希望他能拿出架子来，但是路易斯没有说话，嘴唇微微发抖，然后开始哭泣。起先丹尼尔觉得不可思议，他爸爸简直是无所不能。但是，地上这堆兔子的尸体又让他垂下眼帘。"真的是你的儿子干的。"路易斯小声说。

"在我动手弄死你之前，赶紧给我滚出我的家。"米勒厉声骂道。路易斯大约站了几秒钟，然后扭头离开。他们看着他走出家门，他走得很快，低着头。没走几步，开始小跑起来。一个高瘦的男人，身上的咔叽布裤子褪了色，显得异常肥大，像尿不湿一样包在他的屁股上。丹尼尔想象着这个男人的生活。孤独的可怜虫，一个人在家吃着冷冻低热量食品，在办公室默默无闻夹着尾巴。丹尼尔恨他的懦弱，也恨自己会这样贬低他。直到今天早上，他还是尊敬路易斯·麦古芬的。这个男人和米勒·沃克是完全相反的类型，他有人情味。

路易斯一消失不见，米勒就指着地上的尸体说："把这里扫干净，放进袋子里，全部的东西。然后把水泥地上的血迹刮干净，全部的血迹。在我上班之前搞好，完了来找我。"

丹尼尔摇头说："爸爸，有一天晚上，我看见了詹姆斯……我认为麦古芬先生是对的——"

米勒打断他："用得着你告诉我吗？我告诉你，现在趁那个老东西想起自己把证据丢在这儿之前，把这些东西清扫干净。"

丹尼尔动也不动，米勒抓着他的胳膊，用力地摇晃他。"詹姆斯不见了，要是妈妈再看见这些东西，她又要回精神病院。你知道吧，她不能再受刺激，现在她已经开始自言自语了。你希望当那个让她崩溃的人吗？"

丹尼尔哭了起来，这让他自己也很吃惊。怎么自己和路易斯·麦古芬一样软弱？

"我想你不愿意吧？"米勒说，"现在把这里打扫干净。"

丹尼尔拿了一个塑料袋，用扫雪的铲子把尸体倒进去。尸体倒进袋子里的时候没有发出任何声音，这种沉默让情况更加糟糕。

漂白粉在台阶上比较有效果，所以他倒了半加仑在上面，然后用抹布擦掉，省得自己跪下来刮了。一个小时后，他就完成了清洁工作。爸爸准备去上班，妈妈卧病在床。自从星期二之后，他就没有去上学。一是他要在家照顾费莉斯；二是瘟疫爆发后，学校停课了。

爸爸扔给他妈妈的奔驰钥匙。"到垃圾场，记得带上铁锹。把那东西埋得深一点，别让人瞧见。"说完就离开了，好像交代完所有的事情了。但问题是丹尼尔根本不需要这些交代。他和米勒想到一块儿去了。他就猜到树林里到处都是警察，而垃圾场是这些尸体的最好藏身之处。

虽然丹尼尔没有驾照，但是已经会开车。今天是周六，一般有很多家长会拉很多垃圾过来。不过因为病毒肆虐，大街上空无一人。他希望人们是离开镇子或者在家看新闻，如果不是这样，那就意味着更多人生病了。甚至是死了。

他找到一个报废的汽车，估摸着一时半会儿不会有人愿意把它抬走，所以就在车子下面挖洞了。他挖得很快，洞差不多有一尺深。他想把兔子尸体从袋子里拿出来，这样的话会腐烂得更快，被人发现后也不会有所怀疑。但是他实在是不想再看它们一眼，所以干脆将所有的东西一把扔进洞里。

他回家之前先到了医院，打算告诉爸爸事情做好了。停车场里挤满了汽车，而且好几天都没有动过；挡风玻璃上已经堆积了灰尘。疾病防控中心的人基本上都撤回华盛顿了，丹尼尔觉得这不是好迹象。如果他们觉得自己不会被感染，能帮到当地人，他们是不会走的。他们还说正在研制疫苗，但是丹尼尔也不相信。如果他们真的找到了，自己还不用上吗？

州里来的士兵在医院门口巡逻，他不得不向三个脸色苍白，不停咳嗽的人解释他来干什么，才被放进去。

医院里没有了氨水味，而是散发出一种疾病的恶臭。丹尼尔能听到四面八方传来的人们的咳嗽声，有病人，有医生，有护士，还有士兵。每个人的肺都在颤抖。工作人员不多，地板上都是泥巴，还有血迹。

要不是他爸爸的办公室不太远，他想立刻转身回家。"做好了。"他在门口欠着身体说。米勒拍拍他的背，很用力的那种，好像要给他一个拥抱似的。"谢谢你，儿子。我知道你是很好的合作伙伴。"他说。丹尼尔不由自主地骄傲起来。

"我们在这儿安全吗，爸爸？妈妈还有我？"他问，尽量让声音显得不害怕。但是不容易。

米勒耸耸肩："有什么危险吗？"

"病毒啊。我听说高中有一半的同学生病了或者失踪了。失踪是指他们离开镇子了吗?"

米勒挥着手,打发他走:"我正在跟股东们开电话会议,我和他们说过这句话,现在告诉你,我们用不着惊慌,就这样。如果我们慌作一团,我们就输得裤子都不剩了。对吗,丹尼尔?"

"对,爸爸。"他说。

米勒给警长打电话,丹尼尔在门边徘徊,一边听着。"我不想这样说,蒂姆,"他对电话大声吼道,"但这肯定是一场绑架。路易斯·麦古芬就住在隔壁,你知道,他是单身的。今天早上他跑到我家说了一些詹姆斯的胡话。他平时就是疯疯癫癫的,但是这次我觉得他是太过分了……"

丹尼尔不想听下去了。他走的时候,胃里像是装满了小石子。回到家后,三辆警车已经先他一步到麦古芬的家了。过了一会,蒂姆·卡罗就领着麦古芬从家里走了出来,手上戴着手铐。丹尼尔从窗户里往外看,路易斯也看着他,丹尼尔想说点什么,或者挥挥手,但是他没有。路易斯整个人瘦得跟棍子似的,廉价的咔叽布裤子被风吹起来,像是扬起了船帆一样。丹尼尔不想看到他这个样子,于是关上了百叶窗。

一个小时后,丹尼尔的朋友约翰打电话来。他不想接电话,但是听了留言:"嘿,丹伙计!"约翰喜欢鬼吼,因为他是个白痴,"你听说了吗?住你家隔壁的那家伙啊,警察在他电脑里发现了恋童癖色情电影。还有,对,我们认识的人不是病了,就是失踪了。真他妈的爽!伙计!给我电话!"

丹尼尔不想打电话给他。他不愿意相信这些是真的,但是他心知肚明。他爸爸给路易斯·麦古芬设了个罪名,买通了警察在他电脑里装了那部电影,只为向别人隐瞒自己的儿子是个神经病的事实。

丹尼尔的胃开始搅动。这样做是违法的,但是他能有什么办法呢?别人喜欢他,是因为他老爸有钱。没有驾照也能开车,还能在树林里喝啤酒。看到警察,他不用跑,因为只要老爸交钱,他永远不会被逮捕。在米勒的金钱面前,妈妈不会是他的负担,詹姆斯也不会是。

是了,一部色情电影就可以解释一切。路易斯是活该的,谁让他说詹姆斯是个变态呢? 说真的,就算他是个疯子,一个孩子怎么可能吃掉几只成年的兔子呢? 可能路易斯·麦古芬真的喜欢小男孩儿吧。如果他去告发,他爸爸肯定乐翻了。他会微笑着说:*真为你自豪,儿子,我和你妈妈*

一直都教你说真话。然后,路易斯就会被关进监狱。最好还是不要说吧。这个秋天,多打打高尔夫球,找找乐子,如果他不会得上瘟疫,还能看见下周的太阳的话。最好,再来一瓶啤酒,或者十瓶。

丹尼尔走到厨房,拿出一瓶船坞啤酒。但是,打开啤酒后,良好的感觉不在了,他突然觉得未来充斥着啤酒和无聊的东西,让他觉得恶心。他跑到水池旁干呕起来。

现在已经是半夜,他的房间就像刚刚爆炸了一个臭气弹。楼下传来一阵烟味。妈妈戒了五年之后,终于又回到了万宝路的怀抱。爸爸在电话里骂人,因为死的人越来越多。公共安全委员会想将尸体火化,但是律师想将尸体冷藏起来,两方相持不下,到现在什么都没做成。过去两天,有八个人给丹尼尔留言,女朋友珍妮丝,长曲棍球队队友。他们都说要离开这里,还有那些生病的人。他们说着夜间看到的东西,还有关于动物尸体的谣言。看来詹姆斯不是镇上唯一一个进行活体解剖的小孩。

现在,他的弟弟可能已经死了,路易斯·麦古芬已经进了牢房,一边痉挛,一边听着四个妓女在讨论该不该在第一次约会的时候就和人家上床的事(很明显,如果晚饭是他请的,答案自然是好)。他哭了,因为虽然他洗了澡,手指甲里的泥土还留在那里,薯片上的盐分让他的水泡火烧火燎地疼。他哭了,因为房间里很黑,妈妈的万宝路烟味从门缝底下钻进来,他没有悲伤的感觉,却觉得很暴躁。他想用拳头砸墙,想跑到他妈妈面前,要不是她天天吃药,一切也不会发生。他想伤害所有比他软弱的人,就像自己威风的老爸一样。

他擦干眼泪,下了决心,他一定不要像自己的爸爸。他要去警察局,告诉他们兔子的事。也许米勒会揍得他认不得妈妈,还有可能真的把他送到军校去,他常常拿这点威胁他。不管怎么样,他总归要离开家的。

他穿上衣服和鞋子,拿上妈妈的车钥匙。他踮着脚下楼,不让他们听见。就算他们听见他开车跑了,那个时候他已经离开了。厨房里的广播低低地播放着古典音乐——瓦格纳。下面的味道和楼上房间里一样臭。他能听到脚步的回声,这可不大对劲儿。米勒没有在讲电话了,妈妈也没在翻那本《做你自己的好朋友》。

他知道自己应该离开这儿,这里寂静得让人害怕。他打开餐厅的门往里面看。烟灰缸里徐徐地升起一阵香烟,他把门缝开大了点。椅背上耷拉着一只穿着蓝色毛衣的胳膊,慢慢地画着圈。*是妈妈*,他想,但是自从她进了精神病院之后他再也没有这样叫过她。

他打开了房门。她正靠在路易十四椅子上，脖子露了出来，地板上有一摊血迹。血一滴滴地落下来，在血泊里溅起一朵小花。

他的心脏几乎从胸腔蹦到了嗓子眼，虽然地方不对了，但是还在跳动。他整个身体都不受自己的控制，妈妈的喉管不见了，头颅耷拉在一旁。他想起从前和她一起喂鸽子，想起她把苹果一分为二，让他看里面如星星形状的果核。

最恐怖的事情还在后面，他从来没见过这种事情。她的脖子几乎被吃光了，头朝后仰着，开始往下掉，只有一丁点骨头和软骨连着它。骨头断了，像是关节咔嗒一声摩擦的声音。她的头啪的一声掉在地板上，朝他滚过来。他觉得它仍是活的，想要告诉他什么事情。头在离他的脚几寸远的地方停了下来，嘴巴张开，他一时觉得它似乎要说话了。

"啊，"他喘着气，一口接着一口，"啊……啊……啊。"他用手捂住嘴，希望爸爸没有听见。是他爸爸干的，那个怪物。接着他想起了弟弟，詹姆斯也做过同样的事情……究竟是不是爸爸做的？

他朝后门走去，小心翼翼地避开地板上所有可能绊倒他的东西。他的心还停在嗓子眼，急促地跳动着。

"哥哥。"一个声音传来。那么冰冷，濡湿，却完全不是弟弟的声音。

詹姆斯挡在门口，眼睛完全变成了黑色。不可思议的是，他的脚趾竟然在一夜之间长回来了。新的脚趾颜色苍白，但是完好无缺。以前有些弯曲，现在却一点也不。他头上的头发，眼睫毛和眉毛都不见了，苍白的皮肤松松垮垮地耷拉着，看起来虽然是詹姆斯，但是完全是一百年以后的样子。

丹尼尔撅了一下屁股。地上的东西被他不小心踢了一下，滚到一边。妈妈的双眼一眨不眨地看着他，他不知道她会不会感觉到疼。他的心脏已经蹦到他嘴里了，他撒腿就跑。

詹姆斯扑过来抓住他的腿，两个人扑倒在地上。丹尼尔侧着身子，突然，詹姆斯爬到他的身上。他的皮肤有一股腐烂的气味，像是从尸体堆里打滚回来。丹尼尔干呕着。

头顶上是妈妈的无头尸，胳膊还在打转，往前往后，很慢地画着圈。"爸爸！"丹尼尔想叫，但是却变成了低吟。

"爸爸！"詹姆斯学他，"爸爸！爸爸！"他叫着，却没有人回答。丹尼尔明白爸爸也已经遭了毒手。

他的脑子里却有一个荒唐的童谣:国王死了。国王万岁。

詹姆斯扭曲的脸十分丑陋,充满了仇恨。愚蠢的仇恨在燃烧所恨之人的时候,也燃烧了恨人的人。仇恨让一个孩子动手杀死了自己的宠物。詹姆斯露出尖牙,慢慢靠近丹尼尔的喉咙。

丹尼尔用尽全身力气往上一踢,詹姆斯跳开了,他撞到椅子上那个尸体,跌到了。丹尼尔看见费莉斯蓝色羊毛袜上破了一个洞,她的大脚趾从里面露出来。

他打开桌子上的架子,拿出一把切牛排的刀。他不想,但是只能拿着它面对自己的弟弟。詹姆斯从费莉斯的尸体下面爬出来,两人僵持着。詹姆斯舔着自己的红色嘴唇。丹尼尔尽量不去联想,但是他的脑海飞快地闪过一个事实。血。他的弟弟吸干了父母的鲜血。

他做了一件连自己也想不到的事(*对不起,妈妈,爸爸,上帝,还有詹姆斯*)。手中的刀飞出一个低低的弧线,插进詹姆斯的胸膛。他想把刀拔出来,再刺一刀,但是这种行为太恐怖了,他没有做。詹姆斯怒视着他,却没有跌到。他大吼一声,把刀从肩膀上拔出来。刀咣当一声扔到了地板上。

詹姆斯龇牙咧嘴,目露凶光,但是丹尼尔能看出他也有恐惧。他没想到会这样。"我要给你颜色看看!"他说,"丹尼尔,我们树林里见。我要在那里和你决斗!"他又像个孩子一样哭了起来。丹尼尔以前捉弄他太过分了。

受伤的詹姆斯跪在地上,从后门爬了出去,鲜血在他的身后拉出一个长长的印迹。丹尼尔跟着他,看见詹姆斯愤怒地扯着身旁的青草,动作迟钝地爬过草坪。

丹尼尔靠在门边,鼻子痒,他想挠一挠,但手上都是血。他想进屋,但家里一片血腥。他看着弟弟消失在夜里,想拯救他,他唯一的亲人,但是他明白这场瘟疫只有一种治愈的办法。

二十三　命运之轮

我生于此。在这标记为空的地下。

我们在此分别时。当一切成空。

你心里的感觉。并非流于幻想之中。

那是你结束我生命的方式。

萝伊丝抓着一张粉色的信纸,只是她已经完全变成了另一个模样。纸上是她曾经写的一首诗。她深深地知道当时的自己是多么的悲伤。她一遍又一遍地读着这几行诗,却怎么也想不起来这是什么意思。她现在只有一个感觉,饿。

现在是星期六的深夜,她躺在床上,闻着自己的臭味。奇痒的感觉又回来了,爬满了她起皱的皮肤,钻到她下垂的乳房里面。她的器官,没有活力的肌肉,还有日渐迟钝的骨头都在叫嚣着痒,像是永远不会痊愈的伤疤。她正在变化,黑色的头发大把大把地脱落。不光害怕阳光,就连走廊上的灯光和街上驶过的汽车车灯都让她睁不开眼。她越来越不像*萝伊丝*。她紧紧抓住手中的纸,像念咒一样一遍又一遍地读着,希望能找回从前的那个她。

可是,她恨那个懦弱的女人,不是吗?

身体里的那个东西嘲笑她,她能感觉到它在两眼之间游走,湿漉漉的感觉让奇痒的感觉稍微舒缓了些。*亲爱的萝伊丝*,它低声说道,*你的父亲和我们在一起,他说你现在该放弃了。你已经尽了全力,他为你感到骄傲。*

萝伊丝看着斑驳的天花板,脑子里祈祷着屋顶能够垮塌。

喂我,萝伊丝。它命令道。这次它的声音可不是低吟了。

她捂住自己的耳朵,泪水从眼睛里流了出来。她不知道怎么会这样,这是哭吗?人类会哭吗?这是不是意味着自己还是个人类?拨开心中层层的痛痒,胸口有一个东西在跳动。名字叫希望。

你赢了,我的萝伊丝,你参透其中的奥妙了。你得吃东西,否则我就会死在你身体里。马上喂我。

"爸爸?"她低声呼唤,虽然她知道这根本不是她的父亲。它不过是具被埋葬的阴魂。它能读懂自己的心灵,说一些她爱听的东西。

她握住那张纸,希望一切都是她的梦境,希望她还在树林里,希望当时的自己能够逃跑。这次,她会做得更好。从过去到现在,她做了那么多错误的决定,像是铸成她悲惨人生的累累尸骨,将她困在这个儿童房的床上——骨肉不离。

"爸爸,告诉我该怎么做。"她低低地说着,声音没有生气,连她自己也不认得了。

小可爱,别再反抗了。 一个声音说道。听起来像极了自己的爸爸,她微笑了。只要他一说话,所有的防卫就像他们曾经玩的多米诺骨牌一样倒塌了。*你知道该怎么做,爸爸在她耳边说,这是唯一的办法。* 这不可能是她的父亲,他不可能让她做这么……*邪恶*的事。她听到乔迪在隔壁说着梦话,做梦还在猜《命运之轮》里面的谜语:飞……肥皂……雕牌!萝伊丝的身体更痒了,她用力挠着自己的肚子,最后一个手指甲脱落了。她的手指也已经完全变了模样。

第一次在树林里吃了泥巴之后,她每天晚上看见什么吃什么。填饱的胃让奇痒难耐的感觉消失了,就像在烧伤的地方浇上一盆冷水。她仍然清楚地记得垃圾堆里长大的那只浣熊瞪着明亮的双眼,当她用牙齿撕开它的喉咙时,它发出最后一声绝望的尖叫。第二天早上,她告诉自己那不过是发高烧做的噩梦,但是自己不相信。她大概知道身体里附着的是什么东西。色彩艳丽,沁人心脾的鲜花能招蜂引蝶,这个怪物也会在四周散发出硫磺的气味,传染到人们的大脑。它诱惑她亲口把自己吃下去,给它一个容身之所。现在,它一点一点地吞噬着她的细胞,控制住她,加速她的新陈代谢,让她总是饥肠辘辘的。它正将自己变成它的模样,让她变得不再是*萝伊丝*。

但是这又有什么好难过的呢?她自己不是讨厌*萝伊丝*吗?

如果她仔细聆听,便能发现大街小巷到处都是传染了瘟疫的人在游荡。他们热爱黑夜,因为阳光会把他们的黑色眼睛灼伤。昨晚,他们砸着她的窗户,让她妈妈吓得尖叫不止。今天晚上,他们还会再来。她身上有他们喜欢的东西。

大多数被传染的人瞬间改变人性,有的人变得慢一点,还能一路咳嗽到医院去看病。很多人死去,因为病毒侵袭他们的大脑之后,他们会变成傻子,病毒也会跟着变得不堪一击。所以,它们只选择聪明的人类寄居。得了瘟疫的人把所有的动物都吃光了,现在没办法,只能出来寻找新的食物,人类。

萝伊丝和他们不一样,她的意识虽然被篡改,但是仍然活跃。这是一种简单的身体化学反应,一百万人中只有一个人会带有伤寒病毒。所以,它需要她,为了生存,病毒寻找它的最佳寄居体。它需要她,而她却要将它活活饿死,逼它出去。可惜太迟了,她的头发正大把大把地脱落。

不要反抗了,萝伊丝,声音说,这回听起来像是温特劳伯医生。*你知道:在这之前,你只是一个微不足道的人,就连罗尼·凯勒也不喜欢你。*

她感觉到脸颊凉凉的,原来是眼泪流过的地方。她拿着粉色的信纸,默默念道:*是你结束我生命的方式。*她不明白这是什么意义,但是文字能让她心生安慰。它们有人性,不像身体里的这个怪物,像是*以前的萝伊丝*。

她到底会变成什么样子呢?

喂我。

她的胃咕咕地打起了鼓。今天,她为父亲念了三次经文,希望他的灵魂能够给她启示。时间一分一秒地过去,她已经没了指甲可以挠痒了。

喂我,萝伊丝。

她舔舔干裂的嘴唇。肚子里的孩子也在踢她。对了,这是谁的孩子来着?*罗尼!你曾经爱过他,记得吗?*一个声音问她。不,老实说,她不记得了。她从未爱过他,从未爱过任何人,对吗?

她的妈妈在另一个房间里笑出声来,电视里有人在骑独轮车。

*他们拖你的后腿,让你言听计从。他们从不知道你的潜力。*这个声音像是她的父亲,又像是温特劳伯医生,还像她的第一个男朋友。但是,听起来是那么的冰冷无情,像是脑子里蜷缩着一条爬虫。她听着它的声音,想让意志坚强一点对抗它,但是她放弃了。如果不是因为妈妈和罗尼,她现在早就成了佛蒙特大学的教授了。她会结婚,生三个孩子,养一条狗做宠物。他们把原本属于她的生活偷走了。这个没有人性的怪物竟然比别人都了解她,这是多么讽刺啊!

她值得拥有更好的生活,她想逃离这个囚禁她的牢笼。这张床,这个家,这座镇子,这个萝伊丝·拉金。她感到饥饿,但是牛排都被她吃光了,动物也没了。她听到妈妈在那边闷闷地说:"买那条毛巾,你这个傻X。"

得了瘟疫的人们朝她的窗户走过来,病毒在她的身体里畏缩了。她能感觉到它的绝望。没有她,它只知道靠着本能去吃东西。没有她,它只会把一切吃干抹净,最后把自己给饿死。

她下了床,走向已经为自己设好的陷阱。走动的时候,身上的铃铛叮当作响,妈妈会被惊醒,意识到她下床走动了。地板上有一个洞,曾经的萝伊丝多希望现在这个萝伊丝能从这里面跌死。染上病毒的人们看着她朝他们走来,露出了笑容,身体里的怪物也开心地笑了起来。或许,不是它在笑,笑的人是她自己。

她想到父亲,这个让她失望透顶的男人。但是,她不也让他失望了吗?当年的雪路上,他可以喊救命的,可以给她留下只言片语,可以爬出那辆车,留着一口气跟她道个别。她拿着粉红色的信纸,连着上面的诗歌一起塞到嘴巴里,用力咀嚼。她吞下从前的那个萝伊丝·拉金,原来她的味道是如此的寡淡。

她撬开之前亲手封上的指甲,手指开始流血,但是很快又愈合了。她打开窗户,人们争先恐后地伸出惨白的手臂,从狭窄的窗户里爬进来。她站在那里,穿着白色的睡袍(*这是你结束我生命的方式*),像是一个美丽的新娘。

站在最前面的是她四年级班上的学生。乔治·桑福特的嘴唇红得像血,不过这次不是因为蜡笔的缘故了。卡洛琳·费舍,亚力克斯·福布莱特和迈克·福布莱特,多娜·杜波伊。他们在夜间游荡,像是迷失了方向。他们变了,不知道怎么照顾自己,本性尽失。*他们在找妈妈,萝伊丝。*身体里的怪物嘶哑着说。是这样的。她的孩子们需要她,可怜的卡洛琳还在流血,她太饿了,只好咬着大拇指上的皮肤。

萝伊丝眼睛湿润了。她的孩子们,对,她的心中还是有爱的。她爱她的孩子们。

镜子里有一个陌生人在看着她。牙齿密不透风,两只眼睛浓黑如夜,身形枯槁,像是一只拔光毛的野兽。她走一步,它就跟着走一步。她看着面前的孩子,发现他们已经没有人类孩子的模样。他们的眼睛黑得可怕,笑容过于惨烈。她的喉咙一阵发紧。*他们变成了什么怪物?* 但是很快,这种感觉消失了。她喜欢这样,不管变成什么样,只要不是萝伊丝·拉金就行。

詹姆斯·沃克发出嘶嘶的声音,她知道他在想什么。他今晚杀死了自己的父母,但是仍然很饿,因为他不知道怎么吃光他们。可怜的孩子。他趴在她的怀里,好像那是他的归宿(*我们分别于此*)。"我亲爱的孩子,"她说,她想起曾经他是如何取笑自己的大舌头,于是用力捏着他的脸,直到他龇牙咧嘴,"现在,我会好好照顾你们的。"她说。

她离开了房间,顺着饥饿的本能,带着自己的孩子。房子外面还有更多被传染了的人。她能感觉到他们,不光是孩子,整个 C 镇的人都是她的。病毒将他们带到她的身边，她是他们的领袖。

她准备出门的时候，一个影子从她的身体里分开来。这个形体和她一模一样，身上也是好闻的饼干味道。它的脚步悲伤而沉重。她忽然明白那首诗的意思了。原来，那是灵魂为她而写的。*我们分别于此，在这标记为空的地方。* 影子从她身体里分离了。*这是你结束我生命的方式。* 曾经的萝伊丝·拉金对现在的萝伊丝耳语道。接着，慢慢地沉到了树林深处，没入泥土之中。如果她能抓住它，吞噬它，让所有的回忆都烟消云散，她很乐意去做。她对曾经的萝伊丝·拉金恨之入骨。

厨房里有一个女人，她正弓着背喝牛奶。她的眼睛睁得像月球那么大。萝伊丝的头发全都不见了，皮肤松松垮垮地耷拉着，模样已经辨认不出来。但是女人认识她，她们在一起生活了差不多三十年。她的身后，饥饿的孩子安静地注视着她们，黑暗中只能看到他们苍白的小脸。

乔迪从桌子旁跳起身，扔出手中的玻璃杯。萝伊丝身体一偏，杯子扔到了地上，牛奶在地板上四处飞溅。孩子们异口同声地欢呼道："哦哦！"

"求你了，"乔迪哭喊道，"哦，求你了。上帝啊，不要。"

"因为你，他自杀了。"萝伊丝说。

乔迪不再觉得恐惧，她知道自己必输无疑，无法偷生。"他从来没有爱过你，我也没有。"她说。

萝伊丝笑了。她扑了过去，动作可不算温柔。她用牙齿撕开母亲脖子上的肉。乔迪的身躯在痉挛着，这个曾经叫萝伊丝的怪物微笑地趴在一旁，教自己的孩子如何将肉从骨头上剔出来。

第四部分
瘟疫

二十四　隔离

　　星期天的早晨，C 镇一片沉寂。鸟儿也不叫了，负鼠不出来装死了，小鹿也不在树林里悠闲地逛荡，在垃圾里找丢掉的苹果吃了。草坪上一片狼藉，太阳也不愿意露个脸，躲在乌云背后不出来。

　　美国军队在凌晨时分到达 C 镇，七辆悍马和三辆吉普在米麦大街上行驶。不过，来人的数目远远低于 C 镇人的预料。他们没有带来任何好消息，甚至连食物也没有。他们没有给城墙加固，或者建议那些没有被感染的人搬到安全的地方。

　　他们只是在 I-95 公路入口巡逻，枪支不是对着地面或者天空，而是直直地朝着前方。这个镇子被一种神秘的病毒控制了，他们接到命令，不让一个活人走出这里。

　　到星期天的早上，C 镇感染者的数量远远超过了健康居民的数量。一夜之间，米麦大街的商店都被洗劫一空，砸烂的玻璃像是猛兽的利齿纵横交错。冰库里的生肉全被抢光，走廊上都是解冻的牛肉、羊肉被拖出来留下的血迹。感染者喜欢黑暗和冰冷的地方，死的时候嘴里都嚼着冻肉，嘴巴张得很大，一副狂喜的表情，像是在生命的最后关头识破了一个惊天秘密。

　　《C 镇日报》百年一次没有登出周末特刊，主编失踪了，报社一半以上的员工也不见了。星期天早上九点钟，KATV 电视台也停止了播出。接着当地的有线电视也报销了，只剩下网络电视可以观看。晚上活下来的那些人也不能安心地看着琳达·洛佩兹微笑地播放新闻了。当天的头条在说现在的女孩儿愿意做些不堪入目的性事。但是，电视里没有宣布国家进入警备状态，琳达只是稍微提到一点关于病毒传播的事情，宣布仅限于缅因州中部。所有 C 镇居民都知道这节目是提前录好了的，事实是整个国家都面临着灭亡的危险。或者，更糟糕的情况是，国家仍是好好儿的，只是他们被遗忘了。

他们没有被遗忘。但是按照政府的一贯作风，事实不为人知，官方混淆视听，也许这也解释了为什么现在银行比政府都"负责"得多。C 镇被一种无形的墙无限期隔离起来，至于原因，就不方便说或者不能公之于众了。一个潜行的地下法庭剥夺了 C 镇的人身保护权，部队得令，发现感染者立即射杀。但是，虽然有隔离和琳达·洛佩兹关于"国家是安全的"官方言论，病毒之势有增无减。

C 镇的电话线被切断，很快互联网也被封锁了。但是通过其他渠道的广播，人们得知这种致命的疾病已经传染到华盛顿、芝加哥、洛杉矶、旧金山、波特兰，还有迈阿密。活下来的人向别人诉说着晚上是如何被家人咬伤传染上疾病，一个不愿意透露姓名的军中人员报告说总统现在已经不打高尔夫了，而是撤到一里外奥法特的一个地下空军基地。

人们相信世界末日已经来临，星期六的晚上，全国有两千多人结束了自己的生命，发生六百一十九起枪杀案，四百例毒品致死案，其中大部分是服用合法的安眠药或者酒精之类，但是也有服海洛因等非法毒品导致的死亡。发生了一百八十起投毒案，使用的毒药是五花八门，从防冻剂到食盐。还有吞食利器自杀身亡的人，比如小刀、剪刀、还有绣花针。利器插在所有您能想到或者想不到的器官上：心脏、喉咙、小肠、大动脉。还有跳楼跳水自杀的人，他们从高楼上飞身一跃，或者从河边的岩石上跳进洪流。几乎每一个选择这种方式自杀的人在脚刚刚离地的时候，都会在想，也许，他们会飞翔。

C 镇自杀的人数到没有其他地方那么多。日后的历史学家会推测，这是因为人们忙于同眼前的危险战斗而忘了思考自己无望的将来。不管怎么说，星期六的晚上，C 镇只有十一个人自我了结。有一对夫妇先是杀死自己的两个孩子。由于恐惧，他们的手法很没有创意：两个孩子都是用枕头捂死的。然后他们结果了对方。虽然沃尔特·休斯顿相当肯定他们做错了,但是他没有跟老婆说,因为他已经杀死了自己的亲生骨肉,这个世界也没什么好留恋的了。两人分了一瓶安定药,就着珍藏十二年的威士忌吞下肚。

I-95路口有三个人被特别行动小组射杀。前两个是感染者,守着南边防线的士兵发现了他们,喝令他们停下来,但是他们没有举手投降,也没有解释自己为什么要四肢着地朝汉克·约翰森狂奔过去。汉克从来不会对一个活人开枪,尤其是年纪还不够到酒吧点杯啤酒喝的人。要不是汉克发现其中一个感染者的嘴里咬着一只还在扑腾的小鸟,他也不会开枪。他瞄准那个人的肩膀,希望能让鸟儿逃走。不过,他击中了感染者的头部,连人带鸟都倒下了。他又多开了几枪,枪声很不和谐,因为汉克从未想过在自己的国家用上武器。

第三个死在I-95路口的人是一个十五岁的小女孩。汉克和其他士兵还沉浸在刚刚的遭遇中惊魂未定,没有像之前那样开枪警告或者吹警哨让她别动。事实上,她没有被感染。她正兴高采烈地庆祝。"我没有被感染!"半个小时前,她刚和死党打完电话,跳几步欢快的舞蹈,吃了两块巧克力蛋糕。她觉得好心情不应该被束缚在家里,所以出来透透气,像小鸟一般自由翱翔。

昨晚,她的尿液没有异样,表现不错。生活很美好,人生也很美好。她再也不会搞砸了。她沿着镇子南边的公路一路走来,忘记了隔离的事情。她忘了一切,只知道八个月后,她不再是那个放学被人当怪胎一样指指点点的女孩。外面很黑,潮湿的青草踩上去有些凉意。她开始在草地上奔跑,轻松快乐。子弹打在她的眉心,当场死亡。她躺在地上,脸上仍然挂着微笑。星期天的早上,活下来的人睁开双眼,会看见一个截然不同的家乡。

恩里克·瓦格斯的父母坐在厨房里。昨天晚上,他们的大儿子没有回来。先是要入伍,现在又夜不归宿。早知道生活会变成这样,他们当初就待在墨西哥好了。恩里克的妈妈捂住脸庞。"别这样。"丈夫低声说,她没有流眼泪。

罗尼·凯勒第七次按下闹钟。本来和父母约好一起吃早餐,但现在已经迟到至少一个小时了。他爸爸马上要退休了,这是件好事,他终于不用每天辛辛苦苦地谋升职了。但是,不好的事情就是他有可能会被银行炒掉。闹钟又开始响起来,他突然想起早饭已经被取消了,他的父母生病了。他的身边躺着诺琳,她一动不动,甚至没有把已经有十一年历史的闹钟砸到他的头上或者骂他没用。她的身体没有温度,但是还有呼吸。昨天晚上,医院里有个病人咬了她的胳膊,她一直到半夜都没有睡着,还好,现在终于能睡一会了。罗尼·凯勒抽了一根大麻,然后起床,打开家门。星期天的报纸没有送来,台阶上却放着一个棕色的纸袋。他打开一看,身上冷汗直冒。袋子里面是一根马尾巴。

有人对"教父"①的屁股做了手脚!他把尾巴从袋子里拿了出来。这堆毛发黝黑浓密,他拿在手上看了一会终于发现:这是萝伊丝·拉金的头发。

天空刚刚出现黎明第一束光线的时候,莉拉·希弗就已经睁开了双眼。她躺在医院的病床上,是唯一一个被锁在C镇医院精神科病房里的病人。工作人员都忘了她的存在。她已经一天多没有吃东西了,虽然她可以装作是自己没有食欲,但是她真的快饿死了。昨天晚上,太阳一落山,尖叫声就不绝于耳。她听到门外有人在说话,像是白天给她杂志解闷的好心护士。她听到她哭喊着:"上帝啊……"然后就是吱吱呀呀的声音,像是有什么东西贴着地面跑,然后梆的一声(手推车?前台的桌子?)。接下来的声音更加可怕,每个人都在哭着求饶。她不知道到底有多少人,只能听到他们都在说:"求你了,不要,停下来,哦上帝啊!"但是所有的声音都被一声尖厉的叫喊打断,然后是吧唧吧唧咂着嘴唇、咯吱咯吱磨牙的声音,像是芹菜被折断了一样。莉拉缩在被子里,闭上眼。虽然那些声音低沉,没有变化,她还是听得出来。门外,艾兰和艾丽丝吃吃地笑着,看着护士们一个个地死去。

到了星期天早晨,人们该上班的还是来上班,因为饱受惊吓的他们需要用日常的作息来寻找安全感。时代华纳的信号还没被中断的时候,银行家们打开电脑,向客户发送邮件说明自己仍然幸存着。摩根士丹利银行的唐纳·德利维特在邮件里说:"您所听到的都是被夸大的言辞,我向您保证,C镇现在的情况绝对不会影响我为您服务。如果您有任何问题,请及时和我联系。特殊时期,工作时间将延迟到晚上八点。"然后,他下了线,想把昏睡中的老婆弄醒。整个早上,她一直不停地咳嗽,现在虽然还

---

① 译者注:教父,指美国电影《教父》中的教父唐克里昂。这里是宠物的名字。

有呼吸,可是浑身冰凉。他把她翻个身,她的短发让她看起来像个 T①。他一直没有放弃说服她把头发再留起来。他钻进被窝,在她身边躺下。"不要离开我。"然后,他也咳嗽起来。

曼迪·温特劳伯看着窗外的日出,点起了一根万宝路。虽然十二岁那年妈妈将她送去参加课余宗教研修班,但她从来没去过教堂,可是现在她祈祷着恩里克已经安全到家。

梅格·温特劳伯睡得正香,可是她的老公在一旁却怎么也睡不着。

丹尼尔·沃克坐在一个黑暗的小房间里。长这么大,第一次一个人待着,他哭了起来。

阿尔伯特·桑格温在床底下找到最后一个面包布丁。他喝下布丁,让身体里的病毒安静下来。他不知道自杀是勇者的行为还是懦夫的行为。活着的人醒来面对新的一天,感染者们则开始休息。他们睡在岩石下,或者躲在床上。还有的睡在医院的手推车上,树林里,睡在焚化炉旁等着焚烧的尸体旁,还有人睡在潮湿的地窖。他们的皮肤冰凉,但是亲人们不敢将他们埋了,因为他们的胸口,手指,脚趾都还在微微地颤动。白天,他们在寂静中等待,充满了不祥的气息。

天渐渐亮了,之前我们认识的萝伊丝小姐现在正躺在林间的一块空地上,周围簇拥着四千名感染者。

二十五　吃鱼——因为他们没有感觉

芬斯塔开车来到医院,九点的时候,街上一辆车也没有。今天是星期天,所有的交通灯都亮了,黄色的灯光心神不宁地闪烁着。四面八方传来汽车和商店警报器的声音,但是没有管事儿的警察。秋天来了,将树叶都染成了红色。叶子渐渐地凋零,青草慢慢地枯黄,西红柿的青藤也变成了棕色。芬斯塔没有注意到这些,脑子里尽是梅格。

昨天,他花了一个下午清理草坪上的骨头,但还是有小鸟的尸体和被吸干骨髓的狐狸腿。德国牧羊犬体型太大,塞不进垃圾桶,他只好把它的脊椎打断,塞进垃圾袋。做完这些,他干呕着跑进门前有些枯萎的杜鹃花

---

① 译者注:T 是 tomboy,现为女同性恋中充当男性角色的一方代称。

丛中,好不容易才在臭气中捡回一条命。

他家草坪上的骨头比两个街区内所有人家院子上的都要多。要么就是他家人真的是大难临头了,要么就是有人——那个干瘦的大嘴巴意大利人在向他示威。他明白了,星期二早上,她听见他说梦话,知道了他梦里的秘密,然后假惺惺地讨好他,暗地里实施一个阴谋。她诱惑格雷厄姆·尼罗杀了卡夫曼,然后把这些骨头都扔到草坪上。她还买通萝伊丝·拉金,故意上演一场露乳戏,然后她便对外声称他疯了,跟他离婚。他手提一袋骨头,站在草坪上,抬眼看着二楼卧室。从卧室玻璃看去,她的脸扭作一团,但是皮肤依然粉红通透。他的房子是一座坚固漂亮的维多利亚式别墅,里面都是原装家具和书橱。客厅里的波斯地毯价值七千美金。而她正亲手将他的房子毁掉,她在玩火。她必须知道见好就收。

星期六晚上,窗外的呻吟声让他无法入眠。他以为是自己的幻象,就像之前想象萨拉·温特劳伯在萝伊丝·拉金的床上一样。如果不是他想象出来的,外面会是谁呢?很显然,不只是尖叫那么简单。

梅格在他旁边睡着,一丝不挂。她在他怀里蜷成一团,没有受伤的那条腿夹在他的双腿之间。他终于找到她不忠的证据了。换作平常,她现在脸上应该都写满了紧张,发生了这么多事,她会在家里不安地走来走去。现在她怎么睡起觉来?除非她知道内情:根本没有病毒。那些骨头是她和格雷厄姆·尼罗搞的鬼。

太阳升起来了。他把手伸过她宁静的身体,放在她的口鼻上。手指的影子投射在她的眉头,像是在皱眉。他想如果她醒了,他就捂死她。要是她继续睡觉,他就放过她。他现在正处在两难的边缘,就像光着脚在尖刀上行走。他会倒向哪边的刀刃呢?

过了一会,梅格动了动。她的眼睛紧紧地闭着,像是在梦中哭泣。他应该觉得她楚楚可怜,这是他的妻子。他这是创伤压力紊乱的后遗症,都怪外面的那些人类的呻吟声搅得他方寸大乱。但是,他只想捂死这个贱人。

眼泪从她的眼角滑落,打湿了脸颊。过了一会,她转过身对着他,在睡梦中亲吻他裸露的胸膛。她的嘴唇温暖而又柔软。他转身背对着她,失败了。他没办法伤害她,他深爱着她。

太阳出来了,但是外面不是很明亮。天下起了雨,到了早上六点钟,那些尖叫声渐渐归于平静。闹钟上的日历显示着星期天。他的心里突然一阵不安。他最后一次上班是什么时候？星期四？他们会不会说他违反合约，然后解雇他？接着，他想起病毒的事，想起莉拉·希弗，她已经被锁了好几天了吧。现在外面这么乱，有人去放她出来吗？有人给她送饭吗？如果他再失去一个病人，他肯定会疯掉。他从床上弹起来，抓起旁边的衣服穿上，给梅格留一个便条，然后直奔医院去找莉拉。

清晨的浓雾笼罩着大街。取车的时候，他没有看见米勒·沃克家门前停着的警车。昨天晚上，辛普森双胞胎兄弟被派来调查米勒·沃克的家。哥哥被杀了，弟弟被感染了。哥哥将死之际的那声尖叫还将曼迪从美梦中惊醒，现在他的骨头就散落在路边。芬斯塔的车子开过去，将骨头碾成碎渣。芬斯塔以为压上了什么陶罐，从后视镜里看到一根像粉笔一样的东西。

广播里播送着新闻，关于C镇的消息只有零星一点。平常都是播新闻的时段，主持人却开始接电话。一个家住奥斯丁的女人打电话说她丈夫咳嗽了一整天，打电话叫救护车，结果却开来一辆军用卡车。他们把他和其他被感染的人一起锁在后面，有的已经是死人。她不知道自己的丈夫现在在哪里。后面基本上都是这类电话。芬斯塔关上广播，打开车窗，借着风让自己清醒一点。他哼着海滩男孩的歌，抚平自己的情绪。他不知道自己的这个反应是说明自己是个疯子呢还是个正常人。

医院的停车场十分安静。从星期四晚上开始，医院的主要入口就被疾病防控中心的人封锁了。他们撤走后，这里看起来就像一个废弃场，连军队也不管这里。重症监护中心的自动门开了又合上，然后又打开，像在等一个迟到的客人。这时，天空下起了毛毛雨。

他把车开到门口，缓缓地移动。长方形的医院大楼像是用煤渣块堆砌起来的，顶上是一个圆形的玻璃顶，活似一个陵墓。他不知道有多少感染者已经死在那里。"我不想进去。"他默默地对自己说，挡风玻璃上的雨刷一无所知地左右摇摆，在他的脸上投下扭曲的影子。他想起莉拉·希弗，她的雀斑藏在漂亮的鼻梁旁边，想起他把她的孩子带走时，她垂头丧气的模样。他下了车，在自动门打开的时候大步走了进去。大门像等了很久一样迫不及待地将他吞进去。

医院里面一阵恶臭，充斥着硫磺的味道。他的眼睛受了刺激，开始流眼泪，呕吐的感觉像电击一样流遍了全身。他干呕着，撕下一只衣袖捂住口鼻。大厅里的荧光灯忽明忽暗，暖气机发出嗡嗡的轰鸣。他没看到勤务人员在打扫,也没看见护士在照顾病人。没有电话,没有医生给人抽血,喝咖啡,抱怨保健保险组织的无能。他甚至没有听到人咳嗽。只有自动门一开一合,风趁机钻了进来,地上的纸张像落叶一样被风吹得凌乱不堪。

他朝办公室走去。虽然有电梯,但是他知道肯定是坏了,所以他选择走楼梯。在重症监护病房和接访处的中间,他看见白瓷砖地板上有几条红色的血迹,像是上了锈一样。血迹一直延伸到地下室的方向。

"*快跑,芬尼。*"他想。他的脑海里浮现出萝伊丝·拉金解开的睡袍,他的手放在她的胸口,她露出一个妖冶的笑容。那天他是不是打了她?打在她的门牙上?他不愿意相信这点,但是右手关节上的淤青证明了一切。

楼梯空空的,只有两件沾满血迹的粉色护士服。他尽量绕着它走,小心翼翼地上楼,生怕鞋子会弄出什么声音。他能感觉到大楼的墙壁里面藏着一个智能生物,但不是人。

他的办公室在二楼,门户大开。零零碎碎的纸张摊在桌子上,文件夹掉在地上。他的油画被扔到沙发上,墙上留下了一个刺眼的白色。它是被人生生拔下来的。

"温特劳伯医生?"有人问他。

他握紧拳头,一个转身,差一点就给了来人一拳。原来是秘书薇儿。他调整了一下呼吸,假装镇定地说:"哦,是薇儿啊。"

薇儿一改往日的马尾辫形象,头发松散地披下来。"我是来跟您告别的,我打过电话,您妻子说您在这儿。"薇儿说,"您当我的老板已经有十七年了,您知道吗?"

"我知道。"他说。

薇儿张开双臂,似乎在等待一个拥抱,但是他没有靠近她。她今天也没穿咔叽布裤子,换了一条运动弹力紧身裤。文明倒塌的时候,最先崩溃的便是人们日常生活中的小细节。男人不再穿西装,女人开始露肚脐。他感到周围的墙壁在塌陷,他的维多利亚式别墅从内部开始摇摇欲坠。薇儿看着办公室里凌乱的模样,说:"他们星期四的时候把阿尔伯特的文件偷走了,我阻止不了他们。我说的是疾病防控中心的人,他们一点也不像公务人员,有些人看起来像是常规军出身。我一个表哥是军士,所以我了解他们的作风。"

"他们找阿尔伯特的东西做什么?"他问。

她看着他,过了一会,突然放声哭了起来。他张开胳膊,这是本能反应,不带任何感情色彩的姿势。他现在还不准备暴露自己的感情。她在他的怀里抽泣着,弄得他心里痒痒的。他在脑子里哼着熟悉的小调,让自己冷静下来。他有妻子和女儿,她们不与他为敌,爱着他。更重要的是,她们需要他。但是事实不会因此而改变,病毒不会停止蔓延,地毯上那些该死的鲜血不会干涸,不会停止吸吮他的脚趾。

"昨天晚上,我杀了……他。"薇儿低声说,芬斯塔还以为她是梅格。梅格在梦里杀了他,现在他已经死了,解脱了,再也不会担心了。

薇儿离开他的怀抱。"你应该知道吧,人们被感染后,先要避开的是他们的气味。病毒通过这种气味来读你的思想,像是一种……窥探。它由此判断自己是想吃了你还是附上你。"

他的脑子里还在回想着柔和的曲调。当然,只要他有脑子,他就不会有什么好。

薇儿一把鼻涕一把泪地看着他。他最讨厌这两种东西了。她的眼泪浸湿了他的胸口,他这才发现自己穿的是昨天的衣服,也是前天和大前天穿的。死亡的气息和从前他在波士顿县医院里当医生的时候在太平间闻到的不一样。这股气味充满了铜的味道,像是某种电子产物。他突然明白是哪里不一样了。人们害怕的时候,肾上腺素会激升,就像屠宰场里面,动物尸体一被剖开,那股味道就散发到空气中。他想到大厅里凝结的血迹,明白了一件事情:这个地方有股谋杀的气息。

"杰里米是个乖孩子,你知道的,我那么喜欢他。"薇儿说。他拍拍她的后背,脑子里又开始回旋那首歌(*有时候,我很忧伤*)。他想到一个画面:落日下,成百上千的感染者从大楼里面像僵尸军团一样涌出来,把他的同事们当食物一样吃干抹净。

"他们被感染的时候一动也不动。昨天晚上,他回家的时候,眼睛变成了黑色。他说他恨我,但那不是他的声音,是病毒。所以我得让他解脱。"薇儿说。芬斯塔感到一阵恐惧,她的话开始在脑子里回放。

他想到梅格、曼迪,还有戴维。他默默地祈祷:我永远不会这样对你们。一定要好好的,我很爱你们,一定要好好的。

"我做的没错,对吗?"薇儿问他。

他点头,因为她的表情告诉他,她想要的就是这种答案。也许她来医院就是找这个答案,希望一个有权威的人给她肯定的答案。他突然意识到,她杀死了自己的儿子。这个时候,她向他道别。他对她说:"祝你好运,保重身体,到加拿大,一路顺风。"

她走了之后,他坐在沙发上。自从买了这个沙发,他还一次没坐过。坐在这里,他能看见自己的办公桌,墙上挂着自己的文凭,还有一张宁静无云的天空下美丽海景的图画。他的心怦怦地撞击着胸口,血管像要爆炸一样,浑身冰冷,像是被人扒了皮。他的器官变成了液体,瘫在他的腰上。

他想起梅格,杀死她的种种手段。这些念头让他心生宽慰。他知道她没有做错事,有毛病的不是梅格·温特劳伯。是他自己,一直以来,他被那些吸吮他脚指头的血液逼得发疯。想象自己的手指掐在梅格的喉咙上感觉很棒。她的皮肤随着年龄的增长变得更薄,摸起来更柔软。

他回家后要把一切都告诉她。不光是医院的事,还有所有他脑子里的奇思怪想。为了她的安全,她必须知道他正在崩溃。他想到自己跟她坦白的时候,她扬起一根眉毛,一副不可思议的模样,觉得他牛头不对马嘴。他看看手表,已经是上午十点了。他坐得双脚发麻,还以为真的被地毯连鞋带脚一起吸了进去。真是疯狂,不是吗?他大声笑起来。笑声在空荡荡的房间里回响,像是一个阴魂。医院里应该到处都是阴魂吧,他是不是也算一个?

他终于想到一个解决办法,而且还是个不错的办法。他离开办公室,来到走廊尽头的药房。他打开一瓶止痛药,倒了一颗放进嘴里,用牙齿嚼烂。他的胃部暖了起来。

他爬上楼,虽然这不是出去的路。"我想回家。"他一边走一边自言自语。房间是从外面锁上的,鲜血染红了走廊。他没有看到尸体。真奇怪,尸体到哪里去了呢?

莉拉·希弗衣衫整齐地坐在床上,嘴上抹的是颜色搭配的唇膏。她在等他。他开门的时候,她没有转过脸看他。"温特劳伯医生。"她说。

"莉拉。"他开心地笑着,好像这个世界充满了美酒和鲜花。他没有了感觉,那药片比可卡因还带劲儿。他一边说话, 一边又往嘴里扔了一颗。"我最喜欢的病人今天感觉怎么样?"

"很好。"她毫不畏惧地看着她。她手腕上的纱布被撕开,伤口又在流血。她把血舔干净,然后看着他,解释说:"我不想让他们闻到气味。"

有道理,他点点头。他想起草坪上的白骨,肾上腺素的气味,刚刚他的秘书还坦白说杀死了自己的儿子(他们生病的时候会很饿,芬尼,他们喝止咳糖浆,啃骨头,还吃鱼)。还是以后再想这些事情把。如果现在想,他会疯掉的。他已经不知道自己是不是在哭,不知道莉拉是不是出于礼貌,看着他流泪而保持沉默。"我们现在去找你的孩子,好吗?"他问。

她摇头说:"他们已经不是我的孩子了。"

"莉拉,听着,他们还是你的孩子。不管你有没有监护权,他们都是。"

她的声音像感染者一样无情:"我说过,他们已经变了。"

他不会也没有跟她争论这一点。"对不起,我不是一个称职的心理医生,我太自以为是。不管怎么说,我要放你走。这里没人给你吃的,外面又是世界末日。这里所有的人都已经被感染了,我担心到了晚上,他们会吃掉你。"

她看着他,没有说话。

他继续说:"我知道有些话是有违我们的职业规定,但是你应该知道你的前夫是个王八蛋,但是你很真诚,这一点是对的。我希望你以后一切顺利。"

他转身走了,但是确定房间的门是开着的,如果她愿意,她可以离开这里。要知道,给别人选择的余地很重要。

他觉得自己也该走了,这些病毒让他心烦。理智的人不会害怕这些东西。*要是弗洛伊德在世,他会怎么做呢?* 他认真地想着,然后扑哧笑了起来。也许他会去问荣格吧。他又嚼了一片止痛药。他最多只能吃三片,再吃下去,他就会心力衰竭而死。他让药片在舌尖慢慢融化,感觉像是一条在深海里游来游去的鱼,没有感觉。

他从后门出去,结果肠子都悔青了。他一不留神,多下了一层楼,打开了地下室的门。他终于知道尸体都到哪里去了。焚化炉旁边堆着小山一般的白骨。乍看上去,会以为这是象牙堆砌而成的,或是积木搭成的象牙塔。他不想再看第二眼,一次就够了。在野外,野兽会用这种方式来宣告自己的领地,或者让猎物认不出自己身在何处。他想起猎狗像珍藏纪念品一样保存自己的猎物,他想起梅格,他要把她藏在一个安全的地方,没有人能伤得了她。他要用毛毯将家人裹起来,让她们安心地休息。

对面是疾病防控中心的控制室,周围用网格栅起来。天花板上横七竖八地安装着许多塑料管,空气在里面排进排出,他能听见机器轰鸣的声音。网内有几排手推车,上面躺着五十几个病人或者死人。芬斯塔看见有什么东西在动,听到心脏在胸腔搏动的声音。两个白色的幽灵在手推车之间收集着灵魂。它们像黑山老妖一样,吸走感染者的呼吸,一个接着一个。

他喘了一口气,幽灵们刷地扭过头朝他看过来。它们的瞳孔微张,舔着嘴唇。它们一高一矮,迈着一样的步伐。它们走过来的时候,四肢像喝醉酒一样移动。他看清它们原来不是幽灵,而是穿着白色实验服的女人。

她们在网格前面停下来,伸出双手,一路抚摸着塑料管,似乎从中能得到满足。高个子女人手里拿着一个像鸡腿的东西。她用手将骨头上面的肉撕下来,放在嘴里嚼着,一边咂着嘴巴。上帝啊,他多希望那就是一根鸡腿。

他想找一个武器,但是附近没有解剖刀。他想逃跑,但是他实在不敢背对着这两个东西。

她们露出牙齿对着他笑,白森森的牙齿晃到他的眼。他想起萝伊丝的话来。"你们俩是疾病防控中心的人吗?"他问,因为他知道,只要有人提醒她们,她们会和正常人一样说话的。高个子的女人还在嚼着嘴里的肉。

"我们是实验技术中心的人。"矮个子女人说。

"我是特别行动小组的,上头派我下来看看事情进行得怎么样了。现在是什么情况?"他问,声音在微微发颤。

高个子的手术帽从头上掉了下来,看上去像是一个苍白的光头小丑。她开始吮骨头。

"刚开始死亡率是百分之三十,三天内增加到百分之五十。其他人在……睡觉。"矮个子女人回答说。她看上去二十出头,手臂上有一个蓝色雏菊的文身。文身很好看,他能想象这个女孩曾经的模样。

"病毒的源头是什么?"

"贝特福德树林。"高个子女人吐了口痰,肉块粘在塑料网上。"感染通过血液和唾液传播,但是气味在短期内能够影响人们的心神。如果你在军队,你应该知道这些。"他多希望那真的只是鸡肉啊。他希望自己的孩子现在安然无恙。

她把骨头踢到这边来。骨头飞出网格,碰到他的运动鞋,在花岗岩地面上转了几圈,虽然他不想看,但是忍不住看着它打转。他舒了一口气,听起来却像是一声叫喊。原来真的是鸡腿。

"有办法预防吗?"他问。

她们一致摇头,他心里好不失望。应该会有希望吧,至少他很冷静,至少他还有很多药,所以他可以镇定自若地调查这些事。

"你们为什么会留下来?"他问。

"做实验。"他能听出文身女孩儿声音里有一丝痛苦。

"什么实验?"

高个子女人转身对付那些还在喘气的病人了。她的一只耳朵贴着一个老人的心脏,像是饿极了一样舔着嘴唇。他怀疑那个人在世上还能存在多久。

文身女孩儿不知道什么时候出现在他眼前。她找到了网格的出口,现在他们面对面看着对方。因为服了药,他的动作很缓慢。他跑开了,但是不够快。她滚烫发臭的气息喷到他的额头上。她的文身雏菊在胳膊肘附近的地方变成了瘢痕,之前那里应该是雏菊的茎。他明白她是想把文身弄掉。如果她是正常人,应该会用砂纸来磨掉。

他往后退一步,她进一步。他们是在跳舞吗?她走路的时候,发出铛铛的声音,他这才看见她的脚踝被黑色的铁链锁住,铁链固定在墙壁上。他之前没有注意,但是现在她已经走得够远,铁链被拉得直直的。她可以有足够的空间"照顾"她的病人,但是还不够她出来。他的心蓦地沉了下去。这到底是什么鬼东西?

"求你了,"她说,音调很高,像是一个惊慌失措的人类,"你和德怀特上校谈过了吗?我想回家。"

"我撒了谎,"芬斯塔说,"我不是军人。"

"求你了,"女人乞求他,"放我走吧。"她从前应该是个美女,现在头上却只剩下几缕头发,皮肤也松垮下来。

"你们生病了,所以他们没把你们带走。他们留下你们来管其他病人。你们两个都是。"他说。他像是在问她们问题,但是自己心里也明了几分。

文身女人摇着头,看都不看他,说:"我们是自愿留下来的。"

"后来我们也病倒了。"高个女人在房间那头说。

"所以我们自己做了这个锁链。"矮个女人说。

"因为我们不想伤害任何人。"高个女人接着说。

"我们差不多被感染了——"

"但不是全部。"

"如果我们被彻底感染,就会成为爬行动物。"

"那还只是开始,不是结束。"

"我们永远不能变成那样。"

两个女人像是连体婴儿在讲话,她们自己仿佛就是病毒。

矮个儿女人弯下腰来,使劲地扭动着铁铐里的脚踝,鲜血汩汩地流了出来。她要把脚挣脱出来,解放自己。"不要那样。"他喊道,意思是:戴着那个锁,否则,你整条腿就废了。他还想说,不要那样,你会伤害我。

她放下脚踝,大声喊道:"我要回家!"她的声音在空荡荡的医院里回荡,他担心她会把其他感染者或者幽灵给叫醒。排气机轰鸣着,听起来竟让人觉得有一丝安慰。机器没有灵魂,也就不会被感染。

房间对面的高个儿女人扔下手中的表格,四肢着地朝他扑过来。她的姿势很奇怪,因为手臂不够长,身材又不够纤细,所以她在地上跌倒了两次,在离他几寸远的地方被锁链拉了回去。

她们现在肩并肩站在一起,像是两个身材迥异的姐妹。他看着她们空洞的黑眼,感觉到她们在自己的身体里,淹没他的意识。她们自己的灵魂丢失了,现在就在吃他的。她们很饿。呼吸中的硫磺味让他快要晕倒了。"芬尼,感觉到了吗?"她们异口同声地问道,"是肿块吗?"

他往后退,一步,两步。她们高高地扬起头,他的腿脚已经发麻。他被身后的台阶绊倒了,干脆开始往上爬:一个台阶,两个台阶,三个台阶,快上来了!

台阶上面像是被血染成了红色,他发现原来是红线区。他继续往上爬,红色油漆变成了黄色。他知道自己应该像个人直立行走,但是他站不起来。他朝门口的光亮处爬去,自动门一开一合。上帝啊,它们怎么不警告他呢?它们怎么不说这个地方是恶魔的栖息地呢?

莉拉·希弗站在出口处的走廊上。她从病房推出两辆手推车。一开始,他不知道她在做什么,等他靠近后才发现她的意图。泪水在她的脸上肆意流淌,但是她咬紧下巴,一副决绝的样子。她的手法乱七八糟。解剖刀可不是用来打开一个两百多磅的胖子的胸腔的。

小艾兰躺在桌上,莉拉用解剖刀在他的肠子里找东西。芬斯塔站在手推车前面,莉拉抬起头看着她。鲜血从她的手上一直流到胳膊肘。

"我是他们的妈妈,"她说,"我必须这样做,这是我的责任。"然后她看着另一辆手推车,芬斯塔顺着她的眼神看过去。艾丽丝·希弗的情况不比她弟弟的好到哪儿去。她的头滚到地上,眼睛睁得大大的,身子躺在车子里,不断地流着血。莉拉用那把卷了刃的解剖刀把这女孩儿的头割了下来。做这种事,不仅要有十足的决心,还要身体强壮。因为这是个体力活。

芬斯塔又哭了,这次他没想藏着掖着。胃部麻木了,他不记得是为什么。也许是莉拉用解剖刀在他的肚子上比画吧。手推车上躺着他自己,肠子都被拉了出来。他跌跌撞撞地爬到门边,电子门开了又合上。他的膝盖很疼,因为人的本性不是爬着走路。

门离自己越来越近,他能闻见新鲜的空气。好近。门开了,他爬了出去,淋着雨。雨中,一条狗在愤怒地吠叫,那条该死的狗。不,这是他。他在雨中放声大哭。他出来了,感谢上帝,他出来了。他为自己的解脱而哭泣。

他的车子停在那儿,真是一辆大家伙。他没有意识到自己仍是爬着走,钥匙在他的口袋里咣当作响。他拿出钥匙,进了车里。他开始发动汽车,这里的气味清新香甜,这是自由的味道。他现在感到无比的开心。

他开车离开了停车场,但是和罗得的妻子一样①,他忍不住回了头。他只回头看了一眼,自动门打开了,莉拉·希弗的剪刀手伸了出来,解剖刀被她高高地举起,刀尖上戳着的是小艾兰的心脏。

二十六 肚皮舞者朱丽叶

曼迪一个晚上都没有合眼,眼睛又红又肿。今天她来车站送恩里克,但是不知道具体时间,他也不接手机。她一直等到星期天早上九点钟,然后打电话去他家,但是接不通。为什么昨天晚上让他走呢?她应该试着说服他,部队不会要他的,因为他被传染了!

---

① 译者注:参见《圣经》。罗得的妻子因为没有听上帝的指示,在洪荒发生的时候回头看了一眼,惨遭厄运。

要是时间能够倒流，她会先把卧室好好整理一番，在床头点上蜡烛，在床单上铺满玫瑰花瓣。要是她把每个家具都装扮得像 S&M 的情调，他也不会走了。他会爱她爱得死去活来，答应和她一起私奔到加拿大，在那个国度为她写诗。她可以……在那里当一个异域的肚皮舞者。

她用力吸了一口手中的香烟，盯着手机，不放过一个电话。时间已经到了上午十点。他太怯懦，所以不敢来跟她道别吗？她想哭，但是眼泪差不多流干了。她希望生活能回到他入伍之前，回到戴维上大学之前，回到父母冷战，将她一个人留在餐桌旁干呕却不闻不问之前，回到病毒肆虐，将她的家乡变成一个安静的鬼城之前。她想见妈妈。

早上，她看见梅格坐在餐桌旁用一个很大的绿色马克杯喝浓咖啡，手里玩着那把门闩的钥匙，一边听着校园广播。里面没有放音乐而是谈话节目，讨论瓶装水和水龙头的优劣，还有感染者的眼睛多么具有催眠效果。

曼迪在梅格旁边一屁股坐下。"我找不到恩里克，我讨厌这样的生活。"她夸张地抱怨着，然后发现妈妈的脸上有哭过的泪痕。睫毛膏在她的脸颊上留下两行肮脏的印记。"怎么了？"她问。

梅格擦干眼睛。她已经一个星期没有拔眉毛，都快连成一字眉了。"没什么，别担心。"

"不，有什么。发生什么事了？"

梅格摇摇头："真的没什么，曼迪。"

曼迪站起来："是不是有人对你做什么了？"

梅格还在玩那把钥匙。门闩的钥匙总共有四把，芬斯塔星期六光顾着用电钻安装锁了。后来，他把动物的尸骨扔到垃圾桶里。整个过程面无表情，一天下来，她小心翼翼地防备着他一触即发的怒火，结婚二十年到今天，她不禁思考这样一个问题：我嫁的男人究竟是谁？

她想挤出一个微笑，但是笑不出来："你听新闻了吗？"

"从昨天下午就没听了。"

梅格紧紧握着一把钥匙，手掌上印上了它的模子。她每到星期天的早上就会做一顿丰盛的早餐，但是今天她忘记了。事实上，前几天晚上她都忘了做晚饭。家里人都饿得半死。"坐下来。"她说。

曼迪看了她一会，但是没有问什么，乖乖地坐下来。

"昨天晚上有人被杀死了。"梅格说。

"恩里克!"曼迪紧张地喘着气。

"据我所知,不是他。但是在我们的街区,还有镇上其他地方。"

她接到朋友和图书馆义工们的电话。人们都准备搬出去,但是Ⅰ-95公路被封了,有小道消息说,要是有人从大路或者树林里逃走,士兵们见一个杀一个。她掰着手指数哪些人死了,曼迪的眼睛瞪得大大的。"辛普森兄弟、米勒和费莉斯夫妇、卡尔·弗利兹、莫莉·波佩克、珍妮·里左,还有很多人……我希望你冷静一点,"她说,"我们现在要互相帮助,我不能失去你。"

曼迪除了点头一句话也说不出来,梅格不知道她是在表决心还是被吓呆了。"是病毒作怪。可能你没有注意到你爸爸昨天在清理尸体,动物们都不见了,一个不剩。"

"我看见了,我只是不想吓着你。"曼迪说。她把紫色的指甲油擦了,手指看起来光秃秃的。梅格笑了,但是很快又皱着眉头,因为接下来要说的事情真的很残忍。"现在外面都是流言飞语,但是我觉得应该让你知道,因为……因为我觉得是真的。白天,那些感染者就去睡觉,适应病毒,等到晚上,他们会很饿,找到什么吃什么。那些动物……曼迪,还有那些死去的人……不全是因为病毒的缘故。很多人是被咬死的。"

曼迪的脸一下子紧张得通红。"爸爸呢?"

"有一个病人被困在医院,他去接她出来,一会就回来。他一回来,我们就离开这里。如果现在还是被强制隔离,我们就偷偷溜走。我们会去康涅狄格州和你的爷爷奶奶住在一起。"

曼迪的眼睛湿润了,像一头天真无邪的小鹿。她没有擦掉眼泪,反而哭得更凶了。"恩里克不见了,"她说,"昨天晚上他来见我,告诉我,除非军队写信来说不要他,他今天早上就要走了。我们做爱了。"

梅格的眼睛瞪得老大。"因为他要走了,你就和他……曼迪,那是男人最老套的把戏!"

曼迪摇着头:"才不是……是我主动的。后来,他怕爸爸发现,晚上走夜路回家了。我应该拦下他的。"一行清泪顺着她的脸颊流下来,她瞪着眼睛看着梅格:"我就说过那个叫阿尔伯特的家伙会吃人!我们要离开这儿了,爸爸还管什么病人啊?"忧愁像乌云一样笼上梅格的眉头。她突然发现自己是喜欢恩里克的,他一直都很喜欢曼迪。"从昨天晚上到现在,你都没有恩里克的消息吗?"曼迪的脸冷得像冰。"妈,我要去找他,我必须去找他。我骑自行车去。"

梅格双手按住曼迪的肩膀,她的脚踝又开始疼了,但是她不想再吃止痛药。昨天晚上吃得太多,睡死了过去。早上起来,丈夫不见了,头痛欲裂,感觉整个生活都毁了。"现在你一个人出去不安全,他家里人会找他的。电话现在都打不通,但是可能他人很安全呢。"

"但是,我爱他,"曼迪说,"爱一个人就要帮助他不是吗?"

听了这话,梅格开始想丈夫的事。"相信我,我说得不会错。如果他在医院,你爸爸会找到他。如果他既不在医院也不在家……"梅格挣扎着要不要说下去,最后决定还是告诉她真相,否则就等于将她送上死路。"他可能已经死了。"

曼迪捂住脸庞。"哦……"她痛苦地呻吟着,紧紧地抱作一团,头埋在胸口。

"这到底是怎么了?"

"我不知道。"

"如果他需要我怎么办?"

梅格拽开曼迪的手,看定她。"我爱你,"她说,"听我的准没错,相信我。"

曼迪点点头,墨绿色的眼睛像极了芬斯塔:一半疏离,一半亲密。"我信。"她说。

二十七　安息吧,路易斯·麦古芬

丹尼尔·沃克想大哭一场,却又怕惊醒死人。他捂住嘴巴,将眼泪一口一口吞下去。他背靠着冰冷潮湿的墙壁,在地下室里席地而坐。狭窄的排水沟窗口透不过一丝光亮,外面正下着毛毛雨。

他的胃在痉挛,他不知道自己有没有被感染。每一次抽泣,身体都会颤抖得厉害,这让他想起费莉斯。每天太阳升起的时候,是她的忧郁最肆虐的时候,好像新的一天会给她带来无尽的恐惧。现在,他懂了。

他缓缓地举起手枪,手指放进枪膛,思考一个问题:死了之后,她还会觉得悲伤恐惧吗?

昨天晚上从家里逃走之后,他开车去警察局,但是接待处和办公室里都没人。他只看见路易斯·麦古芬,脸朝下躺在牢房的地上。路易斯的蓝色衬衫没有塞进裤子里,丹尼尔终于看见这么多年来他努力遮掩的啤酒肚。他的手里紧紧握着一只绿色的牙刷,塑料柄被磨出尖利的锋刃。马桶和洗脸池是白色的瓷器做的,地板上铺着花岗岩瓷砖。丹尼尔努力将注意力放在这些东西而不是尸体上。又见一具尸体,他们就像干草一样堆在那儿。他甚至怀疑是自己,而不是詹姆斯,杀了这些人。

"麦古芬先生?"丹尼问道,"路易斯?"

丹尼尔不希望听到他的回答,他怕这个男人会站起来责怪他:"你毁了我,孩子。"

丹尼尔呻吟一声,又立即捂住了嘴,他不想听到自己空荡荡的回声。一个星期前,他还和米勒·沃克坐在高尔夫俱乐部的餐桌前,吃着牛排,礼貌地微笑,像是一个光环笼罩的王子。路床边的水龙头滴答滴答地流水,鲜血沾满了地板、床单,还有牙刷。丹尼尔慢慢地将这些画面拼凑起来,猜出几分这里发生了什么事。

"对不起。"丹尼尔真心地说。他难过,因为他爸爸死了,妈妈尸首异处,弟弟是个疯子,就算没有病毒附体,他也会杀死一切生灵。他难过,因为一直以来作威作福,却不能为重要的人挺身而出。他难过,因为他选择来警察局,结果只发现这个笨男人用削尖的牙刷刺穿自己。看看这里弄得,他做得很不漂亮,应该花了很久才死掉吧。

接着,他去了医院,但是那里一片混乱。医生护士四处逃散,他抓着他们血迹斑斑的长袍,却没人理他。他不是一个人,候诊室里都是惊呆了吓疯了的人。他们找到一个体格还健全的医生就开始投诉:"我的姐妹……我的妈妈……我的兄弟……我的爸爸……我最好的朋友……他们死了……他们感染了……这到底是怎么了?"

最后,他来到餐厅,这里已经没有食物,只能供应咖啡。他找到警长蒂姆·卡罗尔。"我的家人,他们死了。"丹尼尔说。

蒂姆放下手中的咖啡,用力捏着丹尼的后颈。"真不幸啊,孩子。"

"您能帮帮我吗?"丹尼尔有些不好意思地问他。米勒总是告诫他,只有弱者才会向人求助。

蒂姆看了他一会,然后深深地叹了一口气。"我帮不了你,现在需要帮忙的人太多了。"

丹尼尔低头看着自己的手,上面还沾着在垃圾场给兔子挖坑留下的血迹。"路易斯·麦古芬自杀了。我弟弟杀了他的兔子,所以爸爸栽赃他有恋童癖。"他想也没想就说了这些,蒂姆的眼睛瞪得大大的。他喜欢这样的表情,不像米勒,总是让他提心吊胆的。

"我知道你爸爸的作风。一切都会过去的,路易斯这样做是因为你爸爸,不是因为你。"

"这是我的错。"丹尼尔说。

蒂姆摇摇头。"有些人自己想不开。他们就像海星,把自己肚子翻出来,用鲜艳的颜色吓走天敌。每一次都会伤害到自己,最后还是被吃掉。他们一开始就注定错了,你没办法帮他们。现在,你最好找一个地方躲起来,不要出来。"然后他拿起咖啡,走出了餐厅。

之后,丹尼尔开始四处晃荡。他能感觉到电闪雷鸣的暴雨正在酝酿。医院里也不安全,这里的病人太多,如果詹姆斯变成这样是因为他感染了,那么这里将会是一场血雨腥风。

他沿着走廊上的黄线往前走,很像黄色的石砖路。他想起从前教詹姆斯怎么让绿色的薄荷糖在黑暗中闪闪发光。那个时候,只要在黑暗中,这个孩子总是让他有些害怕。

黄线变成了蓝线,蓝线变成了绿线,绿线变成了红线。今晚来值班的人看起来都没精打采的,大部分人都在咳嗽,其余的已经累得站不住脚。他看见一个房间上挂着"圣露西教堂"的牌子,往里面瞅,走廊上都是病人的家属,有些人手里拿着念珠(这是佛教徒吗?),有些人在咳嗽,很多人只是在那儿哭泣。他们挤在长凳上,四周的墙壁绘着牧羊人放羊的图画。

母马吃草,母鹿吃料,小羊羔不要草料偏要叫。

医院里到处是感染者,餐厅的食物都被吃光了。他想起詹姆斯吃掉的兔子,想起 C 镇所有的草坪上的尸骨。他想到一件事,但还不愿意认真地思考,所以他努力回忆着妈妈曾经教过他的童谣。

娃娃不要草料偏要叫,不要叫。

他离开小教堂,继续往前走。红线变成了黑线,他想着妈妈逗他时候的微笑,好像在她眼里,他就是世界上最重要的人。也许他该想的是餐厅里她的表情,似乎在生命的最后一刻,在看见小儿子变成那种德行的时候,她心都碎了。

詹姆斯的所作所为要恶劣上百倍。丹尼尔逃到警察局之前,他看见门前铁栅栏前面有什么东西在晃动。风刮得很大,丹尼尔以为那是一个活的东西。

看见栅栏上那个东西之前,丹尼尔一直希望詹姆斯还有挽救的希望。虽然,他们恨着对方,但他相信等这瘟疫过去,他们会和好如初。但是看见那个东西之后,他终于明白詹姆斯成了一个怪物。栅栏的铁钩上挂着的是米勒·沃克一命呜呼的尸体。

走廊尽头的一个房间传来一声低低的尖叫,很快什么也听不到了。丹尼尔转身往回走。是时候离开这里了,但是他不记得原因(他们很饥饿,记得吗?丹尼尔,趁你还有一口气,赶紧离开这儿吧!)。他往回走。重症监护中心的病人没有咳嗽,但是很多人从病床上慢慢蠕动着爬下来。有人看起来很强壮,但是有人看起来很迟缓。他们的腿很长,背太短,所以既站不起来也不会爬。大概是病毒在身体里配合得不好吧。他害怕极了,希望自己是在家看《淘汰约会》,在一个安全的地方。

他紧贴着蓝色的墙面往前走,希望把自己缩成 Q 版。他们还在病房里,没有走出走廊。也许他们看不见他,也许他们不会像詹姆斯那样对待他。

国王死了。国王万岁!

周围突然安静下来,他预想中的狂风暴雨已经来临。走廊上空无一人,只剩下病人躺在床上。没有人再抱怨死去的朋友,父母,或者宠物猫。没有人在祈祷,甚至没有咳嗽的声音。护士、医生和勤务人员都不见了。"他们去哪儿了?"他的心里有一个声音小声地问道。他应该知道答案,而且是个恐怖的答案。他听到身后有什么东西摔到地板上,立刻转身。原来是一个小孩体形的家伙,速度不够快,没能抓到他。它身子圆滚滚的,肉嘟嘟的四肢像是米其林轮胎。过了一会,他才认出来它原来是个人类,还是个小婴儿,眼睛变成了黑色。他跌跌撞撞地逃走了。

他跑回到进来时候的房间,接待处。前方几尺就是出口,接待处的柜台后面站着一个医生,粉红色的工作服上挂着一个牌子,上面用黑色的字体写着"罗索夫"。他举起双手,做出举世通用的投降的姿势,丹尼尔这才知道他还是个正常人。他的嘴唇嚅动着,像是在说 *饶命*。

手推车都是空的,但是罗索夫周围原来都睡着病人。丹尼尔看着他,但是也知道他现在应该赶紧从前面的自动门跑出去。门里像是夹了什么东西,一开一合。但是孤独是一件很可怕的事情,他不想让这个男人在没有人看着的情况下度过生命中的最后一刻。也许孤单的那个人是丹尼尔。

　　他认识其中的那个胖姑娘——艾丽丝·希弗。她牵着医生的手,像是要把他带出包围圈。医生任由她牵着自己,丹尼尔看到他脸上如释重负的表情,好像有人给他泼了冷水让他清醒了许多,却也离崩溃不远了。丹尼尔也松了一口气。*谢谢上帝。*他想。但是突然,艾丽丝一口咬住了他。"什……"医生大叫出声。虽然他的四肢瘦长,但是肚子很大。丹尼尔看到后不禁想自己是不是对身材肥胖的人都心怀尊敬,因为他爸爸就是这样的身材。罗索夫将血淋淋双手从艾丽丝的嘴里拽出来。她的嘴唇沾满了血。其他的人慢慢靠近,罗索夫渐渐地站不住脚。丹尼尔看不见他了,他只能听到男人的尖叫声。他的喉咙撕裂般的疼痛,原来叫的人不是医生,而是他自己。

　　几个感染者一听到他的声音就立刻朝他跑过来。有的爬着过来,有的在地上滑行,有的甚至是直立行走。苍白憔悴的皮肤下,他们的肌肉扭曲成怪异的模样。他发现他们穿着外套,有白色的实验室服还有蓝色的长袍。他尽量不去看他们漆黑的双眼,但是仍能认出他们是之前他求助的勤务人员,还有艾兰·希弗,初吻对象弗兰妮·索尔尼尔,她是他约会对象里面最好的女孩子,所以他把她甩了。他想让她找到一个更好的男人。

　　弗兰妮先朝他走来。曾经的她有一双水灵灵的大眼睛,情感细腻,一看见自己心爱的人就把手放在心口,好像他不仅生活在这个世界,还住在她的心间。"丹尼尔,我一直在等你。"她说着,手放在心口,但是声音里已经没有一丝感情。

　　他夺门而逃,冲进了黑夜。他们追着他,他钻进妈妈的车里,一上车他就锁上车门。突然——轰!——车子歪到一侧,他的心扑通乱跳,像是在坐脱了轨的摩天轮一样紧张,接着重重地摔倒了驾驶座上。汽车跌落下来,他弹了一两次,终于保持了平衡。

　　发生什么事了?他看着车外,他们的黑眼珠闪着阴森的精光。五个?十个?五十个?他不知道有多少人。摔跤队的大胖子艾兰正在努力把他的车推翻。这辆车还算结实——德国产的,但是谁说得准呢?艾兰往后退了几步,开始冲刺。这次他有了帮手,另外两个和他一起冲了过来。丹尼尔找到钥匙,在他们三个朝车门撞过来的同时发动了车子。车子被撞得跳了起来,靠着两个轮子跑了起来,差一点就被撞翻。丹尼尔紧紧压在玻璃上。"该死!"他叫道,"该死!让我出去,让我出去!"

他用力踩了油门,车子陡的往前一冲,然后落到地上。轮胎摩擦着地面,高低不平地跑了起来。他擦过一辆越野车,砰砰砰地撞倒了几个感染者。"滚开!滚开!滚开!"他大叫着,车内的广播里也有一个人在疯狂地喊道:"世界末日已经到啦!"

后视镜里那些怪物的眼睛越来越远,他倒数十秒钟,不敢放松油门,然后放声哭了起来。广播里,DJ还在说:"谢谢这位打电话的同学,我现在也不想思考这件事。现在,如果有谁认识我妈妈,她住在波特兰坦普尔大街十六号,麻烦您过去看下她现在好不好,可以吗?"

那个孩子坐在他旁边吗?他们是不是在树林里玩游戏,他是不是开心得跟磕了药似的?他希望是,他真TMD希望是这样。"让我出去!"他又一声大吼,已经倒数到三了,他还是没有放松油门。

嘭!汽车碾过一个硬邦邦的东西,然后拖着它一路狂奔。尸体吗?谁的尸体?有人在家吗?他开心地笑起来。汽车慢了下来,虽然他的油门已经踩到底了。后视镜里,阴森的黑眼珠越来越近。"王八蛋!"他骂道。

"她叫尤尼丝·希尔德布兰特,如果你去看她的话,她会给你准备晚餐。谢谢你,伙计,非常感谢,你真是帮了我一个大忙。"广播里的DJ说,好像忘了现在外面流行的是瘟疫,一心只在乎自己做得周不周到。

"她已经死了,你这个笨蛋!"丹尼尔回答说,"只要你站着不动,你就会死。"然后他踩足油门,车后面挂着的东西终于被摆脱了。他又开始加速行驶,那些怪物越来越远。

车外的景色往后退,他记起来自己还在开车,自己还是活着的,他从医院逃出来了。他撞到了路上的东西,希望不是他妈妈的头颅。开了一里路后,他回到了家。他不想进去,可也找不到一个更好的去处。铁栅栏上戳着的东西(丹尼尔,儿子,永远不要喜怒形于色!)不见了,他不知道是谁来偷走了他的爸爸。他觉得自己都快疯了,远处,他能看见一双眼睛追随者他。他们还在看他。

他冲进屋子,把门锁起来。然后,开始找他想要的东西。他想不起这玩意儿的名字,但是他能在脑子里勾勒出它的模样。他知道它躺在储物柜里,在壁球和网球拍后面,在滑雪橇和渔具底下,在高尔夫球棒旁边,被

《花花公子》塑料日历盖住。它有些重,藏在鞋盒里。他把子弹放进口袋,有几颗从手里掉了出来,滚在地上,发出清脆的声响。这会惊醒那些死人。他打开地下室的门,将自己锁在里面。他忘记给枪膛上子弹,大约一个小时,他就那样指着门口。过了一会,他也不知道这一会是多久——手机已经没法用了,他也没有手表——他听到窗户被打碎的声音。有东西嗖嗖地钻了进来,木地板发出嘎吱的声响,像是那东西在地面滑行,他能想象得出来感染者行动不便,匍匐在地面上的样子。他的眼睛追寻着他们的声音,先是来到客厅,然后是厨房,最后在餐厅停了下来。他无声地倒吸一口气。他们找到了他的妈妈。他应该把她埋了才是。哦,天哪,他应该让她得以安息。

过了一会,一切又安静下来。怪物们完成了自己的使命,离开了。他开始舒一口气,但是很快又紧张兮兮起来。地窖里很黑,他不敢开灯,黑暗中他想起妈妈的眼睛,还有爸爸的眼睛。他的脑海中浮现了他们的脸形轮廓,就像照片底片一样:神色苍白,面无表情。现在,他们死了,变成了孤魂野鬼,他们将詹姆斯的所作所为怪罪到他的身上。他应该把他们埋了,就像那些兔子的命运。他长这么大,从来没有做过一件好事,现在,世界末日来临了,他却让做好事的机会从手缝中溜走。

他感觉身体在肿胀,每个器官都被塞满了悲伤,浑身上下都充斥着可怜的感觉。悲伤难抑,他觉得一旦它爆炸了,自己也就见父母去了。"妈妈,爸爸,死了就安息吧。我再也不想见到你们。"黑暗中,他自言自语。他看见他们的脸,写满了失望。整晚,他们都会这样守望着他。

最后,他终于精疲力竭,倒头昏睡。

星期天早晨醒来的时候,他发现,虽然崭新的一天来临了,噩梦却仍在上演。他咽下眼泪,想象着费莉斯和米勒无趣的鬼魂在黑暗中凝视他。终于,他将手枪对准了自己。

二十八　女巫

芬斯塔离开医院后没有直接回家。他把车停到山顶,让心情平复下来。除了校园广播,当地的广播电台都只在转播大城市的卫星节目。有的节目是事先录好的,有的节目在播送新闻。经典摇滚台现在在播放一则新闻,建议新英格兰的市民锁上家门,等待救援。

芬斯塔脑子里混杂着各种幻象,他努力不让自己受到影响。幻象就像水族馆里的鲨鱼,他只想站在玻璃外看着。他仿佛还能看见艾丽丝被割下的头颅,这让他想起五年级的时候老师说过的笑话:*头颅满地滚！* 他能看见矮个儿女人被肢解的雏菊文身,鞋上被人吐的鸡骨头。*赶紧跑,芬尼。* 他的嘴唇没了感觉,他还以为自己是不是得了心脏病,后来才想起来自己吃了太多的止痛药。他摸摸胸口的衣袋,发现还剩有一些药后稍稍安慰了一点。

他下了车,看着整个镇子。商业区上方一股黑烟冉冉升起(*起火了？爆炸了？*),除此以外,一片死寂。门窗关得死死的,他不知道有没有人,有多少人还活着。郁郁葱葱的草坪上散落着惨白的斑点:尸骨。大街上离他几尺远的地方,有一具头骨,肉被吃得干干净净,头皮都被撕掉了。还好镇子没有完全被抛弃,蒂姆·卡罗尔的警车在大街上巡逻。这个男人果真是条汉子。

瘟疫发生后,芬斯塔第一次感觉像个正常人。他害怕了。早上的毛毛细雨变成了大雨倾盆,灰色的天空落下密集的雨点。他不喜欢邪恶这个词,邪恶就是无知。因为治疗过那么多受折磨的精神分裂者,他明白这一点。但是此时此刻,他不这么想了。邪恶确实存在,就在这儿,C镇。

他回到车上,打开广播。*赶紧跑,芬尼。你感觉到了吗？* 他闭上眼睛,心脏一下一下跳得缓慢。药吃太多了。他握紧双手,直到疼痛让血液循环再度活跃起来。*芬尼,是肿块吗？* 他看着脚下,还好没有血淋淋的地毯。他知道那条狗不会再叫了:它死了。他想到梅格,这个星期她已经说了三次爱他。他想到女儿的紫色头发,便签上画着她标志性的笑脸(曼迪·伯奈利·温特劳伯·瓦格斯,传奇美少女！)。她们是他的天,是时候算个总账了,是时候让一切停止分崩离析了。他的家人需要他。

他默数到三,然后到十,然后到五十。他最擅长这个了,将自己游离于问题之外,像是透过玻璃看着它,然后想出解决问题的办法。

病毒在寄居体内产生一种恶性的精神分裂症,也许它会读人们的思想,也许它只是创造一些不好的幻想,让寄居体变得不堪一击。无论怎样,他是一个心理医生。只有他这种人才会解决变态的心理问题。大剂量的抗躁狂剂会让病毒瘫痪吗？他不知道疾病防控中心的人有没有尝试。他思考了一下,否决了这一点。不对,病毒把人类变成怪物,一旦它控制了人类,没有药能治好他们。

　　那么,有没有办法保护大脑不受感染,或者一旦感染,也可以把病毒代谢出去呢?很多人都不知道,人类的DNA本身就携带病毒。每个人的祖先都曾经感染这样或那样的病毒,从天花到流感,因此基因里与生俱来带有此类病毒的密码。如果这种病毒已经老弱不堪,也许有人就会获得免疫力,DNA里就会产生一种疫苗。如果感染者对病毒有一种排异反应,就像对火,甲烷的气味或者绿化水的自动排斥,会不会就能免于攻击?医院地下室的女人说过,传染源是贝特福德,几个星期前,还有人开着拖车,住在那里的小溪边,也就是说病毒是最近才活跃起来,否则他们现在早就灭绝了。如果还有人住在那儿,他们应该知道该怎么办。他满意地点点头,好,很好。他又摸了摸口袋,舌头舔了舔牙龈,又吃了一颗药。*很好。*

　　他咬着嘴唇,却全然不知嘴唇在流血。雨越下越大,这个时候去贝特福德真不是个好主意。他宁愿将梅格和曼迪送到一个安全的地方。如果边境有人把守,他相当肯定凭自己的口才能够将她们送到新汉普郡。再过三四个小时,天就要黑了,他只剩下几个小时的时间。他可以学秘书一样,车子没油的时候,顺手牵点人家的。但是梅格的脚踝受伤了,走不了多远。麻烦的是,他们可能在公路上不得不停车,然后走一百五十里才能到边境。他可以背着她走,但不能一直背着吧。要是晚上被抓住了,那就太危险了。不行。现在,起码她们还在房子里,门窗还能抵挡一会。要是上了路,他不知道会发生什么。他发动了车子。只要他们还待在镇上,他或许可以利用白天的时间,看看能不能在贝特福德找到答案。

　　他一路向北,开到树林附近的入口。两个全副武装的军人堵在两镇相连的路口。他出示证件,却被轰走。他们年纪稍长,头发灰白,勋章一直挂到领口。看来级别不低,至少是中尉。他们怎么出来做这种执勤的苦力活?他想到了答案,却一点也不喜欢这个答案。也许其他的执勤士兵当了逃兵,或者已经遭了厄运。

　　贝特福德和C镇一样沉寂。被荒废的房屋破败得面目全非。在山谷附近,他发现了拖车,据说有些人还住在这里。山谷十分泥泞,最近可能有洪水光顾了。有些拖车从头到脚被泥土裹个严实。他在栅栏前停车,走下来。雨水拍打着他的脸,鞋已经完全浸湿。他很惊讶,一个神情坚定的女人朝他走来,太阳穴上散落一缕灰白的头发。她大约有四五十岁,个子很高，身材健壮。她穿着一条灯芯绒长裤，一件蓝色的羊毛衫，外面披着一件黄色的雨衣。看上去像是以前C镇家长协会的主席。

他走上前，一边挥手："你住在这儿吗？"他希望她会说自己是从班戈城来看看，和他一样希望能找到点线索。

"是的。"她一说话，他便知道她是本地人。她的声音平静，没有活力，典型的贝特福德人。"我在这儿住二十年了，以前是住在房子里，一场大火就全没了。"

"还有别人住在这儿吗？"

她摇头。"以前有，但是现在都走了。他们得了肺炎，但是晚上还会出来。"她笑着看他，他知道没有哪个家长协会愿意招她的。她的牙齿是黑色的。不是常年不刷牙的黄色，而是黑色，像是天天吃蛋糕吃红糖，牙齿烂了之后，污物一层一层地包裹出来的黑色。

"这里也有感染者吗？"芬斯塔问。

她抬起一只手挡住头顶，好不让雨水淋湿头发。"也可以这样说，但是他们壮得跟牛似的。"她用食指轻轻地摇动门牙，他隐约记得自己一拳将萝伊丝·拉金打晕的场景。想到这儿，他的心跳加快了，但是很快就沉没在记忆的洪流中。

"你在哪儿睡觉呢？"他提高音量，好让她听见。雨声太大了。

她笑了，一边摇动牙齿，一边说话，声音几乎听不清："以前有两个女儿，后来都走了。还有一个丈夫，也是。"

他想离开，但是既然已经到这儿了，也许能问出一点蛛丝马迹。他已经在外面晃了半天，起码要给梅格带回一点有用的信息。"我能问几个问题吗？"

她点头。"进来吧，没发大水之前，我就讨厌下雨。"然后朝着拖车走去。她在最破烂的一辆车前停了下来。这辆车连车轮都没有，更令人担心的是一排真人大小的布偶，身穿小孩的衣服，里面塞满了棉花，一字排开挂在木板上。每个布偶身上都挂着一个牌子，上面用油漆歪歪扭扭地写着一个字，拼在一起就是：*她总是饥饿。她从未满足。*

女人指着那些布偶说："这不是我的地盘儿，但是我已经尽量按照我的喜好装饰这里了。"她看着他笑起来。"哈！"她大叫一声。

他吓得跳起来。

"吓到你了！"她说着嘎嘎地大笑起来。"我刚来的时候，这里是这样的。"她爬上三个阶梯,进了拖车,把门在身后摔上。

里面嘈杂了一会之后,她回来了。她跟他招手,让他进来,他猜她刚刚不是在整理房间,就是把不愿意让他看见的东西藏起来。他发现她喘得厉害,对于她这个年纪和体格的女人来说,很不正常。她虽然没有感染,但是有病。他不为她感到难过,相反,她的疾病让她看起来没那么危险。

他把手放进口袋,摸了摸止疼药稳定心神。然后,他上了拖车。空间很狭窄,一个折叠床和餐桌挤在一边,留出空间让人走路。地板打了蜡,光的发亮。门边的垃圾桶里有一些食物的空盒子,像是刚刚被人扔了进去,还踩了几脚。她顺着他的眼光看过去,点头说:"很多地方都没有电气,也没有商店。所以我拿了这些不会腐烂,夜行人也不想吃的东西。这样的话,他们就不会来找我麻烦了。大部分都是糖。"

桌子上有一张照片,里面是两个女孩儿。一个金发白皙,一个黑发健康。两个女孩儿都没有笑容。

"要喝茶吗?"她问,"我只有立顿茶。一个独身的女人,买不起其他的饮料。我有一个活着的女儿,她得了化学奖学金,但是我一毛钱都没看见。她跟她男朋友同居了……对。嗯,要喝点吗?"

他不想喝,但是作为心理医生的他想看看她会不会泡茶。"好的。"

让他惊讶的是,她竟然已经准备好了茶壶,把茶水倒进茶杯里,茶杯下面垫上一个杯垫。"我一直盼着有人来,耳朵可灵了……其实,我是在听造纸厂的声音。如果你经常练习,你的耳朵能听到一切。"她眨眨眼说。

他把茶杯端到嘴边的时候,发现一粒豌豆浮在上面(一杯汤吗?)。他希望只是豌豆,于是端着杯子,假装喝了一口,然后把杯子放在照片旁边。照片里是年轻的苏珊·马利和伊丽莎白·马利。

"这里的人什么时候开始生病的?"他问。

她笑了一下,吐了一口痰。他有点反胃,她吐出一颗牙齿。她紧紧握着牙齿,好像不知道怎么丢掉才不失体面。他想到萝伊丝。他打了一个女人,但是未必是坏事。这说明他和别的男人没什么两样,再说当时情况特殊。

"早在大火之前就开始了。不过,得病的人还没来得及传染给别人就先死了,所以没爆发瘟疫。硫磺让这种病更厉害了,就这样。"她俯身向前,"你为什么不把真正的问题说出来?"她说,牙齿开始有点漏风:*缩*

出来。

他想着医院和晚上那些嗜血的怪物。他玩起了心理游戏:"我真正的问题是什么?"

"你觉得自己很聪明是吧?"她说,"你不关心是怎么发生的,你只想知道怎么阻止这一切。你办不到。"

他用舌头舔自己的腮帮,但是什么感觉也没有。他很开心,希望身体的其他部位也麻木了。

"因为有人踏入禁地了。我知道是一个男孩儿。他发现了最后一个感染病毒的人的骷髅,他把自己的血滴在上面,然后把骨头吸干,这样病毒就长在他的身体里了。"她说。

"你怎么知道这些?"他问。

她露出牙齿,笑了。虽然牙齿掉了,但是她没有流血,他想可能牙齿早就掉了,她一直努力把它再按上去。"这个地方闹鬼呢。"

"我不能理解。"他说。

"你当然不理解了。"她嘶哑着说,然后拿起一块蛋糕,用牙齿把外面的锡纸咬开。神奇的是,她的门牙岿然不动。

"贝特福德发生什么事了?"

她靠在桌子上。"回家打你老婆去,或者该干什么干什么去。"

他吃了一惊。她知道萝伊丝的事?还是知道卡夫曼的事?笑容爬满了她的皱纹。"被我说中了,对吧?"

他起身要离开,她抓住他的胳膊,手指黏糊糊的。"我都告诉你吧。"

虽然他想走,但还是耐着性子听她说,他想知道点什么。

她的嘴咧得大大的,还想再卖卖关子。"一个女孩儿来了,拯救了这个地方。她消除了我们的后顾之忧,就像吃糖那么简单。"她停下来,手指抠了一点蛋糕,伸进嘴里。她一边说话,黏湿的蛋糕屑从嘴边漏了出来。"我也吃糖……为她吃的,所以她知道我对她的恩德铭记于心。我这样做就和她站在一边了。"她把牙齿又塞回远处,讲话不漏风了。

芬斯塔看够了。他挣脱手腕,朝门口走去。她在身后叫住他:"但是危险还没有完全消除,特别像这种鬼地方。笨女人。这里什么都没有,*就是有鬼*。"

芬斯塔打开门,外面的雨看起来不错,应该能把这个女人身上的臭味从他身上冲干净。

"这里以前也很有生气,但是这次不一样。这次病毒学乖了,刚开始挑选的是詹姆斯·沃克:又蠢又坏。现在,它找到了新主人。你猜是谁?你的命可都在它手上呢。"

芬斯塔回头看着她,希望她是疯了,但是他知道她没有。女人对着他笑了。"你知道他们为什么不吃我吗?"她用食指指着自己的太阳穴,比画出手枪的姿势,然后假装扣动扳机。"砰!"她说,"癌症。他们不喜欢这个味道。"

他已经半踏出门口。这时,他发现之前她藏起来的东西。餐桌底下一条白色的床单盖着一小块东西。

她知道他发现了她的秘密。"我煮的方式很文明的,能够杀菌。"她说。

一根孩子的手指伸出床单外面。芬斯塔咽了下口水,但是嘴里尝到胆汁的苦味。他打开门,不顾一切地吐了起来。

"我只吃死人,一本正经的先生!"

他跌跌撞撞地走下车,太阳已经下山了,雨水浇在身上让他舒服了一点。他想哭,雨水好舒服,黑暗也比身后那个女魔头可爱。病毒都比她可爱。他一路狂奔到自己的车里。

"你等着瞧!你也会这样做的!"他开车离开的时候听到她大声喊道。

二十九 弟弟的监护人

丹尼尔扣动安全栓。他真希望能给他带来安全。整个晚上,他一直握着手枪,冰冷的金属得到了一些温度。他咬住枪口,浑身止不住地颤抖,牙齿打在枪壳上咯咯作响。他觉得这不是个好主意,但是,他还在倒数。数到三下,他就开枪。这次,他不再孬种。他应该把那些兔子好好埋了,应该当一个好哥哥,那些兔子根本就不应该埋。

"嗯,"他嘴里含着擦得锃亮的枪说道,"一。"

父母的鬼魂在房间一角看着他,像底片一样没有颜色,应该是光亮的地方什么也看不见。没有人笑。米勒脖子上的青筋暴涨,好像随时要大发脾气。费莉斯握着他的手,像依偎在父亲身边的女儿一样。他们穿着参加高尔夫俱乐部聚会的晚礼服,她的皮草大衣是用兔子的尸骸做的。

他从嘴里掏出手枪。他不想让他俩看着他做这一切。他不是在保护他们,只是不喜欢。"滚开,"他说,"你们都死了。"

他和自己的老头大眼瞪着小眼。米勒怒目圆睁,想让丹尼尔退缩。丹尼尔拿出枪,对准了父亲。后坐力将他弹回靠了一整夜的台阶上。"啊呀!"他说,抬头一看,父母的鬼魂都不见了,离地面三尺高的墙壁上有一个子弹坑,瞄得还真不准。几天来,丹尼尔第一次露出了笑容,还好弹坑是在墙上而不是自己的头上。

他站起来,开了锁,打开门。乌云像是太阳脸上长满的黑痣,外面一片阴霾。一个小时后,他翻出厨房里所有的材料给自己做了个煎饼,安慰咕咕叫个不停的肚子。吃饱后,他鼓足勇气,走进餐厅,希望找到妈妈的尸骨,亲手将她埋葬。房间里空空的,只剩下一点血迹。他的脸皱成一团,他们昨晚将她吃掉了。他的心里一股无名火在燃烧,但是也有偷偷松一口气。

他看着窗外,院子里很安静,两边的邻居家也是。镇中心,有几处起了火。似乎都是昨晚发生的火灾,现在快要烧成灰烬了。远方的山谷笼罩在傍晚的迷雾之中。他知道,是时候离开了。

妈妈的车除了副驾驶的门被艾兰撞出一个凹口,其余都还完好。他上了车,发动引擎。汽车顺利发动了,汽油显示所剩不多。他需要加油。胃又开始咕咕叫了,他还需要食物。他慢慢地开着车,寻找其他生命的迹象。他什么也没看见。米麦大街上的商店都被洗劫一空,橱窗被砸开,空调跌到地上,挂毯被撕下来。超市里的食物也都不翼而飞,肉,奶制品,甚至冰激凌都被人从冷冻柜里拿走了。三个加油站都没了汽油,所以他决定孤注一掷。他把车开到公路上,希望能开上I-95公路。路中央横着一辆悍马,等走近了他发现副驾驶位子上一位士兵摇下车窗。"回去,否则我们就开枪了!"他用扩音器喊道。丹尼尔放慢车速,但是没有停车。镇子已经成了废墟,自己还有什么容身之所呢?

悍马后面的车窗也摇了下来,丹尼尔停下车。他看见一挺机关枪指着自己。"马上回去!"士兵喊道。

丹尼尔后退了几步,但是很显然这还不够。砰砰砰!枪声在他的耳边炸开来。他踩下油门,回到米麦大街。后视镜不见了,他才缓过神来是被打掉的。他终于知道他们不是对着天空放枪,他们*瞄准*了他。

另外一条出路就是走贝特福德那条路。他开上一条无名的公路,当时是为了连接两个镇子的。那里也有士兵。他在他们的卡车附近停下来,摇下车窗。两个穿着绿色雨衣的士兵拿着机枪朝他走来,他在心里默默祈祷,只有四个字:*不要开枪*。一个士兵看着他的眼睛然后一句话不说,挥手让他走。

他朝树林开去。两边茂密的树林飞快地后退。*我们树林里见*,詹姆斯说过。他还在那儿吗?丹尼尔昂起头,他们是不是都躲在树林里呢?

他来到空旷的贝特福德,大街上空无一人,商店的玻璃都被砸碎了,很像C镇的现况。他突然明白,现在不管他到哪儿,应该都是C镇的模样,世界正在经历浩劫,没有安全的地方。死人,感染者,活人,同一个世界,同一种恐慌。

丹尼尔擦擦眼睛,抽泣着。他仿佛能看见父母的鬼魂,失望地看着他。他那天真无邪的弟弟(他真的有天真无邪过吗?)也死了,他现在已经变成了一个怪物。

他知道自己必须要做什么,才能结束这所有的一切。只有这样,他才不会无止境地恨自己。只有这样,他才能让鬼魂们安息,也能拯救自己的弟弟。

我就到树林里会会你。

他离开大街,停在树林一处可以野餐的地方。已经快到傍晚了,下午四点钟。现在的白天变短了,太阳不久就会落山。他深吸一口气,摸着口袋里的手枪,开始狩猎。

越往树林深处走去,他的心里就越是亢奋。他很累,但不是因为走路,而是因为浑身颤抖,因为走了这么远,身体里的血液流得似乎比平时要快上两倍。

太阳低低地挂在空中,树林里到处是枯树。本能让他回去,但是他不能丢下弟弟,不能再丢下他了。这个孩子一直那么孤单,这一次,就让丹尼尔陪着他吧。

走了一段路,他来到一片空地,动物的尸体满地都是。他能看出哪些是兔子的皮毛,哪些是鹿皮,甚至还有麋鹿的尸骸。踏过这些尸体的时候,他只干呕了一次,朝空地中央走去。肾上腺素已经达到他的上限,他觉得自己都可以去跑马拉松了。他检查地面,发现黑色的土壤冰冷潮湿。站在远处往这边看,他以为是一个小山包,来到中间,才发现原来是成百上千的尸体堆在一起,像垃圾堆一样散发出恶臭。

他像被电击了一样,恐惧沿着他的脊柱钻进他的肚子,揪着他的肠胃。本来空着的胃现在被填满了,他止不住地浑身颤抖。妈妈、米勒、路易斯·麦古芬、医院的那个医生,他们死了。成千上万的人死了。可能几百万的人死了。

一些尸体脸朝着地面,好像他们在梦中从土壤里吸取血液。他把手握成拳头,将三个手指塞进嘴里。他太用力,牙齿被撞得生疼。这样也好,给了他力量再靠近一点。

他踮着脚往前走,突然很想撒尿,但是又不想在这些东西前面拉开裤链。他控制不住地尿裤子了。

尸体中间躺着他以前的老师,萝伊丝·拉金。她的头发掉光了,模样也发生了很大的变化。曾经圆润的脸庞现在棱角分明,其余的尸体都指向她,似乎是在保护她。她是领袖,很显然。作为米勒·沃克的儿子,他知道领袖的意义。他闻到了硫磺的气味,不自觉地朝她走去。他也想保护她,心里有一只眼睛睁开了,看着他。他朝萝伊丝走去。他希望自己能躺在她身边,等待黑夜的来临。

做得很好,丹尼尔,她温柔地对他说,*我会照顾你的*。

他爬上尸体堆,踩到一个人的腰。原来是瑞恩·诺尔斯,他是个警察,曾经因为他没到年龄驾驶逮捕过他。他腰上的手枪走火了,子弹擦过丹尼尔的鞋子射进瑞恩的脑袋。他流血了(可能是他的小脚趾吧?),但是血很少。他担心血的气味会将他们唤醒,像饿死鬼一样朝他扑过来。屁股后面的手枪烫得他有些疼,但是他不想动它。他把手放进嘴里,这次是四根手指。他用力咬下去,但是没起多大作用。他的妈妈、爸爸、路易斯·麦古芬、罗索夫医生在痛苦地求饶,他们都死了。也许他们才是幸运的。

张开嘴巴,丹尼尔。她命令道,这次声音既不是女性的声音,也不温柔,*开枪*。

丹尼尔往后退。"不!"他嘴里含着拳头说。他吸着手指,感觉舒服一点。他希望能把自己整个儿吞下去,躲在自己的肚子里。

开枪! 她怒吼一声,声音带着喘息,好似千军万马。

"不,"他说,但是他知道,就算他再跟它讨价还价,自己还是会输。它就像米勒·沃克一样。永远不要和疯子吵架。

心里的那只眼睛眨了几下,他开始觉得浑身发痒。耳朵,皮肤,血液。他觉得痒,却挠不着。他忍不住把手从嘴里拿出来,伸进了耳朵,抓得耳朵生疼。他又哭了,但是这次不说话了。他往后退,就在这时,他看见了那个孩子。他的头顶光秃秃的,躺在萝伊丝·拉金的怀里,像是一个天真无邪,内心平和的小天使,好像以前发神经的大脑不再惹麻烦,看起来那么的幸福。

丹尼尔摸了摸屁股后面的手枪,他趴在尸体堆上,想起米勒挂在栅栏上的头(国王死了——国王万岁!),费莉斯圆睁的充满恐惧的双眼,还有曾经洁白如玉的兔子。他必须下手。他欠一个叫詹姆斯的孩子,如果他不下手,父母的灵魂将永不安息。他爬过尸体,举起手枪,耳朵里面痒得厉害,他多想扯下它们啊。

*把子弹射进自己的胸膛,丹尼尔。你应该好好休息了。*它大声地叫着,他的脑袋都被挤爆了。

他用嘴巴大口地呼吸,不去闻尸体的味道。他爬过他们的胳膊,大腿,浮肿的脖子。他们的骨头被压断了,发出咯吱咯吱的声音。他们像是蛇在蜕皮一样。他们要变成……什么?

他只停了一次,把胃里吐得干净,但是在这上面吐让他有些于心不忍。他告诉自己,这些是木头,是燃料。那个声音打断他:*他们带她去精神病院的时候,她看见你挥手道别了。她知道是你,但是不想再做你的妈妈了。*

"住嘴!"丹尼尔趴在弟弟的尸体上,低声说道。他不想看着它,但是他必须这样做。他把詹姆斯冰冷的小手从萝伊丝的平胸前面挪开,把他翻过身躺着。他跪在尸体(木头!)上面,有些不稳,挣扎着保持平衡。

詹姆斯的皮肤惨白透明,骨头突兀地戳着他。他受伤的肩膀也完好如初。

"你不是我弟弟。"丹尼尔用枪指着詹姆斯的太阳穴,低声说。这次他不会再失手。扳机扣到一半,怪物对他尖叫道:*你试试,孩子,我会把你的肠子像圣诞节彩灯一样挂在车上,我会让你的弟弟吃掉你的鲜肉。*

丹尼尔靠在萝伊丝·拉金的肩膀上,肩膀咔嗒一声,可能是断了。他咯咯地笑起来,很可能快疯了吧。

我会用你的鲜血在C镇的牌子上写欢迎光临。

丹尼尔顿住了。他忘记了奇痒的感觉,不再关心脚下摇摇晃晃的尸体堆。他太慌张了,竟然忘记一件事:擒贼不是先擒王吗?

丹尼尔重新对准手枪,这次是瞄着萝伊丝·拉金的头。他的胸口剧烈地起伏着,既在笑也在哭。心里的那个怪物睁开了眼睛,他看见了它所做的一切。它文明尽失,永远感到饥饿,无止境地吞噬一切,直到感染者把自己撑成肥大的寄生虫,幸存者看着自己的皮肤瞬间露出骨头。最后,健康的人也慢慢死去,因为再也没有供他们生存的东西。

丹尼尔笑了,他无法自抑。他又把手枪瞄准了自己。路易斯·麦古芬,他不是比路易斯·麦古芬坚强吗?他要向妈妈证明自己是个坚强的孩子。去他妈的牙刷。他要直接打爆自己的脑袋!他还在笑,停不下来,直到忘了怎么去呼吸。他闻到硫磺的味道。过了一会,他不笑了,一步一步往后退。他回到詹姆斯的身边,用手枪顶着他,扣动了扳机,一次,两次,三次。一切来得太快,他没看见子弹射进弟弟胸膛,只看见他的身体弹动着,就像以前被他揍的时候一样。

*妈妈,爸爸,上帝,詹姆斯,原谅我。*他默默地祈祷着,这时弟弟突然睁开了他的黑眼睛。他大吃一惊,詹姆斯瞪着他,丹尼尔终于承认一件事。不管有没有病毒,弟弟恨他。他一直恨他。丹尼尔的心不禁小痛了一下。

"它告诉我,我会成为你的国王,你会成为我的弄臣,你还会像我一样变成弱智。"詹姆斯有气无力地说,丹尼尔摇摇头。作为米勒的儿子,难道他不知道这种承诺很假吗?

詹姆斯闭上了眼睛。丹尼尔摸着他的脉搏,心跳渐弱,终于停止了。丹尼尔把他从尸体堆上抱起来。地面很软,他双手刨了一个浅浅的坑,把弟弟埋了进去。他做完这些的时候,太阳越发暗沉,他知道今晚必须赶回C镇。他要找一个藏身的地方,等到明天艳阳高照的时候再出来。他又看了一眼萝伊丝·拉金。手枪里还有两发子弹。

他抬起枪,瞄准她的头。他开了一枪,打偏了。再一枪,又偏了。再一枪,已经没子弹了。太阳落下地平线的时候,萝伊丝·拉金发出一声震耳欲聋的咆哮。

没等她睁开双眼,他已经脚不沾地,跑回车里。如果他今晚能活下来,他一定要离开C镇。这里已经没有留恋。从来就没有过。

三十　死亡孕育生命

太阳收回最后一缕金衣,消失在地平线尽头。黄色的,红色的,灰色的光线,萝伊丝看不见任何亮光,只有一些模糊的影子和轮廓。世界笼上了灰蒙蒙的阴影。她也不比从前,只想着活下去,吃东西,然后找一个黑暗的地方睡一觉。这种生活更为简单,她不后悔,也不怀念从前的自己。她不想念自己的母亲,很奇怪,她的心脏吃起来并不苦。

星期天的晚上,她在林间空地醒来。太阳不再能伤害她,但是把她的同类变成了布娃娃,他们面无表情地躺在那里,眼睛紧闭。他们不是在睡觉或沉思,只是昏迷着,任自己的身体发生变化。但是她不一样。阳光虽然照在她身上,她仍然能感觉到周围的一切。有那么一刻,她有点害怕。丹尼尔·沃克压碎了她的胳膊,子弹擦过了自己的小腿。但是,他已经走了,带走了威胁。从现在开始,她要选择一个隐蔽的地方睡觉。

她的身体发生了变化,身体变得更高,膝盖和胳膊肘变得结实,站立会让她腰酸背疼;她更喜欢爬行。她和病毒一起发生变化。她的头发和眼睫毛像蒲公英一样飞走了,她可以许一千零一个愿望,但是她只想要一个东西:血。

她的周围都是尸体,一千,两千,五千,她知道还有更多。星期天晚上醒来的时候,她的骨头又长好了。所有的伤口在这里都会愈合,所有的伤痛都只会是过眼云烟。

梦里,她的灵魂在地下挣扎。她终于和她分离了。虫子没有吃她的身体,但是吞噬她的灵魂。梦里,病毒没有让她觉得饥饿,而是满足身体的渴望,成为她的伴侣。嘴里的土渣说明在梦里与她交合的甚至不是人类。

但是这只是梦。

当然她不后悔。

她站起来,周围的孩子们跪着。她是病毒的中心,孩子们聚在一起比分开的时候要好。她有一个计划,他们吃得太快,这可不聪明,只会复制更多的笨蛋。他们应该在传播病毒的时候更挑剔一点,种瓜得瓜,种豆得豆。她会在这方面成为一个专家。她摸着自己的肚子,这样的她不再温柔。肚子里的孩子没能适应这种变化,没有熬过白天。肚子上没有隆起,也没有疼痛。死胎将会永远留在自己的子宫。

过去的萝伊丝·拉金从地底下朝她尖叫,她很开心她已经被埋起来了。她讨厌那个女人,同样讨厌自己。

她睁开眼睛,带着众人在夜间开始滑行。

三十一　床上的女人

星期天的晚上,格雷厄姆·尼罗突然从床上坐起来。这么多年来,他第一次感觉很好。他觉得自己是一个强壮充满活力的猛男。房间很暗,但是他还能看见碎花床罩和黄色的墙纸,看见深蓝色地毯上方漂浮着细微的纤维和灰尘,听见内心的软弱。

他身边躺着一个女人,一个没用的没有生气的女人。结婚一个星期之后她就怀孕了,说是因为避孕药失效了,他可不是傻子。他打电话问医生,才知道她已经好几个月没有去买药了!

她本来是他办公室里的行政助理,后来辞职回家带小孩。他一下子成了家里唯一的支柱。八万美金够吃多少顿的牛排啊。他刚开始看见她的时候,觉得她是一个能够养活自己的人。接电话的时候够麻利,每分钟打四十个字,总是能买到打折的套装,虽然不够时髦,但是将她的曲线勾勒得摄人心魄。真是知人知面不知心。

她偶尔做些兼职,给《C镇日报》写写文章。每两个星期,她就写一些揭露房产黑幕或者儿童沉迷毒品的文章。她一直都想当个作家。每个星期,她至少要说一次谢谢他照顾家之类的话,好像他有得选似的。她怀孕之后,银行说除非她能全职工作,否则打包走人。

所以他喜欢梅格·温特劳伯,她能工作,可以养活自己。她不会跟人来阴的,她生气了就会大叫。他希望那天她能跟自己去六十九号房。后来,他在酒吧找了一个幼齿开了房。她的身体很年轻,现在他最喜欢的房间乱七八糟。

格雷厄姆能够闻到自己的口气,很臭。西装口袋里装了一盒薄荷糖(他从帕芬站偷了几盒),一口吃了二十颗。很呛口,但是他不停地嚼着,然后不禁觉得奇怪:*我怎么穿着西装睡觉?*

走廊里,他的孩子在哇哇哭叫。也许她饿了,或者吓着了。或者她本来就那么蠢。伊莎贝拉总让他想起凯特琳,这个女人就像石头一样绑在他的腿上,将他坠入深渊。他看着床,孩子还在哭,他的女人似乎不愿意起床。他站在冰冷的地板上。他上班迟到了吗?这个贱人竟然没有叫醒他,给他泡咖啡……等等,现在是晚上,而且是星期天的晚上。他一般也会睡上一整天吗?

他看不清镜子里的自己,只有一个轮廓。脖子和胸口上的红疹不见了,也没再咳嗽。他怎么传染上的来着?对,几天前的一个夜晚,他在酒吧遇到一个高中女生,她投怀送抱过来吻他,后来竟然咬了他!他不记得后来发生什么了,只知道自己很饿。

算了,现在最重要的是要把脸刮干净,露出迷人的小酒窝,女人们会争先恐后地用纤细的手指抚摸他。还有那个六十九号房间的女孩儿。她叫什么名字呢?希拉,劳拉,朵拉,还是弗洛拉?他不记得了,她是他第一个猎物。

他喷了一些漱口水到嘴里,吐出来。他的口气发馊,他又开了一盒薄荷糖。

窗外的街道空荡荡的,街灯都没打开,很好。他讨厌光。广播轻轻地放着斯特拉文斯基的音乐,他妻子喜欢的音乐。他调了另一个台,正在播放特别新闻。播音员说,确保关上门窗,晚上不要外出。格雷厄姆对着镜子笑了,假发放在洗水池旁,他决定不带了。他喜欢自己的新样子,潮男。曾经,他能在卫生间花上几个小时捯饬自己,就算凯特琳敲门要撒尿,他不准备好绝不开门。有一次,他看见这个傻女人蹲在厨房的一个罐子上,原来她憋不住了,楼下的厕所刚好又坏了。想到这,他笑了。然后打开门,他饿了。

被单底下的女人让他想起梅格·温特劳伯,她拒绝他,把他的尊严摔到他的脚下。刚开始可能觉得没什么,但是很残忍。如果她和自己一起来,他就不会忍受那个处女紧张的笑声。如果她和自己一起来,也许他们可以一起吃东西。

大约六个月前,她打电话给他,说一切结束了。好像他还对她念念不忘似的,他可已经跟卢西弗开的夜店里面一个脱衣女好上了呢。梅格身材很好,他喜欢她,但是她已经人老珠黄。一两年后,她的皮肤会松弛,感觉也没那么好了。他在办公室里见过太多这样想结婚的女人。她们喜欢网上约会,但是到了四五十岁后便没人要了。

是她甩了他没错,当时的自己笑着说,得了,宝贝,但是他想将她切成碎片。难道这个骨瘦如柴的贱人不知道感激涕零吗?他家里有一个老婆,D罩杯的胸器,笑起来脸上也有酒窝。他只是假装她很性感罢了。

他一直都很想梅格,感染后,这种欲望更加强烈。身体像是觉醒了一样,不想放手。一闭上眼睛,他就能看见她插着手臂看着他,好像他送的东西永远都不够好,甜言蜜语永远都不够动听。

几天前,他一手抱着伊莎贝拉,一手拿着苹果,凯特琳说要给他背部按摩,但是他否决了。当时他已经生病了,但还没有完全感染。刚开始只是有些咳嗽,起红疹,头发开始脱落。他的手伸在空气里,一次又一次地抚摸着她的皮肤。他累了,手和牙齿开始发痒。他用香皂洗手,漱口,直到水不再有红色。他接下来要去图书馆。他已经努力发挥格雷厄姆·尼罗的魅力了,应该让人无法拒绝才是。但梅格·温特劳伯仍然拒绝了他。

格雷厄姆来到走廊上。被子里的女人开始发臭,所以他不想待在卧室。被单变成了红色,还有点潮湿。懒女人,从来不知道打扫。他经过伊莎贝拉的房间,她正坐在小儿床里,嘴唇发紫,脸色雪白,眼睛黝黑。她很饿,但是不知道怎么吃东西。跟她妈妈一样没用的家伙。

他下了楼,打开前门,看着如墨的夜色。黑暗中,还有别人,瘦长的身躯,优雅的姿态,在月光下闪闪发光。他们一家一家地闻着,看能否找到一丁点食物。他想起梅格·温特劳伯,于是走了出去,然后四肢着地,狂奔而去。

三十二　也许你只是悲伤

罗尼从睡梦中醒来。这是星期天的晚上,他和诺琳坐在沙发上。他已经不咳嗽了,诺琳也一样。他感觉还不错,身体和在C镇高中上学的时候一样强壮。但是他还觉得有股怨气,想把一切东西撕毁。他觉得是诺琳的错,这个贱女人,都是她干的。他想撕裂她的喉咙,好吧,撕开一点。罗尼和诺琳的天伦之乐无非就是看看电视,现在他们正在看重播,主要是因为诺琳掌握着遥控器。冰箱里没有一点食物,也没什么好吃的。肉都吃完了,现在他和诺琳正在分吃一只田鼠,鲜血从他的下巴漏出来,到处都是。

虽然看见这只田鼠他就恶心，但是还得吃下去。白天的时候，他觉得很累，人生的唯一支柱大麻也没了，卖大麻的人都死了，所以他再也抽不上大麻了。

今天早上的时候，事情开始变化。他的眼睛变成了黑色，他记得自己有喘气，还有祈祷，但是不记得祈祷什么了。也许跟平安有关，他祈祷着一切平安无事。接下来，他什么也不记得，就知道醒来的时候，在电视机前面和诺琳在一起看重播。

诺琳笑个不停。电视里的女孩子说了一些幽默风趣的话。"你们两个操你妈。"罗尼对着电视骂道，这可不是他的作风。生病之前，他从来不会说这些恶毒的话。

诺琳对着他的脸啐了一口，口水飞到他的嘴上慢慢流下来。他想也没想就扑上去扼住她的喉咙。是她先挑起来的。她的脸从雪白变成了猪肝色，身体用力的抽搐着，像是要死了。他知道，他恨她，恨他们现在的模样，但是也很饿。

他松手了。她一缓过气，立刻反击，肥嘟嘟的手捏成了拳头。他抓住她的胳膊，用的力道太大，胳膊断了。但是没关系，它很快就长好了。不管做什么他都不能伤害诺琳，除非杀死她。

"我饿了，不想吃田鼠。"他说。

她点头同意："我们去新一滴酒吧。"

他们离开家，他想去拿车，她不要。"我们不需要那玩意儿。"这倒是真的。他已经用四肢行走了，他的身体贴近地面，这样很好，更容易抓住地上跑的东西。大部分时候抓到的是蜘蛛，他更喜欢昆虫，而诺琳则喜欢别的。

他跟着她苍白的身体来到大街上，像小鹿一样地快跑。空气很甜美，他的眼睛适合黑暗的夜晚。站在山顶，他能看见远处高速公路上拥挤的车辆。车子都不动，有的抛锚了，有的没油了，坐在车里的人在夜晚被杀掉了。他能闻见尸体的香味。感染者吃东西不干净，他还能闻到软骨的味道。他想自己是不是该下地狱了。

他们来到新一滴酒吧，已经打烊了，但是罗尼能看见门板后面透出的光亮。他把门板卸下来，不小心扯掉了自己的皮。不过还没开始流血，皮肤已经自动长好。他打开门，T.J. 温赖特一个人坐在吧台上，闻起来就像烤乳猪那么香,他看起米像吸了大麻。罗尼看见他眼里因为吸毒泛出的血丝,他低吟一声。他多想吸一口啊。他朝他扑过去,TJ 拿起手枪,对准罗尼的脑袋。

罗尼继续奔跑,希望 TJ 开枪。他厌倦了饥饿的感觉,希望在他还有一点人类的感觉的时候,结束一切。

诺琳把手放在他的肚子上拦着他。

"TJ,让我进去,好吗?"她的声音在房间里回荡着。罗尼听见了,在脑子里回荡着。

TJ 抬起头,这次他的眼神变了。诺琳已经附到他的身上,他看着手枪,好像知道这样很蠢,但是没有办法。他把手枪放到柜台上。"真乖,TJ。诺琳最知道你了。"她说。光是听诺琳说话就已经头晕目眩了。他突然意识到她身体里的病毒比他的强大,这可不是好兆头。诺琳看着他笑了,好像她也发现了这一点。

"我们喝杯酒吧,你男朋友的事我们也很难过,TJ,但是你必须这样做。我们都明白。"她说。TJ 点点头:"要不然,死的人就是我了。"

诺琳扑了过去,罗尼嗅到了 TJ 的恐惧。他们从小一起长大,一起参加棒球队。TJ 没有反抗或者尖叫。诺琳往旁边挪了一点,给罗尼一点就餐空间。他闭上眼睛,想象这不过是蜘蛛或者田鼠,然后开始咬第一口。吃完后,世界上好像从来没有 TJ. 温赖特这个人,只剩下头骨和几块骨头渣。

罗尼会像诺琳一样,他的手指甲会掉光,皮肤会变厚,不再是从前的罗尼·凯勒。也许现在他已经不是罗尼·凯勒了,他再一次希望自己已经死了,但是他只是觉得饿。

就在这时,她来到了酒吧。门牙中间已经没有了缝隙,头发也掉光了。他想起前几天在门垫上发现的那堆"礼物"。他没敢拿进去,因为怕她会找过来。他能看见她皮肤上的青筋,虽然她没有直立行走,他还能看出她长高了不少。在众人之间,她鹤立鸡群。她身体里的病毒最强大,不过有趣的是,还很悲伤。他不想看到她这样。他知道自己喜欢她,很喜欢她。他为此感到悲伤。

萝伊丝身后还有更多的同类,至少有百把来个,差不多有上千个。

"萝伊丝。"诺琳跟她打招呼,好像两人还是最好的姐妹。她四肢着地,走到她面前,亲吻她的双手。

萝伊丝，罗尼在心里说，对不起。他看着人群，希望能发现一张友好的面孔。可是没有。他看不清人们的脸，但是能感觉到他们的怨气。怨气改变了他们，也改变了自己。他难过得想痛哭一场。

萝伊丝走到他面前，无名指不见了，他不知道她一个晚上要吃多少次，才能不让它长出来。

他决定冒一次险，亲吻了剩下的一小截无名指。

萝伊丝往后退一步，伸开双臂。所有人安静下来，恭恭敬敬地听着。"我们的数量太多，动物都被吃光了，人也被吃光了，这样下去就没多少食物剩下了。这两个人刚刚的吃法很愚蠢，我们要教教他们。"

一切来得太快。他和诺琳手拉着手，他想撒开手逃跑，但是诺琳抓着他不放。感染者一拥而上，他希望萝伊丝早点来杀掉他，在他变成这样还杀了一个人之前杀掉他。感染者震得地板咯吱作响，扑上来的时候地板断裂了。

罗尼和诺琳掉到地窖里。头顶上方，一群苍白的脸俯身盯着他们。他们一个一个地跳下来，开始撕咬。他觉得生命在离他远去，希望她能早点来结束他，在他没有灵魂没有感觉的时候。还好，在他吐出最后一口气的时候，诺琳放开了他的手。

三十三　维多利亚式别墅

芬斯塔回到家的时候，两个女人在等着他。曼迪朝他跑过来，他僵硬地抱住她。"爸爸，看见你安全我真开心。你看见恩里克了吗？"她问他，墨绿色的眼睛像猫眼一样透彻。

"没有，我没看见他。"

梅格一瘸一拐地从厨房走出来。他看见她现在走路比第一次带石膏的时候还要痛苦，原来她一直都不用拐杖，脚踝恢复的方式错了，他在心里痛苦地呻吟着。如果以后不想留下跛脚的后遗症，就必须把石膏打碎，重新固定。家里除了他没人能做得了。他知道自己还得回医院一趟拿更多的石膏。

"我联系不到戴维，所以没法通知他。我们要离开这儿。"梅格说。

芬斯塔没有回答，曼迪放了手，往后站一点。三个人围成一圈。外面很黑,梅格已经听到一些可怕的声音。动物都没了,呻吟的还会有谁呢?"我把衣服打包好了,准备待在你父母家。"

"我们没剩多少汽油了。"芬斯塔说。

梅格在厨房柜子里找东西。她一天都没有吃止痛药,现在脚踝又肿又痛。疼痛的感觉扩散到她的小腿,小腹也跟着发揪。她倒了一杯水,然后开始拿瓶瓶罐罐,玉米酪、菠萝、金枪鱼。不到一会工夫,一顿晚餐准备好了。"上去,"她跟曼迪说,"把你的包,还有我和爸爸的包拿下来。"

曼迪脸色凝重地点头,走出房间。今天早上下楼的时候,她一下子老了十岁,梅格很担心她。一整天她都想放她出去找恩里克,但是找到了又能怎样?如果他和别人一样也被感染了呢?

芬斯塔没有帮她拿吃的。他好像又哭过,看来又有坏事发生了。"门闩的点子很棒。"她说,但是他没有回答,"怎么了?发生什么事了?你没有把莉拉放出来吗?她要不要跟我们一起走?"她问。

"没什么特别的,跟以前一样。"他说。

她扬起头,"我怀疑……算了,反正我们要走了。"

芬斯塔一动不动。"我们不能走。"他说。

"什么?芬斯塔!看看周围。我们必须走!"她大声喊道。但是她的喉咙像是被堵住了一样,她尽量忍住眼泪,压着嗓子说:"我住不下去了。"

"现在到处都是病毒,梅格。可能已经蔓延到全世界了。走不走没什么区别。"

她把手平放在大理石台上,让自己站得稳一点。她深吸一口气。"这里是感染中心,一切都是从这里开始的。我们出去总归安全一点。"

他摇摇头。"你太激动了,冷静一点。最好不要让曼迪也跟着难过,最好不要没有计划就从这里出发。"她注意到他的措辞很强硬,每个词语说得清清楚楚加以强调。

"你又犯什么病了?"

他看着她,一副鄙夷的神情。"你才有病。我们逃不出去。特别是在晚上,只要一出门,他们就……你明白吗?他们吃人。"他的眼神开始放空,她知道他肯定想起什么了。她本来希望那些流言都是假的,希望他能给她一个合理的解释。现在她知道那是不可能的了。他露出一个空洞的微笑,好像真实的芬斯塔要躲到那双墨绿色的眼睛后面打个小盹儿了。

"汽油都没了——你认为你能靠着那只脚走到康涅狄格吗？哦，我知道了！我们可以去警察局拿几把枪。反正警察用不上了——他们都死了。然后，我们可以在晚上走到康涅狄格州。如果我爸妈也被感染了，我们就用枪打死他们！一定很棒，你真是个天才，梅格。"

梅格用力关上柜门。大浑蛋，她想。不过，他说得对。早上她跟曼迪说他们要离开这里的时候，她以为芬斯塔能把一切打理好。她下达命令，他就会执行。他会把她们塞进汽车，靠着她的意志和他的智慧开车到他父母家。她还会休息一下，在后座眯一会，因为他开车她放心。现在看来是不可能了。她跛着脚走，左腿在地上拖着。从星期一开始，她就没有打扫厨房，石膏现在脏兮兮的。这里变得跟猪圈一样。"那你说，我们应该怎么办？"

他咬紧牙齿："我再说最后一次，你能不能挂拐杖？"

"好的。"她说，但是还朝他走过来。他身上散发出浓烈的汗味，闻起来像麝香，她喜欢这味道。这是芬斯塔专属的气味。他身上的衣服已经穿了四天。很奇怪，她以前总是把干净的衣服放在衣橱的最上面。

"我不是开玩笑，吃片药。看你疼得流那么多汗。"

"我知道。"她说，来到他面前。她把头靠在他的肩膀上，他身体一僵。她等着。他环抱住她。她的眼睛竟然湿润了。她紧紧地抱着他。"我害怕。"她说。

他把下巴搁在她的头上，呼吸有些不稳。他们站在那儿，她觉得浑身的肌肉都放松了。她嫁的那个人从来不说一句气话，从来不说气话。可是刚刚他变了。但是，能依偎在他怀里终究是件幸福的事。她能得到平静。

最后，她把他推开。"我不知道没有你，我该怎么办。"她说。

他的眼睛红红的，用力点点头，好像他也有这样的感觉。她开始奇怪，为什么那么多年，他们明明都在爱着对方，却要彼此疏远。"告诉我医院里发生了什么，你看见了什么。"她说。

他看着窗外，她想也许自己把他吓到，让他崩溃了。她感到害怕，不想看见他崩溃。她也不想看见他卸下所有心墙的脆弱模样。

"告诉我啊！"她说。

眼泪从他的脸颊顺流而下，再也没有什么比他的眼泪能让她心痛，浑身颤抖。情况一定很糟糕。"病毒会改变心智。它知道你的软肋。比如你的爸爸,比如我。我打女人了,梅格。我打了我的病人。我觉得……我快要崩……"就在这时,前面走廊上一声巨响打断了他。

他们面面相觑,梅格忍不住哭了起来。晚上,她听过强盗们觅食的声音。那些人比强盗还可怕……看看草坪上的骨头就知道了。

前门的彩绘玻璃窗被震得瑟瑟作响,一片瓦块从屋顶上掉了下来。芬斯塔弯下腰拾起瓦块,拿在手上细细打量。

"怎么了?"曼迪咚咚地跑下楼问道。

"不知道,回房间去,把窗户关上,窗帘拉上。"梅格说。

"我能帮什么忙?"曼迪问。

"回你的房间就是帮了大忙了。"

曼迪皱着眉头没再说什么。"需要我的话叫一声。"她说,然后回到楼上。

芬斯塔对着瓦块陷入了沉思。"他们怎么知道德国牧羊犬的事?你告诉他们的吗?"他问。

德国牧羊犬? 梅格艰难地咽下口水。他手上拿着瓦块,像是要丢掉它。她终于明白刚刚他没说完的那句话是:*我快要崩溃了。*

她还没来得及细细思量,门铃响了。芬斯塔像个机器人一样把钥匙塞进锁里。"不!"她大叫一声,但是他没理她。他打开门,格雷厄姆·尼罗露出一个大大的笑容,眼睛变成了黑色。远远地,她能看见瞳孔里倒映着自己的影子。

"我能进来吗?"他问,声音很文雅,但却像一匹狼一样站在地上。

"我的上帝啊!"梅格低声说着。

芬斯塔看看她又看看格雷厄姆,她不希望他这个样子。接着,他做了一件蠢事。他拿着瓦块走了出去。

"你想干什么?"他问。

格雷厄姆龇着牙笑了。口水从他的嘴里留下了,整张脸尚且能看得出来是他,皮肤没有血色,头发都掉光了。"她请我来的,让我把那条狗杀了。然后,我们一起私奔。"

芬斯塔朝他扑了过去,一切发生得太快,她都没有看清楚。她好不容易才弄清楚发生了什么。芬斯塔趁格雷厄姆没有防备,将瓦块刺入他的胸膛。格雷厄姆痛苦地尖叫着,芬斯塔将瓦块又刺入几分。他满头大汗,她想闭眼,但是她知道必须看下去。芬斯塔笑了,甚至有些邪恶。他拿出瓦块,格雷厄姆像喝醉酒一样在草坪上瘫作一团。这次他用瓦块割断了格雷厄姆的喉咙,一次又一次地拿起放下,拿起放下。

割喉的声音不像是有血喷出来。你永远都不知道,永远都不想去猜。梅格想闭眼,但是她没有。那个男人是她的丈夫,她必须看着他。"住手。"她说,因为她不关心格雷厄姆的恶意,不关心他们的安危,她只希望芬斯塔住手,希望他不要那样笑。他重重地喘着粗气,格雷厄姆的脸已经面目全非,他还在用力戳他,直到尸体不再是尸体,变成一堆肉酱。

"住手,"梅格低声呻吟着,"住手,快住手,上帝啊,住手。"

有人牵了梅格的手。很熟悉的手,梅格不由自主地捏了一下。是曼迪。虽然她想在女儿面前坚强一点,但是她停止不了哭泣。她这一生从未像今天这样悲痛过,她无法想象自己的丈夫内心会有如此暴戾的一面,施暴的时候竟会有如此幸灾乐祸的表情。

短短的五分钟像是几个小时,芬斯塔终于停手了。瓦块已经成了碎片,他刚刚都是用拳头捶的,溅得衣衫上脸上都是血迹。他转身走进屋的时候,梅格下意识地将曼迪护在身后。

他来了。梅格一步步退缩。他用力扇了她一巴掌,她转了一圈,倒在地毯上。脚踝断了,疼得她昏了过去。等她醒过来时,他站在她的脚边,曼迪正拽着她的胳膊往另一边走。她把梅格从他身边拖开,走到楼梯下面。

芬斯塔对她俩点个头,然后朝门口走去。他用力关上门,锁上门闩,三个人都锁在了屋里。

三十四　第六十九号房

曼迪拽着梅格的胳膊,每动一下梅格都痛得叫个不停。脚踝疼得厉害。"住手!"她求道,曼迪放开她,蹲在她身边。

芬斯塔转身朝厨房走去。"快跑!"梅格轻声说,但是曼迪摇头。"不,妈妈,我不会离开你的。"芬斯塔回来的时候,手里拿着一大瓶伏特加。他把酒倒在自己的手上和脸上,然后把剩下的倒在梅格和曼迪身上。"爸爸!住手。"曼迪哭喊着,梅格知道他根本没在听。他想把她们烧死吗?

他放下瓶子，从口袋里拿出一片瓦块。他靠近的时候梅格想：*完了。*

"回房间去，曼迪。马上！"梅格喊道。

曼迪一下扑倒在梅格的身上。"不，爸爸。不要！他死了，结束了。不要！"梅格的肚子一阵揪痛。*快跑，*曼迪。*跑啊！*她不敢说出声来，不想用她的声音惹怒他。

瓦块在芬斯塔的手上，他的脸被血溅红了，他眨了眨墨绿色的眼睛。"爸爸！"曼迪大声叫他。他听见了，姿势放松了些，瓦块掉到地上。"也许酒精能杀死它。"他说，然后又回到厨房。曼迪轻身地哭着，梅格拍了拍她的卷发。"快点，亲爱的，扶我上楼。"她小声说。

曼迪点点头，她们步履维艰地互相扶持，终于上了二楼。梅格不是靠在曼迪身上，基本上是被她拖上去的。"到我的房间去。"梅格说。她不知道这样做对不对，但是现在也没办法了。"卫生间里有急救箱，"她说，"第二个抽屉，毛巾后面。"曼迪去拿了，梅格打开之前收拾好的包裹，倒出里面口袋的东西。耳环，项链，都是镶了钻的。他们从来不用保险箱：这些东西加在一起差不多有两千美金。她把所有的东西扫进芬斯塔的袜子里，曼迪拿着急救箱回来的时候，她说："过来。"

曼迪坐在她身边。"你伤得严重吗？"她问。

"没事。"梅格说，但是她能感觉到脚上的骨头已经和腿断开了。感觉很重，却又丢不掉。她拉开曼迪的衣服领子，将塞满珠宝的短袜放进她的胸罩里。"不要！"曼迪低声说，眼里噙满泪水，浑身发抖。芬斯塔在楼下开始砸墙。*他到底要干什么？*

"拿好，"梅格说，"明天早上你要——该死，你不会开车。好吧，你骑车去公路上，然后搭便车去威尔顿找你的爷爷奶奶。我和你爸爸待在一起，等他能走了，我们就去找你。"

曼迪的肩膀僵硬地端在那儿，好像梅格塞给她的袜子是一种瘟疫。"我不要！"她低声说，"那是你的！"

梅格捧着她的脸说："你可以拿去卖钱。别担心，我不需要这些东西。要是有人愿意拿食物或者汽油跟你换珠宝就行。"

曼迪哭了，安静又绝望。梅格抬起她的下巴，凑近一点。"你还有一个任务，听见了吗？说你听见了。"

曼迪点点头。

"说出来。"

"我听见了。"曼迪抽着鼻子说。

"你必须活下去,不管发生什么事。这就是你的任务。不论我和爸爸发生什么,你只管活下去。你必须活下去。听到了吗?"

曼迪点头。

"说出来。"梅格说。

曼迪屏住呼吸。"妈妈。"她乞求道。

"说出来。"梅格坚持。

"我要活下去。"

梅格亲吻她的额头。"乖女儿。现在找一件厚大衣,轻便的跑鞋。不要和陌生人说话。我知道你喜欢谈天。就算他们看起来是好人,也不要相信他们。如果他们要欺负你,你就攻击下裆。那是他们的薄弱地带,这样我们就有机会反抗。"

曼迪一动不动。

"去啊,"梅格说,"现在就去。"

曼迪弯下腰,额头贴在梅格的胸口。

"别害怕。"梅格哄她。她尽量不去想曼迪微笑着在布满尸骨的路上骑车的模样,她可爱的女儿,一直生活在父母的羽翼下,几乎从未一个人独自去某个地方。只有一次,她和其他有钱孩子一起去巴黎露营。"你会好好的,我知道。"

曼迪抽噎着,似乎想说点什么,但是看到梅格筋疲力尽的模样,她只有点头。"好的……我爱你,妈妈。"

梅格亲吻她的眼角。"我知道,我也爱你,现在快去收拾吧。"

她一走,梅格就靠在床上。她闭上眼睛,尽量不要哭出来。她不再悲伤,脚踝痛得她忘记了悲伤。

这时,她听见了一声尖叫。曼迪的叫声令人毛骨悚然。她用最快的速度跳了起来,每跳一步,断脚就将疼痛传输到她每一根神经。她曾经从图书馆拿了把剪刀,防止有一天会用来对付入侵者,或者自己的丈夫。

她来到走廊上,看到的一切让她有点糊涂。曼迪在床上挣扎着,芬斯塔正把她往下压。梅格走近了一点,曼迪的手腕用枕巾绑在了床头,梅格顿时怒火攻心,眼睛都红了。

"这是为她好。"芬斯塔说。

梅格气得浑身发抖,但是她尽量保持镇定。

"芬斯塔……"她说,"你把十八岁的亲生女儿绑在床上了。"

他的脸没有表情,就连她看过而且讨厌的冷冰冰的神情也不见了。他看上去就像个死人。"待在这儿会安全点……我了解她,她是想跑出去见她男朋友。"他把她推到一边,往走廊走去。梅格抓住曼迪的脚,让她安静下来,然后跟着他来到卧室。"你疯了。"她说。他抓住她的腰,她没有反抗,脚踝疼得她没法儿动。她丢掉剪刀,事到如今,她还是不会使用。他把她按到床上,她的头砰的一声撞到了床头板上。她可能会疼晕过去,但是她太生气了,晕不过去。他把她按在床垫上,用床单把她的双手系在床头上,打了个死结,现在她的手连拳头都握不起来了。

"芬斯塔,住手。我们要离开这儿。"她说。

芬斯塔一句话也不说,检查死结是否结实,然后将她的右脚踝也系在床尾。他没有碰她受伤的脚,她知道自己应该感到害怕,但是她只觉得生气。"你这个浑蛋!放开我!"

他抬起头,脸上和发间的鲜血开始凝结。"六十九号房,肯定很有趣。"他说,她的心狂跳起来。"你想说我是怎么发现的对吧?我跟踪你,全看见了。"他离开了,关上门,房间里一片黑暗。

三十五 地窖

丹尼尔·沃克从贝特福德一路奔回 C 镇。天色已晚,不能离开镇子了,他需要找一个藏身之所。他听见尖叫声,应该不会是呼啸的风。雨下得很大,能见度只有十尺,所有的门窗都是锁着的。他开车回到自己的家。他找到了他们的老巢,他们肯定会来抓他,他能感觉到他们正在追过来。

突然,他的车灯亮了,照在隔壁的芬斯塔·温特劳伯身上。他正在木餐桌上钻洞。丹尼尔开心地叫起来,现在管不得什么礼节了——他把车开到温特劳伯家的草坪上,打开窗户,雨水也一起冲了进来。

"你好。"他大叫道,终于看见活人了!还有人活着。

芬斯塔转过身来,满脸是血。要是一个星期前丹尼尔看见这样的人,一定会觉得害怕。芬斯塔的牙齿咬着几根长钉,手里举着电钻,像是拿着一把机枪。他看起来既不害怕,也不吃惊。闪电轰鸣,照亮了整个院子,但是很快又消失了。动物的尸骨到处都是,比全镇其他草坪上的都要多。也许是因为芬斯塔认识萝伊丝·拉金,所以她给他做了点记号,就像詹姆斯给沃克家做的记号一样。

"你还好吧?"丹尼尔问。

芬斯塔耸耸肩。他没有穿鞋,丹尼尔看得更仔细些。这个家伙没有生病,他没有变化。丹尼尔能看见他的眼白。"我准备明天离开镇子。"他在雨中喊道,希望芬斯塔能把钉子吐出来说:"太好了,我也是。过来,跟我的女儿聊聊天,吃点家常千层面。我会收养你,明天早上一起走。"

他什么也没说,来到开着的车窗前,将钉子放进口袋,对着他微笑,好像今天和往日没什么不同。"不了,谢谢,孩子。"他说,"我妻子和孩子生病了,所以我要照顾他们。下次吧。"

丹尼尔看着他,心里有了几分肯定的答案。

芬斯塔·温特劳伯疯了。

他连再见都懒得说,倒车回到自家的车库。他不想回家,但是没有别的安全之地了。他走进屋子,重新给枪上膛,把自己锁在地下室,堵上门。他等着感染者们的来访。

三十六　共生菌

萝伊丝·拉金站在新一滴酒吧地板上的破洞旁边,看着罗尼和诺琳的尸骨所在的地方。今晚,她又教会病毒新的本领。它之前从未吃过自己的同类,但是为了树立权威,必须先建立威严。

世界曾经历过多次毁灭:苏美尔人、阿卡德人、古玛雅人,剩下的人类忍受不住饥饿,最终吃掉死人的尸体,喝苦涩的海水。但是,人类死亡了,她的种类也将灭亡。他们必须维持一种平衡。他们要在海岸线建造据点,将城市中央留给人类,就像圈养动物一样。那些偷吃的或者多吃的将会在太阳底下被施以绞刑,慢慢地腐蚀掉。

一些城市会灭亡,她在脑子里列举出清单:纽约、波士顿、奥斯丁、苏城、盐湖城。她能看见每个人的思想,每一次最后的叹息,每一个疯狂的笑脸,每一次的日落。不久,她将完成毕生的梦想。她会离开 C 镇,一路往西。但是,她必须先把这里的人杀得干干净净,一个不剩。直到没有人认识过去的萝伊丝·拉金,关于她的记忆也不复存在。

萝伊丝指着洞里面罗尼和诺琳的骨头。"吃掉。"她说。感染者立刻蜂拥而上,连头骨都没留下。

三十七　曼——迪

曼迪躺在床上,爸爸把她绑在这儿已经有好几个小时了。刚开始她哭得死去活来,后来她开始感到害怕,现在,她只感觉到火大。绑在床上!要是她被绑在这张床上,她还怎么保护自己,保护妈妈,还有找到恩里克呢?他从哪儿学会这招的?色情频道吗?

大多数人,包括哥哥戴维,看到爸爸这么做,肯定都会觉得吃惊,但她不会。她就知道她的老爸是个疯子。

她不像隔壁妈妈那样大喊大叫(芬斯塔!你给我回来!听我解释!你在下面干什么?),楼下他正往墙上钉钉子。喊叫只会让他紧张,他一紧张就会变态。有意思,这么多年了,妈妈还没看出这一点。

曼迪挣扎着,左边用力往外拽,希望能挣脱死结,但是系得太紧了。就算她打断自己的手,她也不可能逃出来的。

就在这时,她看见了他的脸出现在窗户外面。爸爸把一楼所有的窗口都封死了,但是他忘了要是有人想进来,他们可以从门柱上爬上来。外面很黑,她只能看见他黑色的眼睛,嵌在他苍白的脸上,像是两个黑洞。他的手擦着玻璃,像是在抚摸她。眼泪涌了上来。恩里克,他不再是那个她爱着的男孩儿。他看着她,却不再微笑。

"曼——迪。"他低声呼唤,像在玩游戏,怕被她爸妈发现。罗密欧与朱丽叶的游戏。他抬起窗户,爬了进来。她想叫,但是又害怕。她看过爸爸是怎么对付格雷厄姆的。更坏的情况是,要是她叫了,爸爸又会紧张,他会伤害别人,比如妈妈。

"曼——迪,我想你。"恩里克说,但是她知道这不是真的。他的眉毛紧蹙,像在生气,走路的时候像蜘蛛一样,优雅但是丑陋。

她想从床上滚下去,但是被困住了。"走开,"她说,"你不是他。"这倒是真的,光是看着他,她就知道爱她的男孩儿不见了。这个怪物占据了他的身体,对于他们的记忆来说简直就是侮辱。她恨它。

"嘘。"他说。黑色的眼睛闪闪发光,她能看见自己的倒影,眼泪顺着脸颊流下来,自己快要淹没在泪海里。她的心里已经泪海干涸。她想尖叫,但是失声了。声音被困在一个黑暗潮湿的地方,困在他的眼睛里。

"曼——迪。"他喊道。她能感觉到他进入了自己的思想。他对她微笑,就像从前爱她的那个样子,但是她知道这都是假的。也许他从未爱过他。她突然觉得悲伤。

她想移开眼睛,但是动弹不得。她无法逃出他的眼睛,她看见他躺在床上,紧紧地抱着她。他所要的就是能够最后抱紧她一次,她屈服了。她要的也不过如此。

"住手,"她小声说,"求——求你了。"她嘶哑的声音几乎听不见。

"现在,我永远不会离开你了。"恩里克苍白的手捂在她的嘴上说,她无法出声。他的手指冰凉,用力按住她,她的牙齿咬住了嘴唇。"我们永远在一起,你会住在我的身体里,我会永远带着你。"

他身后响起诺曼·罗克韦尔的《远离恐惧》,父母亲吻自己的一双儿女,互道晚安。她快要被淹没了,也希望有一个晚安吻。她希望恩里克能够吻她,跟她说声晚安。

即使他已经变了,他还是一路走来,找到她。他所做的一切只是因为不想离开她。他深爱着她,她也愿意相信。他用思想向她告白,但是她知道真相是什么。他被感染了,不再爱任何人,将他们牵绊在一起的绝非爱情。这是一种叫做饥饿的本能。另一具身体从窗户底下钻了进来,那是他的弟弟汤姆斯,病毒在他的身体里没有完全适应,爬行的时候四肢不协调。所以他像软虫一样爬行。

她的倒影在恩里克的眼睛里沉了下去,忧愁离她远去了,无休止的噪音听不见了,只剩下无边的寂静。疼痛的感觉消失了,只剩下平静的流水。爱情走远了,只剩下无边的饥饿。原来一切都很美。

恩里克伸出冰凉的舌头舔她的嘴唇,没什么要紧的。她不再担心自己的父母,没有了她,他们会将对方撕成碎片。她不再担心戴维,他在学校第一个男朋友那么极品,但是他不敢跟除了曼迪以外任何人说,因为他觉得要是被人知道他不喜欢女人,将是十分可耻的事情。她不再担心世界末日,也不再担心自己。

恩里克的手放在她的胸上,手和舌头一样的冰冷,这次,他没有为她搓暖。这个闻起来呛人的怪物带着恩里克的面具,她知道是错了,但是不记得为什么。"曼——迪,"他说,"我们需要平衡。现在我们的数量太多了,不能再复制了。"

她沉溺在他低沉的嗓音里,他要杀了她,他不喜欢她,甚至不愿意改变她。她突然觉得很生气,抬起脚来用力一踢。

"爸爸!"她尖叫道,"救命!"

恩里克缩成一团。"你这个被宠坏的贱人。"他说。然后弯下腰来,有那么一秒,她以为他要吻她。但是,他尖利的牙齿深深地刺穿紫色的背心,咬进她的肩膀。她觉得很痛苦,很寒心。一些像焦油一样漆黑的东西流进了伤口,混入她的血液。她能感觉到它来到胸口,心脏,肺部,肝脏。她能感觉到四肢、五官都被控制起来,真正的曼迪·温特劳伯只剩下萤火般大小,被关在怪物眼睛后面的牢笼里。恩里克又咬了一口。

卧室房门被撞开了,她的爸爸冲了进来,带给她一丝温暖。汤姆斯先被打倒,他在地面上滑行的时候,爸爸精准地砸在他后脑勺上。然后,他举起血淋淋的大锤子,朝恩里克扑过来。她笑了,因为身体里有一部分在尖叫。它被困在饥饿的中央,甚是滑稽。

爸爸追着恩里克来到床边,然后他消失了。走之前,他回头看了她一眼,她知道他会回来的。他弟弟死了,她却可能活下来。

爸爸紧紧按着她血淋淋的肩膀。床单被染成了粉红色,他往她的伤口上倒了一些东西,嗞嗞作响,然后用纱布将她的胳膊包扎起来。他很用力,血不再流出来了。她希望他别再压了,就让血从身体里流干,她想让病毒也一起流出去。

她想从卧室窗户跳走,还要试试能不能飞,要么就摔死。她从来不喜欢集体活动,所以不想成为他们中的一员。她想起身,却被爸爸按住了。"死了。"她说,意思是,"我这个人要死了。"

"他等着吧。"爸爸回答说,"我不会让他伤害你的。"

她关心的东西溜走了。她爱的人,她居住的星球,那些可能发生的事情。他们从手缝中溜走,潜入一汪深邃的湖泊。他们把曼迪·温特劳伯也一起带走了,所以她会被淹死。她从牢笼里看着自己,身体里一个充满怨气的怪物打着哈欠,眨眨眼,然后醒了。

她看着他笑起来,这个将她绑在床上的男人。"亲爱的?"他问,"宝贝,回答我,能听见吗?"他把她抱在怀里,她能感觉到他的心跳。

"我饿了。"她说。

她的脖子不再流血,他用纱布捂在伤口上。治愈的感觉真好。她恢复得很快。"你也许需要输血,"他说,"我来给你输血,看看能不能好点儿。"

她从笼子里往外看,悲伤像千军万马般杀了过来。但是另一个自己却不知道为什么。"感觉到了吗?芬尼?"她问,"有肿块吗?还是,你看见我就很开心?"

三十八　我心已止,但仍坚持

芬斯塔把床头柜的腿锯下来,钉在曼迪的窗户上。

"你不会伤害亲爱的、生病的妈妈,对吗,芬尼,我的儿?"她问。

他拿起地板上的一块棉布,原来是曼迪的白色内裤,然后塞进她嘴里,然后又用一块红色手帕裹在上面。所幸的是,她终于安静下来。

他拉过一把椅子,坐下来。锤子的表面很光滑,曼迪看着他用手掌拍打着它。他的女儿感染了,妻子也感染了。他是世界上唯一剩下的人。

但是,还有人说他们没被感染,但是他比他们了解得更多。比如说丹尼尔·沃克。今天晚上,这个孩子开着车,碾过他家绿油油的草坪,装出一副天真的悲伤,像是一条迷路的小狗。芬斯塔差点就被拿下了。他为这个孩子感到难过。他比曼迪小一点,又是孤零零一个人。他甚至想象这个男孩是上天赐给他的好运气,这样他们可以一起带着梅格冲过关卡,找到出路。但是,他想起一件事:米勒·沃克的子嗣不可能会发善心的。

芬斯塔对他笑了,手里拿着电钻,准备好了。这个男孩儿被感染了,他想摧毁他的家,芬斯塔将誓死保卫家。他举起电钻,这个孩子立马回去了。

地上,汤姆斯·瓦格斯的血散发出恶臭的气味,芬斯塔光是看看这堆东西就头皮发痒。他吃了一颗药,用牙齿嚼碎。照这个速度下去,明天天一亮药就吃光了,他还得再去趟医院。他模模糊糊地知道这些药影响他的中央神经系统,所以没办法进行正常的思考。如果他够清醒,他应该记得把这些窗户也封上的。但是没关系,此情此景,他感觉还不错。

曼迪在床上抽搐着。地板上的死尸像被踩死的臭虫汩汩地流着血。如果他没死呢?如果现在他的大脑正在愈合,芬斯塔一转身,这个男孩就起来袭击他的女儿怎么办?

"芬斯塔?"梅格在房间里喊他。她放弃了尖叫,现在听起来温顺多了。

他想喝杯咖啡,但是不知道怎么泡。牙龈没有感觉,舌头麻了,喉咙也木了。他开始哼《唯有神知》,现在他只记得这首了。

"发生什么事了？曼迪,你还好吗？芬斯塔,你回答我啊。"梅格喊道。她的声音喊哑了,像个孩子一样,应该很快就会睡着了。这样最好。他不想告诉她曼迪被咬了,让她担心。一直以来,她扛的负担够多了,再多一点,她就会崩溃。

他还知道她背叛过他。她说离开 C 镇的时候,多半已经知道他会怎么做。他永远不会再跟萨拉·温特劳伯住在一起,而她就可能跟格雷厄姆·尼罗私奔。那个男人今天晚上跑到他家,不就是为了带她走吗？

可是,就算如此,他还是要和她在一起,他还要保护她。她犯过错,但是可以理解。他也会犯错不是？

芬斯塔看着窗户上没有封上的三寸空隙。一口气堵在了嗓子眼。大街上跑出好多苍白的人,他们优雅地跑着,像羚羊一样灵巧,笨拙的就在地上滑行。他们看起来很美,他希望自己也是其中一员。但他只是妻子和女儿的驼兽。也许戴维是对的。芬斯塔看看瓦格斯的尸体,看看女儿,看看窗户。今晚,他杀死了一个孩子。但是可以理解。有时候正常人会做出一些不正常的事。

*芬尼,我好孤单,你丢下我一个人走了。*有人在他身边耳语道。他看着窗户上的洞,看到的不再是奔跑的感染者,而是萨拉·温特劳伯的影子。她穿着一件白色的棉布睡袍,上面三粒纽扣解开。他看到她深陷的肚脐。他低头看着自己的鞋,脸红了。今晚,他杀死了一个孩子。亲手杀了他。他的眼泪流得满地都是。

*让我进去,芬斯塔,*声音说,*外面好冷。*

他踢了一脚男孩的尸体,用力踢了好几下。不是女儿——他永远不会这样对她。不会,他踢的是地板上的男孩,听到血流动的声音。过了一会,他动了动。他仔细一看,原来他还有呼吸,头骨上的伤口开始愈合。

他看了一眼锤子,不是很锋利,但是他唯一的武器。他不能离开这个房间,不能丢下他女儿。然后他想起墙角的锯子,他动作很快,防止这孩子还有感觉,那样会疼的。锯子有点钝,他锯啊锯啊,一个尸体变成了两个,地板上都是血。汤姆斯·瓦格斯的头被割了下来,眼睛眨也不眨地看着他。

也许他在哭,他不知道,这次有些过了。他希望有块抹布。他把房间弄成什么样了!但是他不知道梅格把抹布放在哪儿了,他也不能把曼迪一个人丢下啊。

芬尼,我心已止,但仍坚持。有人低语道。听起来像是萨拉·温特劳伯,但是他知道是汤姆斯·瓦格斯。不然还会有谁呢?

他从床上抽下一块白床单,盖在男孩的身上。他的手从床单底下伸出来。

芬尼,外面好孤单。把楼下的门打开。我们好饿,你知道怎么做的。如果你爱一个人,就让她自由。

他觉得自己回到康涅狄格州威尔顿的家乡。地毯上都是血。他的嘴没了知觉,嘴唇,牙龈,舌头。他想自己许是死了,而他是最后一个知道的。

链锯可能会好点,这把锯子有点钝了。

过了一会,手被锯下来了。可是一只光脚又从床单底下露出来,所以他把脚也锯掉了。后来,有一个地方又动了一下,好像还是活着的,所以他把腿从躯干上锯掉,就像当时在医学院上学一样。等他全部做完之后,锯齿已经打了卷。

光是被单遮不住所有的血浆,他把曼迪的床垫拽下来盖在上面。她不再呻吟,眼神冰冷。她冷冷地看着,他希望她没有看到这一切,希望能够保护她,不让她接触如此可怕的事情。但这也不错,他厌倦她对他言听计从,当英雄不容易,特别当你是个软蛋的时候。至少她现在知道他是一个坏小孩。

他的衣服上沾满了血,脏兮兮的,就像当年他还住在威尔顿的时候,妈妈一生气就不给他洗衣服,直到脏衣服堆满了衣柜,他又不可以用洗衣机,要是想穿干净的衣服,只能拿去卫生间手洗。

他把床单严严实实地盖在血地上,像在说一个睡前故事一样。希望妈妈没有发现他把房间弄成一团糟,她正躺在床上呢。虽然他想保护她,但她还是看见了他做的一切。他止不住地哭起来,因为他从未想过,这么多年后,地毯真的浸透了鲜血。

感觉到了吗,芬尼?

他靠在床上,女人看着他。他拿起锯子,想让她闭嘴,不要再看着他。就在这时,他看见了那头紫色的头发。萨拉的头发是紫色吗?

陷阱!

他冲到外面,打开门。她的眼睛睁得大大的,充满了愧疚。那双鞋。她会不顾一切摧毁他的房子。"芬——"她刚开始说话,还没来得及说完,他就捏住她的鼻子,将袜子塞进她的嘴里。"别玩儿了!"他说,然后关上门。

他回到曼迪的房间,坐在椅子上,警惕地保护他的两个女人。他是世界上唯一的男人了。

三十九　执著的沉默

星期一的早上,太阳升起来了。没有巡逻车,没有雷吉斯和凯利在电视里互相对骂的声音,没有土司面包机到点的声音,没有油锅嗞嗞的声音,没有煎蛋的声音,没有孩子咳嗽,吵闹,欢笑甚至尖叫的声音。

感染者睡着了,格雷厄姆·尼罗的女儿伊莎贝拉永远不会走路了。晚上,她从自己的婴儿床里爬出来,现在躺在妈妈的身边,找一点吃的东西。有的睡在家里,有的睡在地下,有的睡在医院的手推车上,有的睡在他们吃过的医生旁边,有的睡在停在高速公路上的车里。

萝伊丝·拉金躺在自己的床上,没有人能窥探到她。别人在休息的时候她开始搜寻,一个个检查感染者沉睡的记忆。睡觉的时候更容易读懂他们,他们的思想在安睡。她将病的,被吃掉的,失踪的按比例计算好,找到他们的朋友,报童,拼车伙伴,直到最后形成一个名单,上面都是还未被感染的人,他们的记忆中还有萝伊丝·拉金。

米麦大街上,汽车的报警声不停地响着,直到电池没了电,直到寂静将之前的喧嚣填满。C镇还剩下七个健康人,一个都不敢发出声音。

四十　氰化物

当第一缕阳光照在莉拉·希弗的额头上,她就从车库里推出儿子的自行车,朝医院走去。她不想开车。他们白天都在睡觉,但是谁能保证不发生什么呢?她不想把他们招来。感染者昨晚闯进了她家,她躲在地窖,没有被找到。当时,她发现手腕鼓脓了。青紫色的条纹从伤口周围辐散开,温特劳伯医生给的抗菌软膏不顶用,她需要青霉素。身边没有人能照顾她,她只能靠自己。

镇子空空如也,她猜应该还有几个人活着,躲起来了。如果感染从这里开始的,那么她必须离开这儿。最好去海中央的一个小岛,但是她没有船。

艾丽丝,艾兰。一个声音小小的说道。这两个名字像是咒语一样,一遍遍地浮现在她的脑海。她想不起两人的脸,想不起十五年来的点点滴滴。她想不起他们第一次走路,第一颗牙,只有名字。他们死亡的顺序错了,她才是该先走的那个。称职的妈妈总是会想办法走在孩子前面,不是吗?艾兰自行车龙头上的带子要脱落了,刹车也不灵。她很惭愧,没有好好保养他的自行车。也就是说没有人教他去尊敬别人。

医院里没有咳嗽声,走廊里没有人。她看到随处是脖子肿大的尸体,或者骨头,地板上推车上都有。她避开前门,从停车场进去。她不想看见自己孩子的尸骸。她记不得自己做过什么了,只知道她必须那样做,才能让他们的灵魂安息。

从前,妈妈让她做兼职,每周做两次晚饭。到 C 镇后,老艾兰说如果想让孩子长大能上*常春藤联盟大学*,就要每天开车送他们去练足球,学钢琴,确保他们的衣服没有一点褶皱。夏天,要送孩子们去欧洲,开发他们的心智。不能规定他们做什么不该做什么,要学会妥协。她一直觉得还好,直到有一天早上,她意识到自己不过是离开拖车场,成了一个有钱男人的女佣。

医院里的取暖器不再嗡嗡作响,窗户旁边的走廊一片黑暗。她在附近徘徊,找药品,但是没有看见标记。突然,她听到一声鸟叫——鸟儿不都死了吗?她不由自主地露出一个微笑。终于还有一只鸟儿活着呢。它叫声音越发清晰,她的笑容褪去了。不是鸟儿,声音回荡着,她不知道是不是孩子们的灵魂回来了。他们永远不会原谅她,但是没关系。她自己也原谅不了自己。

她盯着前方,黑暗中一个身影朝她走来。旋律很熟悉,她曾经听温特劳伯医生哼过,是海滩男孩的一首老歌。走廊里是他吗?身影是个高个儿,走路的时候用的是两条腿,但这并不意味着他就没有被感染。她找到一个房间,躲在门口。当她看见一幅融化钟表的图画时,她紧张地屏住呼吸:糟糕。她走进他的房间了。

现在出去太迟了,她转了一圈,朝书柜走去——没时间了!他已经到了门口。她在皮制沙发后面蹲了下来。他走进来,她藏在沙发扶手后面,看不见他的脸,但现在是白天,他也没有咳嗽,所以他也许没有生病。但是,他的衣服上沾满了血迹。她的不也是吗?她的心在胸口都快跳出来了,她提醒自己,和许多人比起来已经够好了,心脏毕竟还在跳动。

艾兰！艾丽丝！ 她在心中尖叫,这一生都会听见这两个名字了。

他走到办公桌旁的时候,她的膝盖不小心碰到了咖啡桌。他迅速转身,从腰间掏出一个东西。原来是一把锤子。她不敢喘气,他看着茶几下方,她几乎就要喊出来:"别扔!"他没看见她,转身打开了抽屉,拿出一串钥匙,离开了办公室。他还在哼着那首歌,她想起来了,那是《感觉流逝》,给死寂平添了几分怪诞,像是医院里回荡的安魂曲。

她跟着他,他朝入院处走去。她知道自己应该朝反方向走去,他有些怪怪的。他的动作太过谨慎,好像不知道整个世界都已经崩溃了。但是他是个有钱的医生,也许有自己的船。走廊里很黑,她不敢抬脚走,只是贴着地面摸索,怕踩上软软的东西(*艾兰！艾丽丝！*)。有意思的是,死于感染的人没有被吃掉,留下的尸体都是脖子浮肿,满身红疹。他在靠近窗户的地方停了下来。外面下着小雨,所以有些潮湿。地上躺着温特劳伯医生的秘书薇儿。莉拉认出她的橡皮筋扎着的马尾。她还没死,只是感染了。她的胸口起伏着,嘴唇是血红色。很奇怪,这么多地方,她偏偏选择在这里睡觉。也许在这里,她觉得最安全。或者像莉拉一样,她有一点想找温特劳伯医生,希望他能告诉她该怎么办,或者原谅她做过的一切。

艾兰！艾丽丝！ 她希望能钻进身体,按下开关,因为她开始想起他们的样子来。温特劳伯医生不吹口哨了,用脚踢了下薇儿的身体,然后把锤子贴在她的额头上。他轻轻地敲了一下,金属触到肉体的声音,听起来像是拍了一下。"开玩笑的,薇儿。你知道我不会伤害你的,"他说,"看来加拿大也不是个好主意。"然后他继续往前走。

到了入院处,他用从桌子里取出的钥匙打开了药柜,拿出几瓶药,然后又锁上了。这让她神经放松了些,因为他没有打碎玻璃去拿想要的东西，这跟别人不一样，他还是中规中矩的。

温特劳伯医生转身看见了她。她停下脚步。走廊里很黑，只有他们两个。她咽一口唾沫，想要逃跑，但又想着他可能有船。也许他还会牵着自己的手，告诉她，这只是一场噩梦。昨天，她没有用解剖刀杀死自己的孩子，她还坐在精神科病房，小口喝水。艾丽丝！艾兰！昨天离开的时候，她忘了合上他们的眼睛。

"对不起。"她对温特劳伯医生道歉，因为她只知道说这句话了。

"你好吗？希弗女士？"他问道。她穿着一件毛衣外套，但是突然觉得没那么暖和了。她朝他点点头，因为太害怕而说不出话来。

"很高兴听到这点。"他又从口袋里拿出锤子，尖锐的一头戳着一块带毛发的头骨。"这里很黑，你喜欢太阳，对吗？"他问。

她又点点头。他拿着锤子，靠近了些。"我来这里拿青霉素。"她脱口而出，然后卷起袖口，露出胳膊，像是出示证据。

他想用另一只手摸下伤口，但是他的指甲里都是凝固的血浆。她把胳膊缩了回去，他注意到这个细微的变化，昂起头，但是至少没有打她。"身材很好，希弗女士。"

"我知道。"她说。

两个人站在那儿，周围至少有二十具尸体躺在地上。骨头碎块像灰尘一样洒在医院各个角落，还有她的草坪上，米麦大街上。感染者似乎在玩打稻穗的游戏。

艾兰！艾丽丝！他们恨她，因为她不愿意按照他们的要求做。但是没关系，她也恨自己。

"你来找什么吗？"温特劳伯医生问她。

换作平常，她可能会笑着看他，然后说他肯定见过不少世面：天哪，温特劳伯医生，你真是太勇敢了！她会露出勾引他的笑容。但是，她只是看了看瘫在椅子上的勤务人员，然后看着薇儿和其他的感染者。"我想，这里大部分人你都认识吧。"她说。

笑容从他的脸上消失了，他的手摸着脸。放下手后，他看起来更加熟悉一点。他回到药柜旁，打开，又拿出几瓶药递给她。她看也没看就把药塞进包里。"把自己锁起来，"他说，"等这一切都过去。"

"会过去吗？"她问。

他耸耸肩，然后对着她的包努努嘴。"可能吧。"

然后他吃了一粒药,一边嚼一边满足地呻吟着,好像比牛奶片还要好吃。她意识到这个男人成了瘾君子。

他伸出手像是要拍她肩膀,但是又收回去,把锤子塞进腰间。"你孩子的事情,我很难过。"

她一时愣在那里。她不记得了。艾兰!艾丽丝!现在终于知道手腕为什么会感染了。用解剖刀锯下艾丽丝的头太用力,伤口又崩开了。

他声音变得很粗暴:"我的孩子也病了。"

"真遗憾。"她言不由衷地说。她不关心他的孩子还有他,她只关心艾兰和艾丽丝,他们死了,对吗?对,是她杀了他们。

温特劳伯医生对她点点头,然后继续往前走。她看着他离开大楼,想要跟着他,但是他已经疯了。所以她朝相反的方向走去。

空气中散发出恶臭的味道,她来到前门,然后想起来艾丽丝和艾兰也曾在这里。她强迫自己去看,他们不再是自己的孩子,只是一些躯壳。她拿了一些床单裹住尸体。床单抖开的声音像翅膀在扇动,她希望他们的灵魂得以安息。

然后她走出医院,来到外面。

恍惚中,她忘记了艾兰的自行车,在米麦大街上游荡。商店的门窗都被砸开,她走进去,拿自己需要的东西:绷带,医用酒精,口香糖,沐浴露,狮子形状的铜门把手,金色包装纸和蝴蝶结,因为某人的生日要到了。她的怀里塞得满满的,东西一路走,一路掉,像是洒了一地的面包屑。

艾兰!艾丽丝!如果不是因为她,他们还会活着。他们会和爸爸住在一起,现在早就逃出去了。那个人现在肯定已经在他们曾经去消夏的岛上,吃着新鲜的蓝莓,在沙滩上找贝壳了。但是如果他爱他们,为什么不来找他们?因为他死了,或者更糟,他抛弃他们了。

她的手腕火烧火燎地疼,她打开包,发现一瓶是青霉素,一瓶是氰化物。

会过去吗?

可能吧。

她拿出氰化物,扔到地上,一脚踢了出去。然后走到它停下的地方,继续往前踢。直到塑料瓶裂开,她将药片踩在泥土里。她这才意识到,虽然孩子们死了,但她想活。

四十一　窒息

我做错了吗?

星期一的早上,梅格听到芬斯塔开车离开的声音。曼迪已经安静好几个小时了,感觉很不好。她不愿意往坏处想。如果曼迪受伤了,她的直觉能感应到。问题是,直觉告诉她另一些事。她担心曼迪已经死了。

她这个姿势躺在床上也有好几个小时了,胳膊已经没有感觉,她连手指都不想动,因为早就放弃挣脱这些枷锁了。但是,曼迪出事了,她能感觉到。还有一件事她还不愿意去想,在芬斯塔回来把她们杀掉之前,她只剩最后一次机会了。

他在系上手帕之前往她嘴里塞了一包东西。虽然她没有看到,但是相当肯定那是他的臭袜子。味道……*臭极了*。棉袜吸了她的唾液,现在正往她的喉咙里面下滑,她开始呼吸困难。胳膊已经麻掉,动弹不得。她身体前倾,希望能够撕裂床单,获得自由。

她想起婚礼当天,爸爸说的话。他把她叫到餐厅。那天下着雨,可他不愿意开灯,坐在黑暗中。他应该要将她送到神坛前,但是最后一刻,他拒绝送她去参加婚礼。家里人为了不得罪他,都没有来参加婚礼。

他们永远不会接纳你,她宣布订婚那天他说,他们可能对你彬彬有礼,但会在你背后骂你犹太佬。我会付钱给你办婚礼,但是要在教堂光明正大地办。相信我,梅格,我比任何人还要爱你。我知道什么才是对你最好的。*取消婚约。*

但是她不相信他。这是她第一次也是唯一一次背叛法兰克·伯奈利。那天,她穿着白色礼服,自己开车去了法院。二十年过去了,她被绑在床上,估摸着自己是否有能力打败丈夫,或者应该用哪种武器——布剪还是钝器?

我做错了吗? 父亲的记忆历历在目,她耸耸肩膀,因为自己也不知道。

就在这时,她看见了阿尔伯特·桑格温。他用拳头砸着玻璃,试图爬进来。他的病服敞开来,皮肤白得发青。她还以为自己在做梦,但是他每走一步,地板都被压得吱吱作响。他是个大家伙,靠近她的时候,变得更大。等到他来到她床边,他整个身体在上俯瞰着她。

她想叫,但是棉袜又往喉咙入了几分。她喘着气,但是无法呼吸。她竟然会因为一只臭袜子窒息而亡。他俯在她身上,她想起曾经被他扔到墙上的经历,回忆起当时的声音,还有脚踝被摔断的场景。要不是呼吸困难,她早就挣扎着跑了。

他的手很轻,但是不灵敏。她不知道他想干什么,直到看见他手里拿着手帕。但她不是很肯定。她喘着气,但是越是呼吸困难,袜子就越往里滑。这时她的髋部突然被按了下来,她不知道发生什么事。她紧闭双眼,就算睁开,她也会吓得六神无主,不知道他会坐在她身上让她安静下来。

他捏着她的下巴,让她张开嘴巴,然后把手指伸进她的嘴巴。她想咬他,但是不能呼吸!他固定住她的下巴,纤细的手指伸进她的喉咙。她尝到了咸味,汗味,干呕起来。一个长长湿湿的东西被掏了出来,冷空气窜进她的喉咙。她大口吸气,这次,空气充盈了她整个肺部。

阿尔伯特把袜子拿到她面前,好让她看清楚。一个晚上,她的唾液将棉袜变成一条一尺长的蛇。"不要反抗!"他嘶哑着说,然后大声地咳嗽起来。他开始解她左手腕的死结,手上动作很慢,他已经变了。他的多动症没了,眼睛变成了黑色。很显然,他是被感染了,但现在是白天。为什么他不像其他人对光敏感呢?

"他们都睡觉了,但是她知道我在这儿。她用我的眼睛看着这一切。我能感觉到她。"他说,然后扭过头咳嗽几下,一口痰吐到她的床单上。"她已经发现你们,她在追捕幸存者,在离开C镇之前将他们都杀死。今晚,她就会来找你,还会让我帮她。"

梅格的左手腕自由了。什么感觉也没有,耷拉在床上。她想把手放在腿上,但是她连肩膀都动不了。手变成了紫色,像在水里泡了几天一样水肿。

他示意另一只手腕,她点头表示可以,他开始解另一个死结。他闻起来和别人一样,腐烂的气息。

"你是谁?"她的声音有些粗哑。

他没说话,手里的活停下来。她不知道自己是不是犯了个错误。他会不会像芬斯塔一样,因为她说错一个字,马上就像开关一样,给她一拳。想到这儿,她往后缩了一点。她想到自己不仅毛病多多,而且还是一个受虐的女人。

"小的时候,我就能听见树林里的声音,"他说,"我大脑的运行方式和病毒的运行模式是相符的。比萝伊丝还有其他人都要符合。所以他在召唤我。别人听不见,可是我能。造纸厂大火之后,它变得更加强大,想让我把它挖出来。我不能那样做。"

他看着她,她点点头,嗓子太哑说不出话来。

"我靠喝酒把它赶走。它不想和面包布丁一起住在我大脑里,所以没办法附在我身上,起码不能完全控制我。它能治好我的伤口,"他说,指着伤口,虽然裂开但是没有流血,"但也不能完全治好。我喝得太多,所以它不能完全改变我。它等着我放弃反抗。"他对她露出一个微笑,变成那个她从前认识的阿尔伯特。"现在,萝伊丝·拉金身体里的病毒最强大,她觉得自己已经爱上它了。但是她不知道它不过是个病毒。我不想帮她,但没办法。我没有自由。"她右手腕也被松绑。他开始帮她按摩,大手摩擦着她的前臂。她感受不到,只是看着他。"我从不吃人,只吃老鼠。"他说。她点头,好像认为这有很大区别。也许真是这样。

"还有别人像你这样吗?带点免疫力?"她问。双手慢慢有感觉了。起先是一些麻麻的针扎似的疼痛,然后手指可以移动了。她微笑,感谢上帝带给她的恩赐。

他摇头。"可能吧。但是没有人想这样,我的身体和心灵住在一起,却恨着彼此。"

"哦,阿尔伯特。"她想说对此她很难过,但是不知道从何说起。他经历了她无法想象的痛苦,但是他熬过来了。她心里腾起一股希望,她的家人也能熬过来。

梅格试着抬起胳膊,但还是太虚弱。她靠在床上,等着恢复。"你为什么来帮我?"她问。

他笑了,似乎答案是再明显不过了。"你对我很好。"

"谢谢。"她说,但是马上闭嘴,因为不想在他面前哭泣。

"要是她发现你到这儿来会怎么样?"

他苦涩地笑着,她似乎能看到这个男人的未来。"她会杀了我,正如我愿。"

"你到我这儿来,跟我们一起走吧。"

阿尔伯特摇摇头。"我要走了,温特劳伯女士。"他的声音变得有些粗哑,"它永远不会满足,饥饿会让我伤害你。"

她突然觉得很羞愧,也知道这种念头很蠢。但是她的身体里有一种坚硬的东西,她的生命中所有的男人都会因为她变得暴戾。似乎,她辜负了阿尔伯特,也辜负了芬斯塔。

他张开血迹斑斑的胳膊,病服开得更大。也许他忘了自己下面什么都没穿吧。"离开这儿,走得远远地。如果你逃出去,我的生命也就有了一丁点儿意义。"他说这些的时候,她能感觉到一股怨气,他的上唇微微翘起,黑色的眼睛反射出她的影子,像是蜘蛛准备扑向自己的猎物。

"我会的。"她答应说。不然还能怎样呢?

他后退几步,看着她,郑重地点了点头。下楼的时候,楼梯被压得咯吱响。她开始懂得在鬼门关徘徊的感觉。

四十二 潜逃

太阳升起来的时候,丹尼尔·沃克已经打好背包。事后,他一定会后悔没有带好一点的鞋子和大衣。他只往红色的行李包里塞了几包番茄干和几双袜子。他没有带照片之类的东西,但是又想留下点回忆,于是撕下冰箱上的纸条,折起来塞到口袋里。上面只写着"买冰激凌"。

他上了费莉斯的车,现在是他的了。汽油还剩下四分之一,也许能撑到波特兰。他发动引擎,打开广播,现在就连紧急新闻也听不到了。整个广播都哑了。

他趴在方向盘上,深吸一口气。他知道,好吧,也许人们都死了,也许整个世界都灭亡了,他是最后一个孩子,一个仍想离开这个鬼地方的孩子。他必须尝试逃走。只是,他希望有人能陪着他,希望自己不是一个人,希望后座里面费莉斯、米勒、詹姆斯不要用死人的眼神盯着他。

他离开了家。这时,他看见对面房子的窗帘在动。活人!有人还活着!疯姑娘曼迪·温特劳伯,要是她愿意和他一起走,他愿意亲吻她的双脚。但是希望又沉了下去,他可不想去招惹温特劳伯医生,那个疯子。他还说过妻子和女儿都被感染了,可能是真的。

丹尼尔开着车朝贝特福德行驶,那里的I-95公路没有人看守。他摇上车窗,所以没有听到梅格·温特劳伯嘶哑的声音在叫:"停下来!"

四十三　饥饿的声音

"停下来!"梅格趴在卧室的窗户上喊他,但是丹尼尔·沃克的红色汽车已经转过墙角,开到山上去了。她趴在窗棂上,知道他已经听不见了,却还在喊:"回来!快回来!"

她已经很久没吃东西了,身体太虚弱,饿到肚子已经没力气叫了。手差不多恢复了,但是肌肤里面还有些疼痛,手腕上的表皮仍然没有感觉。她单脚站在窗前,另一只脚完全不能支撑她了。她想走到客厅里,但是腿疼得厉害,只好爬在地上。她往曼迪的房间走去,想到一个还不成熟的计划,也许可以成功。她可以在芬斯塔回家之前放开曼迪,然后把她藏在车里。等芬斯塔回来的时候,她从身后偷袭,砸晕他的脑袋,再把他绑起来,然后带着他一起离开这里。

她尽量不碰脚踝,整个人支撑着髋部。如果她和丈夫都活了下来,回想这些的时候会不会相视一笑?还记得你爬着去救女儿吗?还记得臭袜子差点让你窒息身亡吗?还记得你一直信仰的婚姻竟然是个谎言吗?是不是很好笑呢?

她一步一步地往前爬,只剩几步路了。很快,她就能和曼迪在一起,曼迪会当她的另一条腿,她们要一起做个夹板。曼迪会给她做晚饭,胃痛从此不再纠缠她。

她立起身,打开门。感染的臭味熏得她快晕倒。当她看见曼迪像个婴儿一样睡在床上的时候,她松了一口气。昨晚这里有一场骚乱。好在芬斯塔打败了那个东西。

阳光照在曼迪苍白的脸上,她的鼾声如雷,口里像是卡着痰。梅格什么也没说,也没有摸摸曼迪的脸。她不想知道到底发生什么了,只是看着她的女儿,紫色头发的天使。她想爬上床,抱着她,用爱的意志和力量让她好起来。

"曼迪?"她轻声唤道。

曼迪张开那双美丽的墨绿色眼睛。嘴里塞着芬斯塔的领带。梅格爬起来,坐在床上,曼迪没有抬头,或者移动一下,扶她坐下。她只是看着,梅格似乎明白了什么。但是,她仍然期盼着奇迹。

她解开领带。芬斯塔打了两道结,不仅捂住她的嘴巴,还捂住她的鼻子。她在心里默默地诅咒芬斯塔。他精神崩溃了了不起吗?至于要把老婆女儿捂死吗?她拿走领带,然后又从曼迪嘴里拿出一条湿答答的内裤。还好是干净的。梅格静静地等着,不敢说话。

曼迪身上有一块纱布,看上去像是被芬斯塔烧过一样。开始她生气极了,但是很快就明白:他是想消除感染。曼迪被感染了。

梅格的眼里溢满了泪水,她摸着曼迪的额头,希望只是普通的高烧,烧退了就好了。"谁干的?"她问。

"你还猜不到吗?"曼迪笑着说。

"恩里克。"梅格痛苦地说。

"他还会回来找我的,妈妈。他们都会。"

梅格搓着曼迪的脚,十根脚指头形状完美。曼迪笑了。

"他在哪儿?"梅格问道。她在哭,曼迪似乎觉得很有趣。

"我很饿,妈妈。你不知道我有多饿。"

"他们是不是住在树林里,大部分人?"她问。她已经决定在晚上之前,她和芬斯塔要找到他们,将他们赶尽杀绝。要是有必要,他们能把这里一把火烧掉。

"有些住在树林里,"曼迪说,"他们也睡在家里,有人恋床。"她突然抬起头,像是想起来什么,骨子里的曼迪是个聪明的女孩儿。"爸爸!"她尖叫起来。"爸爸,她出来了!"

"他不在家。"梅格说。

曼迪大大地笑着,却是因为害怕。"我知道你在六十九号房的丑事,骚女人。"

梅格想站起来,但是脚踝疼得厉害。她也不愿意让曼迪看见自己双手双膝爬在地上。"住嘴。"她说。

"你从出生那天开始就是个错误!"曼迪大声叫道。梅格想离开床,扑通一声跌倒了,然后开始爬走,身后她的曼迪仍然在说:"你嫁给一个疯子,假装喜欢这个家,假装他不是疯子。"梅格继续爬,眼泪肆虐。"嘘,嘘"她一边爬一边说,不知道是跟女儿说还是劝自己。"别出声,"她说,"哦,不要再说了。"

楼下的门砰地关上了。芬斯塔回家了。她想爬得快一点,但是还没来得及回自己的房间,芬斯塔已经站在曼迪房间的门口了。

梅格看着他狰狞的脸孔,放弃反抗。她完了。腿疼得要断了,又是孤军奋战。如果戴维能在这儿帮她多好。她不顾一切地哭着。

芬斯塔弯下身来,这次梅格甚至都没有反抗。他将她抱起来,脸上平静得像蜡人。她号啕大哭,却没有解释:是你把我们绑起来的,我只是想逃走。现在知道我非这样做不可了吧?知不知道啊?

他把她抱到卧室,她已经肝肠寸断。他把她放平,她的脚踝扭到了,疼得她大叫起来,一边哭一边说:"求你了,放手吧。"

他离开房间的时候,她差不多哭断了气。他回来后手里多了一把刀。那是她从前为了好玩电话订购的。你可以用它切开罐头!"不要!"他把刀贴近她的皮肤开始割,她吓得大叫。石膏被切开了,她的腿又红又肿,她看不见脚踝,只看见肿胀的紫色皮肤。他把手放在她肩膀上,哭声渐渐低了下来。然后,他用力拉她的小腿,动作很快,骨头发出咔嗒一声。她只看见满屋子的金星乱飞,然后晕了过去。

她醒来的时候,腿用夹板重新固定了。那是用家具的腿做成的,他不知道从哪里找到的石膏重新固定好。他正用冷水拍打自己的脸。她又哭了起来,先是失落的感觉,然后她想起了什么。"曼迪病了。"她说。

他没说话,弯腰凑近床头柜,吸着白粉,然后看着她。"这是止痛药,被磨碎了,能让我忘掉痛苦。"他说,"曼迪说我不是她父亲,她说是格雷厄姆·尼罗。"

梅格惊恐地看着他。"芬斯塔,那是不可能的。"

他点点头,但她看得出来,他不相信她。事到如今,她也不在乎这些了。

"我想他们在树林里。恩里克还有其他人。曼迪说的,我们可以点火,烧死他们。"

他摇摇头。"我们要在家里等这一切过去,在找到治好她的办法之前,要一直绑着她。你也是。"

"我没有感染。"

他耸耸肩,鼻子上都是白色的粉末。短短三天时间,他从一个性格冷淡的模范丈夫变成一个打老婆还吸毒的疯子。"你能送我下楼吗?我一天多没吃东西了。"他满腹狐疑地看着她,"芬,这儿你是老大。"

他扶着她来到走廊。他的动作僵硬没有感情,但她想日子还是能过下去的。毕竟,他帮她治脚踝。

下了楼,她才知道他在家里干了什么。家被拆得七零八落,家具都被砸成了木板,桌椅的腿都被锯掉,木板被钉在一楼的窗户上,一扇不漏,虽然外面天气晴朗,家里仍是一片黑暗。

"你玩得挺疯啊。"她说。

他什么也不说,因为没有椅子坐,他把她抱到厨房的柜台上。"保鲜袋里有些东西,加热一下,还能吃。"她说。他想了一下,然后乖乖地将剩菜放进微波炉。

"说说你怎么想的。是不是我想杀了你?对吗?因为我的情人是那个浑蛋格雷厄姆·尼罗?"

他没有回答。

"我没有要杀你,首先,你是我们唯一的活路。再说,在你弄断我的脚踝前,我相当肯定……我爱你。"

"我不在的时候,有人闯进卧室了。是不是尼罗?"微波炉时间到了。他的眼睛喷着怒火,盯着微波炉,似乎忘了自己在做什么。

"拿两个叉子过来,我们一起吃。"

他拿来叉子,把食物放在台子上,两人开始狼吞虎咽。总共有四个青椒,两人头也不抬地吃掉了两个。食物在胃里的感觉真妙,像是吸毒一样过瘾。现在,一切似乎都变得简单起来,一切都有可能实现。

"谢谢。"她说。

他点点头。"还要加点东西。盐。"

她看着他,然后笑了起来。她不知道为什么会笑,但肯定不是幸福的笑。"你别逗了。"她说。

他也笑起来,然后抱着她。良久,泪水从他的脸颊滑落,她轻轻擦掉,仍然在笑,他也跟着笑出声。"真的要加盐。"他说。她笑得更大声了。他举起她的双手,亲吻着,看到因为自己绑着她,手指都肿了一倍。他覆上自己的手,叹了一口气。她也不笑了。

"我现在不好。"他说。

她点头。"我知道。"

他的声音带着几分沙哑。"梅格,我好爱你。"他差不多有十年都没有这样跟她说过了,今天听到让她十分惊讶。

"如果你不打我的话,我也爱你。"

"我不能去树林,不能再杀人。也许你是对的,那样可以帮助曼迪,但是我做不到。医院里看到的那些东西……人类还是不要看那些东西。"

她点点头,觉得还是不要说阿尔伯特的事了,他也许接受不了。"但是他们会来找我们和曼迪。也许,我们是镇子上唯一值得吃的东西了。"

他的声音粗重起来:"梅格,我做不到。"

"先不管了,好好睡一觉。如果熬得过今晚,明天早上再谈。"

他的眼睛湿润了。"我是担心你,你应该走,我留下来陪曼迪。等你找到帮手的时候,再来找我们。"

她把头摇得像拨浪鼓一样。"你忘了一件事。我需要你才能走出去。再说了,我们要永远在一起。"

他低头看着自己的脚。"对,"他说,"我们要永远在一起。"在这个凌乱不堪的空房子里,他握着她的手。时近傍晚,他们只剩下几个小时的阳光可以享受,但是房子里看不见阳光。"他们就快来了。"他说。

"我们准备好了。"她说。楼上传来曼迪的笑声。

四十四　分离

太阳跌落地平线,此时感染者的数量已经成倍增长。几天后,他们就能控制东西海岸,但是现在感染还在安静地进行,不露痕迹。在波士顿、西雅图、尤金,她教会他们如何悄悄地吃人,然后将骨头藏起来,等被人发现的时候已经太迟了。萝伊丝·拉金站起来,他们围在她的周围,如同一体,万众一心。现在她什么都知道了。她要找出那个背叛者,他们看见他躲在自己的公寓,喝着陈年的猫尿。

他们飞奔着四肢,呼啸而过,风像鞭子抽打在她的皮肤上。她冲破他的家门,其他人追随她爬了进来。"求您了。"他祈求她。这句台词,他们听过太多,人们用各种语言向他们求饶。

他以为自己会死,但是萝伊丝·拉金有个更好的主意,让他更痛苦。再也没有和自己心爱的人分别还要痛苦的事了。她放了他。

病毒在他的身体萎缩,向眼泪一样流出他的眼睛。内心的斗争平息了,牙齿一颗颗脱落,肚子上的伤疤重新裂开,鲜血直流。他哭泣着,缩成一团,身体虚弱,一句话也说不出来。他们把他丢在那儿,让他喝着自己的面包布丁,享受慢慢降临的死亡。

他们下一个目标,C镇瘟疫的最后幸存者。

四十五　所罗门之困

恩里克·瓦格斯双手扒开曼迪·温特劳伯卧室的窗户,折断封在上面的木板。他走了进去。靴子沾满了林中的泥土,头发末端打着卷。他从窗户大步走进床前,曼迪被捆得结结实实,嘴也被捂住了。红色的手帕系在嘴上,像是一个夸张的微笑。他的手指划过她的脖子,梅格甚至觉得很温柔。曼迪又踢又扭,他可能以为她是在害怕。其实,她在警告他。芬斯塔从他身后袭来,刀子捅进他的后背。

闷的一声。梅格后退几步,她还不够强大,不敢用刀杀人,所以他给她一把锤子,上面还带着某人的血迹。一把椅子放在床边,她还站不起来。她是个累赘,更谈不上能帮上忙,但是芬斯塔需要她。没有她,他就没有方向。

恩里克没有倒下。刀子离要害还有几寸,没有刺中心脏。他弯下腰,撕扯着曼迪胳膊上的床单。

梅格站了起来,她行动不便,只能跛着脚走路。曼迪嘴上的手帕松了,她坐起来,牵着恩里克的手。他们没有离开,待在房间里。梅格这才真正明白她已经不再是自己的女儿。她想叫,但是没有声音。他们慢慢逼近。

他们先攻击了芬斯塔,梅格不知道怎么阻止。恩里克将芬斯塔摔到地上,他又像个人类男孩儿了。梅格不希望看到这点。他们真可爱,皮肤发出月亮一般的光泽。她是不是也快疯了?

芬斯塔扑向曼迪,将她按倒,曼迪咬住了他的手指。"住手,放开她!"梅格说,但是他没有。

她走近了些。"住手!"她又喊了一次,窗户外面,更多的感染者往里面爬。芬斯塔的脸像蜡人一样没有表情,他又失去了理智,但是已经没有时间让他恢复正常了。如果一切来得再慢一点,如果离世界末日还剩一个月,甚至只有一个星期的时间,她知道他会回到她的身边,比以前还要强大。他不知道自己原来是个这么优秀的人,她也不知道自己原来是这么地爱他。

但是没时间了。

芬斯塔的刀子离曼迪的脖子只有零点零几公分,梅格看着两个心爱的人。她做了一件自己不忍心做的事,但那是她的职责。她一锤砸在他的头上。他一个趔趄,抽搐着。一开始,血没有流得很快,他默默地对着她笑,好像他们之间从未发生过任何不愉快,好像他要跟她轻声说,他就喜欢黑黑的女生。他的脚步开始不稳,转了半个圈。她看见血从他脑后奔泻而下,知道刚刚给他的是致命的一击。

跌倒的时候,他仍在笑。在他倒地之前,她意识到自己做了件蠢事。她不用做选择,芬斯塔从不会伤害她和曼迪。

他看了她最后一眼,死了。她看着伤口,不知道自己是不是做错了。她后退几步,曼迪从地上站了起来。她们对峙着,地上两个男人的尸体横在她们中间,苍白而惨烈。

窗户外面伸进来很多手,感染者追寻食物的香味而来。她扔掉锤子,再也不想要它了。再也不想管这些了。曼迪扑向她。她闭上眼睛。

好吧,她想,觉得很快就会好了。*至少我能活在她的身体里。*

曼迪的手摸着梅格的胳膊,受伤的腿。墨绿色的眼睛已经变成了黑色。她靠得更近,舌头舔着梅格的脸颊。

"这个人是我的。"曼迪说。萝伊丝·拉金从窗户外冷冷地看着。她没有说话,嘴已经变了形,再也不能发出声音。

梅格能够感觉到她们之间火花四溅,像是空气中的电子流。"这个人是我的。"曼迪重复一遍。

萝伊丝从窗户上爬了下去,其余人,包括曼迪也跟着她离开了。他们浩浩荡荡地奔驰在大街上,城市间,踏遍缅因州,新英格兰,一路来到太平洋。夜色中,他们仰天长啸。

梅格·温特劳伯站在那里,作为 C 镇唯一一个活下来的女人。

四十六　幸运和命运

丹尼尔在去贝特福德的路上,看见一个女人勾着腰在路上慢慢行走。要不是因为他觉得孤单,他应该会更小心。但是,他停下车,摇下车窗。女人看着他,一言不发,没有微笑。他知道她没病。

"我准备离开这里。你要一起吗?"他问。

她犹豫了一下,看看后座,又看看前面。最后,她看着他,过了好久说:"去哪儿?"

"我不知道,只要能出去。"

"我的孩子死了。"她说,然后举起瘦长的双手,像是扼死什么人似的。长长的指甲涂成了红色。

"我杀了我的弟弟。"他刚一说完,就哭了起来,"我现在很孤单,一个人都没有。"

副驾驶的车门被撞坏了,她绕到驾驶座,打开门。他往里挪了挪。"我年龄不够,不能开车。"他说。

她坐下来,伸手关掉广播。他一直把广播开到最大音量,虽然什么都没有。前方就是树林,树林后面就是公路。后方是 C 镇。她安静得可怕,他甚至觉得她是个鬼魂。他将眼泪擦干,看着她。*请摸摸我*,他想说,但是很害怕。

她踩了油门,出发了。他感觉到她在看他。冷冰冰的眼神,不带丝毫同情。感谢上帝,眼睛是蓝色的。"我们要互相照顾。"她说。感激之情让他一时失语。

他们开车来到贝特福德公路入口,警卫已经从这里解除了。等他们到新汉普郡后,发现路上停着很多空车。他们把车开到路边,离开公路,穿过一个小镇,重新驶上 88 号公路,一路往西。也许是幸运,也许是命该如此,他们开了一整天,一直到了夜晚,没有人拦下他们。

尾声

　　已经两个月了,我还在等着消息。白天,大街上很安静,只有疯了的蒂姆·卡罗尔在 C 镇流浪,找那个失踪的男孩。

　　我的蜡烛快要燃尽,还剩一点时间思考那个星期发生了什么,足以毁灭整个世界。我的时间比任何人都多。我想念我的丈夫,也想念我的女儿。我的腿差不多痊愈了,但是骨头长错位,走路的时候有些跛脚。为了不让野蛮人吃掉我丈夫的尸体,我将他藏在冰冷的地窖。他在等待一个体面的葬礼。

　　我有一个广播,能够收到全国的节目。现在,中西部还有一些城市在苟延残喘,但是这只脚让我没法离开。这里没有食物,货架上连一点面粉或者糖都没有了。我用木板把二楼所有的窗户都封起来。晚上,我听见他们的声音,但是没有人进来。我想,是曼迪在保护着我。夜间,她不会和别人一起出来,我常常看见她一个人,站在门口。我想让她进来。

　　我常常想到加拿大。病毒总不会永远存在。但是,戴维还在加州,我总觉得他正开车来找我们。他快回家了,我要等他。

　　兄弟姐妹,爸爸妈妈,每一天,我们都会失去更多的亲人。但一切总会过去。这场瘟疫,人与人的战争,一定会终止。

　　但是现在,我仍在等待,点亮蜡烛,利用白天寻找食物。我很饥饿,指甲上长满了小洞,头发一把一把地脱落。丈夫的尸体还在地窖。我会考虑的。

图书在版编目（ＣＩＰ）数据

迷失毒城 /(美)萨拉·兰恩著；刘欢译.—合肥：安徽文艺出版社，2011.1
　　ISBN 978-7-5396-3569-9

Ⅰ.①迷… Ⅱ.①萨…②刘… Ⅲ.①长篇小说—美国—现代 Ⅳ.①I712.45

中国版本图书馆 CIP 数据核字(2010)第 214431 号

引进图书合同登记号：1210782
Copyright © 2007 by Sarah Langan
This edition arranged with The Veltre Company
through Andrew Nurnberg Associates International Limited

出 版 人：唐 伽
责任编辑：汪爱武　　　　　　　　装帧设计：尹　晨

出版发行：时代出版传媒股份有限公司　www.press-mart.com
　　　　　安徽文艺出版社　www.awpub.com
地　　址：合肥市翡翠路 1118 号　邮政编码：230071
营 销 部：(0551)3533889
印　　制：合肥创新印务有限公司　　(0551)4456946

开本：700×1000　1/16　印张：14.5　字数：250 千字
版次：2011 年 1 月第 1 版　2011 年 1 月第 1 次印刷
定价：25.00 元

(如发现印装质量问题，影响阅读，请与出版社联系调换)
版权所有，侵权必究